# 通い猫アルフィーと海辺の町

レイチェル・ウェルズ
中西和美 訳

ALFIE THE HOLIDAY CAT
BY RACHEL WELLS
TRANSLATION BY KAZUMI NAKANISHI

ハーパー
BOOKS

ALFIE THE HOLIDAY CAT
BY RACHEL WELLS


Japanese translation rights arranged with
DIANE BANKS ASSOCIATES LTD.
through Japan UNI Agency, Inc., Tokyo



Published by K.K. HarperCollins Japan, 2018

タミーへ。

# 謝辞

アルフィー・シリーズの四作めを執筆できることをとても嬉しく思います。アルフィーはわたしにとって、いない人生など考えられないほど大きな存在になっているので、これまでの作品を読んでアルフィーたちの冒険を楽しんでくださったみなさんに改めてお礼を申しあげます。みなさんがいなければ、決して成し遂げられませんでした。本当に感謝の言葉が見つかりません。

深刻な話になりますが、わたしたちの誰もがロンドンの高層住宅〈グレンフェル・タワー〉の火災と、あの火災で多くの人が被害を受けたことに打ちのめされました。〈グレンフェル・タワーのための作家たち〉によるまたとないオークションで、飼い猫をシリーズ最新作に登場させる権利が入札にかけられました。すばらしい目的のために入札してくださったすべての方に改めて感謝します。できるものなら全員を勝たせてあげたかったのですが、フェイ・タルボットとフェイのかけがえのない猫リリーに心からの感謝と祝福を送ります。リリーは本書でデビューを飾ります。リリーが名声に溺れませんように！

いつものことながらエイボンの優秀なメンバーに、なかでも魅力的な編集者ヘレン・ハサウェイトとヴィクトリア・ウンジャンにお礼を申しあげます——今回もたいへんお世話になりました。さらに、ことのほか頼もしくて頭の切れる原稿整理編集者のリアンにひとかたならぬ感謝を。そして言うまでもなく、わたしとアルフィーのために重労働をつづけてくれたエージェントの〈ダイアン・バンクス・アソシエイト〉に感謝します。

くり返しになりますが、いま一度アルフィーに命を吹きこむことができて、こんなに嬉しいことはありません。これを可能にしてくださったすべての方々に心から感謝するとともに、執筆中のわたしと同じぐらいアルフィーの新たな冒険を楽しんでいただけたら幸いです。

# 通い猫アルフィーと海辺の町

## おもな登場人物

アルフィー――通い猫
ジョージ――仔猫
ジョナサンとクレア――エドガー・ロードに住む夫婦。アルフィーの本宅住人
サマーとトビー――ジョナサンとクレアの娘と息子
マットとポリー――エドガー・ロードに住む夫婦
ヘンリーとマーサ――ポリーたちの息子と娘
フランチェスカとトーマス――元エドガー・ロードの住人
アレクセイとトミー――フランチェスカたちの息子
アンドレア――リンストーに住む女性
シャネル――アンドレアの猫
コリン――リンストーの作業員
リーアム――リンストーの作業員
ギルバート――〈海風荘〉に住みつく猫
タイガー――アルフィーのガールフレンド

# Prologue

イワシの夢を見ていたら、しっぽでくすぐられた。片目を開けると、ジョージが猫ベッドのまわりではしゃいでいた。ぼくは反対の目も開けた。

「パパ、起きて。クリスマスだよ」耳元で喉を鳴らされ、ぼくはひげを立てた。起きるにはまだ早すぎる時間だ。

「みんな、起きて！」サマーの大声で平穏と静寂が吹き飛んだ。「クリスマスよ！」ジョージと一緒に跳ねまわる姿を見ていると、目がまわりそうになる。

「ミャオ」ぼくはしかたなく応えた。踊り場の窓の向こうはまだ薄暗いが、もう一度眠るのは無理そうだ。ひとたびサマーがこうと決めたら誰にも太刀打ちできないし、最近はジョージも似たり寄ったりになりつつある。ドアが開き、ガウンをはおったクレアと髪がぼさぼさで眠そうなジョナサンが現れた。

「まだ五時よ」クレアがぼやいた。

「でもサンタさんが来たよ。ぜったい来た！」サマーがわめきたてた。「だからもうクリスマスなの!」小さい足で地団太を踏んでいる。ジョージも真似《まね》しようとしているが、まだマスターしていない。

「トビーはどこだ?」ジョナサンがサマーを抱きあげた。「メリー・クリスマス、お姫さま」サマーが父親に抱きついた。

「ミャオ」代わりにぼくが答えた。トビーはまだベッドにいる。どうやら睡眠の大切さをわかっているのはトビーだけらしい。

今年はジョージにとって初めてのクリスマスで、トビーにとってはぼくたちと過ごす初めてのクリスマスだから、それはつまりエドガー・ロードでいまだかつてない特別なクリスマスになるということだ。みんな期待に胸を躍らせているけれど、いちばんわくわくしているのはサマーで、ジョージは僅差で二番につけている。トビーはちょっと及び腰だ。これまで恵まれなかったせいだとクレアとジョナサンは話している。トビーは養子だ。五歳で、クレアとジョナサンは過去の詳しい話をしてくれないが、両親と引き離されてうちに来るまで〝養護施設〟にいたらしい。要するに、複数の住まいを転々とした経験があるのだ。クレアはぼくたちみんなに、トビーとはずっと家族で、これからずっと一緒に暮らすんだと言い聞かせている。それは誰よりもぼくがよくわかっている。ぼくもこの家に来るまで別の生き方をしていた。はるかむかしの気がする。

エドガー・ロードで暮らしはじめる前は、ぼくにもわが家があった。幸せで愛情にあふれた家だったけれど、おばあさんの飼い主が亡くなってぼくは宿無しになってしまった。シェルターに入れられないようにみずから行動を起こし、危険な旅に出たぼくは、エドガー・ロードに辿《たど》り着く過程で多くを学び、いまに至る。〝通い猫〟になったのだ。いまは愛し愛される家族と家がいくつもある。いろんな偶然の巡り合わせで主にクレアとジョナサンと暮らしていて、ぼくにとってもここがずっと暮らすわが家だ。でもふたりはぼくに引き合わされて結婚するまで別々の家に住んでいたので、ぼくは両方の家を行き来していた。ほかに通う家が二軒あり、全員が仲のいい友人というより家族みたいになっている。クレアとジョナサン夫婦に子どものサマーとトビー。ポリーとマット夫婦に子どものヘンリーとマーサ。そしてポーランド人のトーマスとフランチェスカ夫婦に息子のアレクセイとトミー。みんなぼくの家族で、ちっぽけな仔猫《こねこ》のジョージも、一緒に暮らすようになってからはぼくが親代わりを務め、家族の一員になった。

それはさておき、トビーの話に戻ろう。トビーは明らかに幼いころ心に傷を負っていて、いまは安全な場所で愛情を注がれているのにうまく適応できずにいる。うちで暮らすようになったころは、毎晩泣いていた。クレアはトビーを抱きしめ、ジョナサンは本を読んでやり、最後にはジョージが寄り添って寝るようになった。いまは毎晩そうしている。ジョージと一緒だとトビーはぐっすり眠り、どうやらそうしないと眠れないらしい。なんでも思いどおりにならないと気がすまないサマーはジョージを自分の猫だと思っているので、当初はいやがるんじゃないかと心配したが、ふたを開けてみたら譲り合うことにとても寛大だった。ただその代わり金魚を飼いたいとしつこくねだったけれど、とんでもない話だ。猫が二匹いる家に金魚なんて聞いたことがない。

そういうわけでトビーとジョージのあいだには特別な絆《きずな》ができ、それは嬉《うれ》しいことなんだけど、同時にぼくは少し寂しくもあった。トビーとジョージはわが家の新しいメンバーで、だからこそ固い絆で結ばれている。もちろんぼくたちはみんな、どちらのことも心から大切に思っている。とはいえ、トビーがうちに慣れるのにジョージが役立っているのは明らかで――どうやら父親ゆずりらしい――最近はトビーも落ち着いて、まるでずっと一緒に暮らしているみたいだ。

クリスマス前にクレアとジョナサンがサンタ宛てにプレゼントをお願いする手紙を書かせようとしても、トビーはなかなか書こうとしなかった。最後にはジョナサンがおもちゃがたくさん載ったカタログを持ってきて、一緒にながめた。トビーは自分の希望を伝えたり物をねだったりするのを嫌がる。そんな姿を見ると不憫《ふびん》でたまらない。ある晩、一緒にベッドにいるとき、ジョージに話したそうだ。なにかを欲しがったら追いだされるかもしれないからだと。ジョージにその話を聞いたときは胸が張り裂けそうで、クレアたちに伝えるのはけっこう苦労したけれど、最後には伝わったらしい。たしかにぼくは涙ぐましい努力をせざるを得なかったし、ジョージはカタログをびりびりに破いたが、少しずつわかってもらえた。

ジョナサンとクレアはトビーを座らせ、あなたはもうこの家の子どもで、なにをしてもそれは変わらないと言い聞かせた。サマーが書いたリストも見せた。まだ字は書けないが、お店にあるものを全部描いたんじゃないかと思うほど大量のおもちゃの絵を描いていて、最終的にはトビーをなだめすかしてなんとかサンタ宛ての手紙を書かせることに成功した。ジョナサンは、サンタはトビーにとっておきのプレゼントを持ってくるはずだけど、ママとパパもなにか買ってあげると告げた。トビーには理解を超えた発想みたいだったが、多少は飲みこめたようだ。

クレアがトビーの部屋へ行き、寝ぼけ眼の息子を起こした。

「クリスマスなの?」トビーが訊《き》いた。

「そうよ。サンタさんが来たか確かめに行く?」トビーにキスしてぎゅっと抱きしめている。

「でも、もし来てなかったら?」

「ちゃんと来たわ。どうしてわかるかわかる?」クレアの問いかけにトビーが首を振った。

「それはね、あなたがいい子のリストに載ってるって、信頼できる筋から聞いてるからよ」やさしく話しかけている。クレアはぼくたちみんなにとっていい母親だ。

「ほんと？」

クレアがうなずき、トビーを抱きあげて一階へ向かった。

早くも階段を駆けおりていくサマーをジョナサンがうしろからつかまえ、リビングのドアを開けないように阻止した。ジョージも飛ぶように階段を駆けおりていく。ぼくもトビーを抱くクレアを追った。

ジョージを止めようとしたけど、失敗した。クリスマスに向けた準備で親はへとへとになると聞いたことがあるが、今年はそれを身をもって実感した。ジョージはすっかり興奮しているうえに、ツリーのきらきら光る飾りに夢中なのだ。誰に似たのか、うぬぼれ屋のジョージは飾りに映る自分を見るのが大好きで、前足でツリーから飾りをはずそうとして、まんまとやり遂げることもある。それで遊んじゃだめだとクレアもジョナサンもぼくも叱っているのに、たまに壊してしまう。ツリーの下に隠れていきなり飛びだしてみんなを驚かせるのも好きで、おかげでツリーは枝を数本と大量の尖《とが》った葉っぱを失うはめになった。ついでに言うと、尖った葉っぱをジョージの毛から取るのは、お祭り騒ぎの一日仕事になる。ジョナサンは部屋が散らかることにぶつぶつ文句を言い、クレアは飾りが壊れたことに不満を漏らし、ぼくは飛びだしてきたジョージに数えきれないほど驚かされたせいで九つある命のかなりの数をなくしたかもしれない。でも、やめさせる手立てはなく、できることといえばリビングのドアを閉め切って、顔が映る飾りを高いところに移動させてジョージから目を離さずにいることだけだった。

ジョナサンがドアの前で足を止めた。そのまわりにみんなが集まった。

「ほんとにサンタが来たか確かめてみよう」ジョナサンが少しだけドアを開けたとたん、ジョージが隙間をすり抜けた。ひとたびツリーを目にしたジョージを止めるすべはない。

ジョナサンがツリーのライトをつけてからドアを大きく開け、ライトがチカチカまたたくなか、ぼくたちはプレゼントが山積みになったリビングに踏みこんだ。

子どもたちがプレゼントに飛びつく間もなく、全員の足がぴたりと止まった。

「ジョージ！」クレアが叫んだ。すぐさま顔が映る飾りを見つけたジョージが、ツリーに突進して半分ぐらいの高さの位置に飛びついたのだ。

まるでスローモーションみたいに、先のことなど考えていなかったジョージが悲鳴をあげて枝にしがみついた。前足がライトにからみつき、狙った飾りがゴツンと床に落ちてふたたび悲鳴があがった。ツリーは左に傾きはじめ、いまにも倒れそうだ。ぼくはなすすべもなく恐怖に目を見張った。

「ニャー！」ジョージが悲鳴をあげている。

「パパ、なんとかして」サマーの悲痛な声に、ジョナサンがあわててツリーをつかんでまっすぐに押し戻した。クレアは急いでプレゼントの山を元どおりに整えたが、松葉で髪が少しぼさぼさになってしまった。ぼくがやきもきしながらジョージに降りるように声をかけると、なんとかからまったライトをはずしてトビーの腕のなかに着地した。キャッチしたトビーは驚いていたが、ジョージに感謝をこめて鼻をこすりつけられ、にっこり微笑《ほほえ》んでいる。

「しょうがないなあ、ジョージ」

ジョージが家族になってから、何度も耳にしたせりふだ。

ぼくはジョナサンを窺《うかが》った。てっきりかんかんになって、子どもや猫の前では避けるべき言葉を口に出すんだろうと思っていたのに、にやにやしている。

「こういうハプニングがなきゃクリスマスじゃない」ジョナサンが言った。「ナイスキャッチだ、トビー」クレアがジョナサンを抱きしめた。ぼくの全身を安堵《あんど》が駆け抜けた。足元からひげの先まで。

「よし、ふたりとも、プレゼントを開けていいぞ」

サマーが自分のプレゼントの山に飛びこんだ。ためらいがちなトビーの手をジョナサンが取った。

「サンタさんがなにを持ってきてくれたか、一緒に見てみるか？」うなずいたトビーの顔が輝いている。まるでこんな光景は初めて見るように。たぶんそうなのだろう。それはジョージも同じで、とびっきりのプレゼントをもらったみたいに、さらに言えばたったいま豪華なツリーを台無しにしかけたことなんか忘れたみたいに、サマーが投げだした包み紙で遊んでいる。ぼくはクレアに目を向けた。目に涙を浮かべながら携帯電話を出し、ツリーの前にいる子どもたちと猫とジョナサンの写真を撮っている。ぼくは胸がいっぱいになってクレアに近づき、脚に体をこすりつけた。

「アルフィー、これまでで最高のクリスマスだわ」クレアがぼくを抱きあげた。ぼくはまばたきし、喉を鳴らして同意した。

「コーヒーが飲みたいな」ひととおり子どもたちがプレゼントを開け終わると、ジョナサンがつぶやいた。

「ママ、パパ、〈ペッパ・ピッグ〉すごく嬉しい」仔豚のおもちゃの家で遊んでいるサマーは大喜びだ。トビーはリモコンカーで遊びながら世界一のプレゼントだと感激している。ジョナサンがクレアの肩に腕をまわした。

「めまぐるしかったな、疲れたよ。コーヒーを淹《い》れたら、きみにもプレゼントがある」クレアにキスしている。

「ジョージとアルフィーは？ 先にこの子たちにプレゼントをあげない？」

「ああ、そうだな。おいで、クリスマスの特別な朝食を用意してやるぞ」

どうかどうかイワシでありますように。

ぼくとジョージは魚屋で買った新鮮で大きなイワシをむさぼり、いっときの静けさと平穏を堪能した。

「クリスマスって、すごいね」ジョージが言った。「なにもかも最高だよ。ぼくは包み紙と箱がいちばん好きだけど」

「ああ、それにぼくたちは恵まれてる。朝食にイワシ、あとで楽しめるおもちゃやおやつでいっぱいの靴下、愛情たっぷりの家族。しかも豪華なランチが終わったらおいしい七面鳥までもらえるんだ。今回のクリスマスで、おまえも自分がどれだけ恵まれてるかきっとわかる」

「そんなのとっくにわかってるよ。ぼくは恵まれてる。パパがいるもん」ジョージに顔をこすりつけられ、笑みが漏れた。たしかにぼくも恵まれている。

いいことを思いついた。「ジョージ、クリスマスプレゼントをくれる？」

「もちろん、いいよ」ジョージがかわいらしく答えた。

「頼むから、もうツリーに登るのはやめてくれないかな」どうかうんと言ってほしい。

「なんだ、そんなこと？　約束するよ、もうツリーには登らない。落ちるんじゃないかと思って、すごく怖かったもん」

外の空気を吸うついでにタイガーに会えたらいいと思いながら外出するころには、朝食ははるかむかしの、でも心楽しい思い出になっていた。タイガーはぼくのガールフレンドで、ジョージは自分のママだと思っている。ぼくたちはジョージの親代わりを務めるうちにつき合うようになり、どちらもその役目と関係に満足している。ぼくは以前、隣に住んでいたスノーボールという猫に夢中になった。当時タイガーとはただの友だちだった。でもスノーボールが引っ越してぼくが打ちひしがれていたとき、タイガーは精一杯励ましてくれたし、もらわれてきたジョージの母親代わりになってくれるのを見ているうちに見方が変わった。いまはぼくも以前より年を重ねて分別もついた——と思いたい——から、タイガーとの関係はなくてはならないものになっている。長いあいだ友だちだったタイガーは、足が地に着かない傾向があるぼくをいさめ、ぼくはタイガーを大胆にした。足りないところを補い合えるぼくたちは、しょっちゅうみずからピンチに陥るジョージの親代わりを務めることで確実に絆を深めている。ジョージのおかげでぼくたちはより良い猫になれるのだ。

庭に出たとたん肌を刺すような寒さを感じたが、かまわず歩きつづけた。空はどんよりと灰色に曇り、まだ朝も早い。寒い一日になりそうで、薄く霜が降りて冷たく濡《ぬ》れた芝生はかなり歩き心地が悪い。うろうろせずにタイガーの家へ急いだ。

タイガーの飼い主が出てきても見つからないように、裏口近くの茂みに隠れた。ジョージのことは気にしないのに、ぼくがいるといやがるのだ。なんでだろう。たいていの人間にはかわいい猫と思われているようなのに。間もなく猫ドアが開く音がしてタイガーが出てきた。

「ママ！」ジョージが駆け寄り、鼻でキスした。深い愛で結ばれた二匹の姿を見るたびに胸がいっぱいになる。愛《いと》しくてたまらない相手のことになるとひどくセンチメンタルになってしまうのは、人間も猫も同じだ。

「メリー・クリスマス」ぼくは感情的になるのをこらえて声をかけた。

「メリー・クリスマス」タイガーが応えた。「それにしても、ずいぶん早いのね。わたしはいま起きたばかりよ。それはともかく、初めてのクリスマスはどう、ジョージ？」タイガーがさっとしっぽを振った。

「うん、サンタが包み紙をくれたし、朝ごはんにイワシをもらったから、いまのところ最高の一日だよ！」ジョージのはしゃぎぶりはなんとも新鮮で、ぼくにたくさんのことを教えてくれる。ジョージの目をとおして物事を見られるおかげで、まるで自分も初めて経験したような気になれるのが楽しくてたまらない。

「それにクリスマスツリーに飛びついて、危うく倒しそうになった」ぼくはつけ加えた。ジョージが抜け目なく省いた部分だ。

「まあ、ジョージ」タイガーはそう言ったが、怒ってはいない。おもしろがっている。しつけに厳しい親はぼくの役割だ。

「きみのクリスマスはどう、タイガー？」

「まだ始まったばかりじゃない！　ただね、うちのクリスマスはすごく静かなの。まだプレゼント交換もしてないわ。でも毎年わたしもプレゼントをもらえるから、これからのお楽しみというところね。幸い、クリスマスディナーはまともなものをつくってるけど、クリスマスは子どものものでしょう？」ジョージに顔をこすりつけている。

「たしかに。トビーがいい例だよ。すっかり楽しんでる。かわいそうにいろんなことにひどく怯《おび》えてて、どうやらクリスマスにもいい思い出がなかったみたいだけど、いまはおもちゃで遊んで楽しそうにしてる」

溶けた霜で湿った木の葉にじゃれつくジョージの頭にしずくが滴っている。不機嫌に前足でしずくを払おうとする姿に、ぼくたちは笑い声をあげた。

「サマーはどうしてるの？」

「相変わらずさ。ペッパとかいう豚に夢中で、おもちゃやゲームやいろいろもらってた。あの子はやっぱりわが家の太陽だよ。みんな幸せそうで、ぼくも幸せだ」ぼくはタイガーにすり寄ってにっこりした。ずっと順風満帆だから、クリスマスはおまけみたいなものだ。ぼくも家族も辛《つら》い試練の時期を乗り越えたことは忘れようにも忘れられない事実で、だから幸せなときは感謝するようにしている。ぼくは楽観的なほうだけど、幸せがずっとつづかないのはわかっている。実際、つづいたためしがない。

「そう、ずっとつづくといいわね」タイガーがぼくの気持ちを代弁した。「ほかの家族にも会いに行くの？」ぼくはすばやくしっぽを振った。話してあるのにタイガーの記憶力にはあきれる。

ぼくには家族が三つある。本宅はクレアとジョナサンの家だけど、エドガー・ロードにはポリーとマットとヘンリーとマーサも住んでいる。フランチェスカと大きいトーマス、アレクセイと小さいトーマス（本人は最近トミーと呼べと言って聞かない）は少し離れた通りに住んでいるが、ぼくがエドガー・ロードに来たころはポーランドから越してきたばかりだった。子どもたちのうち最年長のアレクセイは、初めてできた子どもの友だちで、いまも親友だ。

「ポリーたち一家は両親とクリスマスを過ごすためにマサチューセッツに行ってるし、フランチェスカたちはポーランドに行った。すごく楽しみにしてたよ。イギリスに来てから初めて故郷で過ごすクリスマスだから。みんながいなくて寂しいけど、年末には帰ってくるからね。現に新年には集まることになってるんだ」

「ということは、また七面鳥をもらえるの？」タイガーの目が羨望のまなざしになっている。

「まあね」口元がほころんだ。それは思いつかなかった。

「ターシャから連絡はあった？」

「昨日スカイプで会ったよ」ぼくはパソコン世代の猫なのだ。実際にパソコンでターシャを呼びだしたのはクレアだが、膝に乗っていたからターシャとエリヤに会えた。

ターシャはクレアの親友で、ぼくの親友でもある。息子のエリヤはサマーと同年代だ。エリヤの父親と悲惨な別れ方をしたあとしばらくエドガー・ロードに住んでいるあいだに、ターシャも家族の一員になった。そのうちクレアがジョナサンの友だちのマックスという人との仲を取り持つかなにかしたら、少々うまくいきすぎてドバイとかいうところにマックスと引っ越してしまった。向こうでマックスがいい仕事を見つけたらしく、ターシャも自分とエリヤには再出発が必要なんだと話していた。ターシャにとってはよかったけれど、ぼくは残念でならない。ターシャたちがいなくなってみんな寂しがっていて、特にクレアとぼくはそうなので、毎週パソコンで連絡しておしゃべりしている。ターシャはすごく幸せそうだから、寂しいけど嬉しい。

生きていれば別れは避けられない。ぼくは普通の猫より多くの別れを余儀なくさせられてきたから、よくわかる。何度経験しても楽にはならないけれど、時には必要なことだと受け入れるようになる。毎回辛いが、どうしようもない。生きていくとはそういうことなのだ。時間は進みつづけ、留《とど》まることはめったにないから、一緒に進むしかない。ジョージにもそのことを教えようとしているけど、簡単に学べるものじゃない。

「さて、そろそろチビすけを連れて帰るよ。あとで散歩しない？」ジョージの気を引きながらタイガーに尋ねた。ジョージは自分のしっぽを追いかけていて、見向きもせずにいる。

「ええ、ランチのあと寄ってちょうだい。仲間がうろついてないか探しに行きましょう」

「わかった」ぼくは鼻をすりつけてタイガーと別れ、ようやくなんとかジョージに動きまわるのをやめさせて帰ろうと告げた。

ぼくは疲れ果てて肘掛椅子で丸くなった。クレアとジョナサンは夕食の後片づけをしているから、終わったらソファでくつろいで映画かなにかを観《み》るつもりだろう。子どもたちは興奮が尽きない一日を終えてベッドに入っているし、ジョージもそうだ。もちろんトビーと寝ている。さっきのぞいたら、トビーと並んで枕で寝ていて、かわいらしい光景を見てまた胸がいっぱいになってしまった。サマーの部屋ものぞいたら、もらったばかりのおもちゃを抱きしめて眠っていた。天使みたいだった。

ぼくもごちそうでおなかがいっぱいで、眠くなってきた。たしかにこれまでで最高のクリスマスだ。ぼくはこれまで出会った大切な存在を思い浮かべた——最初の飼い主のマーガレット、姉さん猫のアグネス、スノーボールを始めとする猫の仲間たち、そしていまそばにいてくれるみんなにも感謝した。世界一でなかったとしても、ロンドン一幸せな猫だ。

「で、最後のサプライズって？」ジョナサンの声がする。片目を開けると、ジョナサンがクレアとリビングにやってくるところだった。興味をそそられたぼくは眠気を払って伸びをし、ふたりのいるソファへ近づいた。

「これよ」クレアが写真を見せている。ぼくはジョナサンの肩越しにのぞきこんだ。家の写真だ。みすぼらしいけどかなり大きな家で窓がたくさんある。木製の大きな玄関の前に伸びすぎた芝生の庭が広がり、クリーム色の外壁はペンキがはげている。

「頼むから買ったなんて言わないでくれよ」写真を手にしたジョナサンがうろたえている。

「まさか、そんなことしてないわ。ずっと話したくてたまらなかったけど、驚かせるにはクリスマスの今日がぴったりだと思ったの」

「具体的にどう驚かせるつもりなんだ？」不審げなジョナサンを責める気になれない。クレアは突然なにかをやってジョナサンを驚かせることがよくあるのだ。しかもたいていは、反対されてもジョナサンが根負けするまであきらめない。養子をもらうときもそうだった。クレアが養子を強く望む一方、ジョナサンは消極的だったのに、クレアはジョナサンを口説き落とした。もちろんトビーが来て満足しているジョナサンは口説き落とされてよかったと思っているだろうけど、ぼくが言いたいことはわかってもらえるはずだ。

「クレア大おばさんのお葬式に行ったときのこと覚えてる？　わたしが名前をもらったおばさん」

「ああ、たしか三カ月前だったかな」

「そう。最近ようやく遺産の整理が終わったんだけど、デヴォンにあるこの家をわたしに遺《のこ》してくれたってわかったの」

「きみに？　家を？」改めて写真を見ている。

「とっくに手放したと思ってた」クレアの瞳が高揚感で輝いている。「子どものころ学校がお休みのときよく行ったけど、おばさんは認知症で施設に入ったから、てっきり売りに出されたと思ってたの。でも違った。ずっと空き家のままになってたのよ。きっと家があることも忘れていたのね」

「家があることを忘れるなんてことがあるのかな」ジョナサンが眉をひそめた。たしかにそう簡単に忘れられるものじゃない。

「おばさんは認知症だったから、会計士が事務を……事務でいいのかしら？　とにかくそれを引き継いでいたのよ。父の話だと、わたしが子どものころこの家を大好きだったから遺したいと思ってくれたみたい。〈海風荘《シーブリーズ・コテージ》〉という名前で、ビーチの向かいにあるのよ」なつかしそうな顔をしている。「あの家には楽しい思い出がいっぱいあるの。何日もビーチで過ごして、芝生で遊んで、古くて広いキッチンでジャムサンドを食べて……」

「どうして黙ってたんだ？」ジョナサンが眉をひそめている。

「ジョナサン、家をもらったのよ。しょっちゅうあることじゃないわ！」クレアがたたみかけたが、でもがあるはずだ。

「でも？」ぼくの心を読んだようにジョナサンが訊いた。

「つまり、黙っていたのは、この家の状態がわからないからよ。両親が代わりに見に行ってくれたんだけど、ずっと放置されていたから手を入れる必要がありそうなの。この写真

ている。

「どのぐらい手を入れる必要がありそうだって？」ジョナサンが写真をめくってながめを撮ったのも両親よ」

「正確なところはわからないわ。事務処理が終わったら見積もりをもらってもいいし、現地を訪ねる手もあるけれど、現時点では正直よくわからない」唇を噛《か》んでいるのは不安の表れだ。ぼくはクレアの膝に飛び乗った。

「きみはどうしたいんだ？」ジョナサンが尋ねた。

「そうね、もちろんどのぐらいお金がかかるのかや、もろもろの条件次第だけど、理想を言えば手放したくない。子どものころ過ごした楽しい時間に連れ戻してくれる気がするし、なによりもサマーとトビーのために持っていたい。考えてみて、海辺で週末や夏休みを過ごせたら、すばらしいと思わない？」

「クレア」ジョナサンが妻を見た。「この家がきみにとってとても大切なのはわかるし、海辺に家があったら家族みんなにとってすてきなのもわかるけど、実現が難しいのはきみだって認めるはずだ。きみはいま働いてないし、いくらぼくがいい仕事についていても、子どもたちの教育費やらなにやらを考えると……。たぶんこの家に注ぎこまなきゃいけないお金は、いまのぼくたちには少々賄いきれないと思う」

「わかってる。あなたがそう言うのもわかってた。わたしはただ、子どもたちに自分が過ごしたような時間を過ごさせてやれたらどんなにいいかと思ってるだけ」寂しそうにしている。ジョナサンが態度をやわらげて妻の肩に腕をまわした。

「なにか方法があればいいんだが……。それはそうと、売値の計算は終わってるのか？」

クレアの目に涙が浮かんでいる。クリスマスは期待どおりには終わらないらしい。

「ジョナサン、売る気になれるかわからないわ。子ども時代を売るみたいで」クレアはすごく大げさなタイプだ。たぶんぼくに似たんだと思う……逆かもしれないけど。

「わかった。とりあえず考えてみよう。具体的にどういう状況か調べるんだ。でも高額な住宅ローンを抱えるのは不安だし、そうしないかぎり打つ手はない気がする」

「いいえ、きっとなにか方法が見つかるわ。ぜったいに」クレアは口で言うほど自信はなさそうだったが、ジョナサンとソファに座って映画を観ているあいだも頭をフル回転させているのが手に取るようにわかった。ぼくは改めて写真に目を向けた。海辺の家。海には一度行ったことがある。すべて計画どおりとは言えなかったけど、楽しかった。芝生の庭でくつろぐ家族みんなの姿が目に浮かぶ。蝶《ちょう》を追いかけるジョージ、遊んでいるトビーとサマー、デッキチェアで読書するクレア、敷物に横たわるジョナサン。

それはさながら非の打ちどころがないイメージで、ふいになにがなんでもみんなのために実現したくなった。クレアに目をやると、相変わらず物思いにふけっているようで、ジョナサンも同じようすだったので、ぼくはふたりが問題を解決する方法を見つけてくれるように祈った。

だってぼくは、ぜひとも〝旅猫アルフィー〟になってみたい。

# Chapter 1

「寂しくなるな」クレアにキスするジョナサンが、珍しくしおらしい。

「わたしたちもよ。でも大丈夫、きっと穏やかで静かな時間を楽しめるし、週末あっちへ来たときは子どもたちに大歓迎されるわ」

「奥さんにも？」

「もちろん」クレアがジョナサンを抱きしめた。ぼくは肘掛椅子の上で喉を鳴らした。夏を迎えたいま、クリスマス以来ずいぶん状況が変わった。そう、かなり。

クレアは方法を見つけた。ちょっとした方法を。まるでなんの迷いもなかったみたいに。クレアはすごく巧妙で、今回のやり方はこれまでいくつもの計画を成功させてきたぼくでさえ感心させられた。

〈海風荘〉はぼくたちが休暇を過ごす別荘になった。そして夏が来て、学校が夏休みのあいだ都会を脱けだしてリンストーにある〈海風荘〉に行くのだ。しかも、〝みんな〟で。もうわくわくが止まらない。

クリスマスのあと、クレアはジョナサンに内緒で両親を説得し、友人と一緒に〈海風荘〉へ行ってもらって実地調査とかいうものをさせた。その結果、屋根はいくらか修理が必要だが、それ以外に構造上の問題はないと判明した。ただ室内は別で、暖房や給湯設備を一新するほか、あらゆるものを現代風にするなどかなり手を入れる必要があった。それにリフォーム可能な広い屋根裏もあったので、クレアはおおよその経費をジョナサンに報告したが、ジョナサンは大事な臓器をいくつか売らないかぎり――どういう意味かはわからないけど――どうやって賄えばいいのかわからないようだった。

クレアはがっかりしていたが、年明けを祝ってお酒を飲んでいたとき、ポリーとフランチェスカが名案を思いついた。厳密に言えばポリーが。

「ねえ、クレア。すてきな話じゃない。なんていう町ですって？」

「リンストーよ、ノース・デヴォンの。入り江にあって、ヨットやウィンドサーフィンやパドルボードにはうってつけの場所なの。町にはパブが三軒にお店とカフェもある。最後に行ったのは二十年以上前で、そのときからはずいぶん変わったそうだけど、両親の話だといまだにすてきなところらしいわ」まだあきらめられないらしい。リンストーで過ごした子ども時代の夏に思いを馳《は》せ、わが子のためにその家を手に入れたがっているのが伝わってくる。正直言って、クレアの話を聞くうちにぼくもすごく行ってみたくなっていた。

とはいえ、ぼくは猫だからヨットや水に関わることはいっさいやるつもりはない。でもロマンチストのぼくは、そのロマンチックな雰囲気にすっかり夢中になっていた。

詳しく知りたがるポリーに、クレアが写真と建築業者にもらった書類が入ったファイルを見せた――いかにも几帳面《きちようめん》なクレアらしい。ポリーが白ワインを飲みながらファイルの中身に目をとおし、フランチェスカに渡した。

「すてきなところね。うちの子たちもきっと行きたがるわ」フランチェスカが言った。「ほんとに」とポリー。すごい勢いで頭が回転しているのが手に取るようにわかる。「それにこの家には可能性を感じるわ。ちょっと愛情を注げば、きっとすばらしくなる。わたしなら簡単にリフォームを切り盛りできるわ」

「ジョナサンにもそう言ってるのよ。きちんと手を入れれば、かけたお金よりはるかに価値のある家になるって。トビーとサマーのために手放す気になれないし、あなたたちもお休みのときは来られるもの。いまは寝室が五つだけど、屋根裏が広いからリフォームできる。バスルームはひとつしかないけど、二部屋つづきの寝室と屋根裏にそれぞれバスルームをつくるのは簡単だって業者は言ってるし、三つあればじゅうぶんだと思うの。なにしろ大きな家なのよ。子どものころは大邸宅だと思ってた。両親の家よりはるかに大きかったから。世界一大きいと思ってたわ」

ぼくはクレアに体をこすりつけた。どれほどこの家を欲しがっているかわかるから、悲しい思いをしてほしくない。でもジョナサンの言い分も理解できる。お金は魔法であっさり出せるものじゃなくて、それが人間が抱える問題だと一緒に暮らすうちに学んだ。ありがたいことに、猫はそんな心配をする必要がない。

いつのまにかみんな黙りこんでワインを飲んでいて、フランチェスカはオリーブをかじっていた。

「頭がおかしいと思われるかもしれないけど、思いついたことがあるの」ポリーが口を開いた。クレアが期待のこもる視線を向けている。「わたしたちはロンドンに住んでいて、わが子にビーチや田舎の自然を思いきり楽しませてやりたいと思ってるけど、国内旅行でもけっこうお金がかかる。前のお休みに湖水地方へ行ったときなんて、コテージの料金がスペインの五つ星ホテルより高くて――」

「ええ、そうよね。でもそれとこの件とどう関係があるの？」フランチェスカがさえぎった。

「ああ、ごめんなさい。ワインの飲みすぎで話が脱線しかけたわ。つまり、頭がおかしいと思われかねないアイデアっていうのはね、みんなで力を合わせたらどうかと思うの。わたしは内装のリフォームができるし、業者との交渉も慣れてる。いまはフリーで仕事をしてるからリフォームにたっぷり時間を割けるし、フランチェスカ、あなたたちのレストランはすごく繁盛してるでしょう？　だから、突拍子もないアイデアなのはわかってるけど、少しずつお金を出し合えば〈海風荘〉を修繕して休暇を過ごすのに使えるんじゃないかしら」

　ぼくは耳を疑った。みんなで休暇を過ごす家。とうぜんそれにはジョージとぼくも含まれるはずだ。ぼくは大きな声でミャオと鳴き、すごくいいアイデアだと伝えた。

「アルフィーが賛成してるわ」クレアが笑った。「思ってもみなかったけど、みんなで共有するなんてすてきだわ」

「でも、あなたの家でしょう、クレア。わたしたちが関わったら、所有権の問題があるんじゃない？」フランチェスカが賢明に切りだした。

　それは思いもしなかった。所詮ぼくは猫で弁護士じゃない。

「それはわたしも考えたわ」ポリーが言った。短いあいだにずいぶんいろいろ考えていたらしい。「まずは評価額を出してもらう必要がある。わたしたちが投資した分は共有名義になるけど、主要名義はあくまでクレアのままよ。いつかはサマーたちのものになって、理想としては子どもたちもわたしたちみたいに親友になってくれたらと思う。でも、いずれにせよすべて公明正大にきちんとやる必要があるわ。一般的ではないけれど、きっとうまくいく。わたしたちならやれるわ。もちろん合法的にやらなきゃだめ、さもないと男たちが納得しないもの」

「たしかに」クレアが困った顔をしている。

「そもそも、別荘を持てるなんて考えたこともなかった」フランチェスカが急に活気づいた。「なんだか夢みたい。それに、うちの子たちには願ってもない話よ。別荘を共有するみたいなもので、全員で使うこともできるし、お金が必要になったら貸すこともできる。男性陣にはビジネスの提案として話しましょうよ。わたしたちと子どもたちの将来への投資だって。それで、お金はいくら出せばいいの？」すっかり乗り気だ。

かくして、ぼくが大好きな三人の女性たちは計画を立てた。

みんなを誇りに思う。どうやら計画を立てる手腕をぼくから学んだらしい。まあ、たしかにぼくの計画のなかには途中で少し脱線したものもあったけど、最終的には毎回成功した。いずれにせよ三人はなにひとつ運任せにせず、豪華な夕食を用意した。フランチェスカは優秀な料理人なので、料理を担当した。子どもたちは眠っている。みんなうちに泊まりに来たのでぼくは嬉しくてたまらない。ジョージも大喜びで、いまはトビーの部屋で寝ている。アレクセイは寝ていない。さっきようすを見に行ったらパソコンのなにかで遊んでいたが、それはぼくたちだけの秘密だ。とにかく、食事と山ほどのビールとワインのあと、女性陣がプレゼンなるものでいきなり攻撃をしかけた。担当したのはクレアだ。恐怖におののかんばかりの男性陣を前に、ずらりと並んで立つ三人の姿には侮りがたい威圧感があり、なんとも愉快だった。三人の作戦は正しい――運任せにはできない。

「つまり、あの家を共有しようと言ってるのか？」最後まで話を聞いたジョナサンが頭をかいている。

「ええ、でももちろん割合に差はつけるわ。わたしたちは投資しただけの持ち分を得るけど、割合は少ないし、すべて法律にのっとってやるつもりよ。つまり家を売ったり、出したお金を回収したりしたくなっても、簡単にはできない」ポリーが法律面の説明を始めたので、ぼくは話に集中できなくなった。残った食べ物をひたすら見つめ、分けてもらえるまでどのぐらい待てばいいのか考えた。

「じゃあ、休暇はみんなでそこへ行くのか？」トーマスの眉間に皺《しわ》が寄っている。

「そういうこともできるわ！　考えてもみて、学校がお休みのとき、子どもたちに海や自然を楽しませてやれるのよ。それに今年の夏は子どもたちを連れていってもいいと思うの。あなたたちは仕事の休みが取れたとき来ればいい。そうすれば作業を監督できるし、子どもたちも喜ぶはずよ、きっと楽しく過ごせるわ」

「でも、今年の夏は工事中になるんだろう？　子どもたちに危険はないのか？」とマット。

「危険はないけど、ごたごたした感じにはなるわ」ポリーが答えた。「ねえ、修繕はわたしが監督するから、混乱は最小限に抑える。子どもたちは室内に業者がいるあいだ、ずっと外にいるようにする。やることはいくらでもあるもの。ビーチに行ったりピクニックをしたり、大きい子たちはサーフィンやパドルボードを試してもいい。大丈夫、危ない目には遭わせないようにするから」ポリーがマットの肩をぎゅっとつかんだ。

「それにもしあなたたちが賛成してくれたら、夏になるまでに重要な修繕は終えられる」クレアが会話に参加した。

「三人でずっと考えていたんだな?」マットが首を振っている。

「あなたたちに反対されると思っていたのかという意味なら、そのとおりよ」ポリーが苦笑を返した。

「ねえ、わたしたちが力を合わせれば、あそこはすばらしい家になるわ」クレアが切りだした。「経費は計算済みだし、最悪でも家の価値を高めてから売ればみんな利益を得られる。すべてうまくいけばみんなで楽しめる。全員で行くときもあれば、それぞれの家族で行くときもあるでしょうけれど、別荘があれば子どもたちはむかしのわたしみたいに海辺の暮らしを楽しめるわ」

「でも、あの家には予想以上の価値があった」ジョナサンが言った。「やっぱり売るのがいちばん賢い選択だと思う」

「こっちのほうがいいわ、ジョナサン。うまく修繕すれば、その気になったとき高く売れるもの」ポリーが食い下がった。「でも夏のあいだに修繕が終わったら、みんなこの家に夢中になって手放そうなんて思わなくなるわよ」

「とにかく数字を見てちょうだい、理にかなってるはずよ」クレアが突きだした紙に男性陣が丹念に目をとおした。

「でも、本当に子どもたちが住める状態なのか?」マットはまだ不安そうだ。猫も住める状態なんだろうか。

「まあ、そうとは言いきれないわ。でも夏休みは二カ月先だから、大人だけで事前に交代で向こうへ行って、行くたびに住むための準備をすればいいと思うの。ベッドや家電を買ったり、水道や暖房に問題がないようにしたり。きっと夏まで用意を整えながら静かな時間も持てるわ」ポリーが夫に向かって問いかけるように眉をあげた。

マットが肩をすくめ、降参した。クレアたちは本当になにからなにまで考えてあり、ぼくは誇らしくてひげが立ってしまった。

「みんなでやれば大丈夫よ!」クレアが笑顔でつけ加えた。

「すばらしいアイデアに思えてきたよ」トーマスが言った。「それにぼくは前より仕事の量を減らしてるから、一緒に行って手伝えると思う」ほかのふたりを見て同意を求めている。

「金曜日は家で仕事をするようにすれば、週末向こうへ行ける」マットが言った。

「待てよ、そもそもどうやって行くんだ?」とジョナサン。

「ああ、車でも行けるけど、電車もあるわ。駅からは車で四十分かそこらで、ロンドンから直通が出てるから、なんの問題もないわ」

「またうまくはめられたのかな」ジョナサンがつぶやいた。ぼくはジョナサンの膝に飛び乗って大声で鳴いた。もちろんはめられたに決まっている。みんなが笑い声をあげた。

「まあ、今年の夏は、家が静かになるな。クレアも子どももたちもいないし、ぼくとアルフィーとジョージだけになる」ぼくは驚いて顔をあげた。

「あら、違うわ。アルフィーとジョージも一緒に連れていく。この子たちの別荘でもあるんですもの」

　嬉しくて喉が鳴った。やった！　旅行に行ける！

「クレア、アルフィーだけでなくジョージまでどこへでも連れていくのは変だと思わないか？　犬じゃないんだぞ」

　ぼくは声をあげた。犬と比べるなんて許せない。

「この子たちも家族の一員だし、アルフィーは以前も一緒に旅行へ行ったじゃない」

　ふいに悲しみがこみあげ、うなだれてしまった。あの旅行は当時つき合っていたスノーボールと行ったが、そのあとスノーボールは家族と引っ越してしまい、残されたぼくは打ちひしがれた。いまはすっかり元気になったけど、最後に行った旅行を思いだすといまでも胸が痛む。おそらく今度の旅行で新たな思い出ができれば、古い思い出も色褪《いろあ》せてくれるだろう。実際、そうなってもいいころだ。

「たしかにそうだが、ジョージが遠出するのは初めてだろ？」トーマスが言った。

「ええ。でもアルフィーが面倒を見てくれるだろうし、いずれにしてもジョージが隣にいないとトビーが眠れないもの」クレアが応え、議論は終わりだと告げた。

やっと残り物をもらったころには、みんなで細かい打ち合わせを始めていた。ジョナサンでさえいくらか高揚感にとらわれているらしい。ぼくはすっかり興奮し、待ちかまえている冒険を思うと毛がぞくぞくした。みんなで夏のあいだ〈海風荘〉に行って、海辺ですてきな夏を過ごすのだ。たしかにジョナサンたちには不意打ちだったけど、すべてうまくいった。

「〈海風荘〉もリンストーも、これからなにが起きるか夢にも思ってないだろうな」マットが言った。

「エドガー・ロードがデヴォンに引っ越すのよ」ポリーが笑っている。

「子どもたちにとって最高の夏になるわ」フランチェスカがくり返した。

「ミャオ！」ぼくはフランチェスカによじ登り、鼻をこすりつけた。

「アルフィーたちにとってもね」クレアが話を締めくくった。

# Chapter 2

「明日は出発する日だから、今日はみんなで外でランチして、そのあと恐竜博物館に行こう」ジョナサンが得意げに宣言した。

「やった！」とトビー。

「ペッパ・ピッグもいる？」サマーが尋ねた。

「一緒に行ってもいい？」ジョージに訊かれ、ぼくはだめだと答えた。

「ペッパがいるかどうかわからないけど、恐竜がたくさんいるよ」ジョナサンが答えた。

「そうね。どうせ用意はほとんど終わってるから」クレアがにっこりした。実のところ、クレアはこの数週間の大半を荷造りに費やしていた。とにかくなんでもきちんとやるタイプなのだ。リストをつくり、さらにリストを追加し、このぶんだとデヴォンへ出発するまでにまだまだリストは増えるのだろう。こういうときはつくづく猫でよかったと思う。ジョージと身ぎれいにして、いつでも出発できるようにするだけでいいんだから。

みんなが出かけると、ぼくたちはおやつを食べて水を飲み、毛づくろいに取り掛かった。

「ジョージ、手っ取り早く毛づくろいしたほうがいいぞ」

「なんで?」

「最後の一日を楽しむために出かけるんだ。近所の仲間と」

「わあい!」ジョージが毛を舐《な》め始めた。エドガー・ロードには親しい仲間がいる。タイガーのほかにロッキー、エルビス、ネリーもこの通りに住んでいて、しょっちゅうたむろしている。困ったときはいつも助けてくれる最高の仲間で、去年、近くに住む猫さらいにジョージがさらわれたときも力になってくれた。現れては消える猫もいるけれど、ぼくたちはエドガー・ロードの中心メンバーで、みんなぼくにとってかけがえのない存在だ。

　クレアたちにはジョナサンが今日の計画を立てたが、ぼくとジョージにはタイガーがなにか考えてくれている。なぜ知っているかというと、サプライズを信用していないタイガーに事前に聞かされたからだ。サプライズはたいてい失敗する。否定はできない。なにしろぼくたちが住む世界では、えてしてそうなるのだ。タイガーには、通りの先にある草地のたまり場にジョージを連れてくるように言われている。そこは通りから引っこんだこぢんまりした一画で、人間に邪魔されずによく仲間で集まる場所だ。ついでに言えば、犬にも邪魔されない。

　約束した場所へ行くと、エドガー・ロードの仲間がそろって待ちかまえていた。パーティみたいだ。きっとお別れパーティをしてくれるんだろう。

「みんないるんだね」ジョージが嬉しそうにはしゃいでそれぞれに駆け寄った。

「あたりまえだろ」ロッキーがぶっきらぼうに応えた。

「パーティを逃すわけにはいかないもの」ネリーがジョージにすり寄った。タイガーがジョージのママなら、ネリーは大好きなおばさんみたいなものだ。

「おれは危うく遅れるところだったけどな。食事をしてたのに、気がついたら寝てたんだ。もう年だな」エルビスは若くない。言いたいことはよくわかる。最近はぼくもときどきうとうとしてしまう。

「間に合って嬉しいよ」ぼくはやさしく声をかけた。タイガーは得意げだ。

「友だちになってから、ずいぶんたつものね」タイガーが言った。「アルフィーがここに来たとき以来だもの。こうしてずっと友だちでいられるなんて、ただただびっくりだわ」

たしかにずっと友だちだ。

「今年の夏は、おまえたちがいなくて変な感じがするだろうな」エルビスがつぶやいた。

そのとき、近くの茂みでガサガサ音がして友だちのごみばこが現れた。フランチェスカとトーマスの家——正確に言うと裏庭——に住んでいる野生猫で、食べ物をもらう代わりにレストランのために働いている。ごみばこにはまさにうってつけの仕事だ。初めて会ったときは野性味あふれる姿にちょっと怖《お》じ気《け》づいてしまったけど、心はやさしい。

「やあ、ごみばこ。来てくれたんだね！」感激だ。ごみばこは少し離れた通りに住んでいて、ネズミの数が増えすぎないようにするのでいつも忙しい。ぼくはネズミ捕りがあまり好きじゃないけど、ごみばこは自分の仕事に満足している。

「とうぜんだろ」ごみばこが言った。「あんたとチビすけを見送りに来た。あんたたちがひょっこり訪ねてこなくなると、変な感じだろうな」

ジョージとぼくはフランチェスカの家に泊まることが多いので、ごみばこともよく会う。本当にいい友だちなのだ。

「チビすけがいないと、ずいぶん違うだろうな」ロッキーが感傷的になっている。

「ねえ、数週間留守になるだけだよ、永遠にいなくなるわけじゃない」なんでみんなこんなに感傷的になっているんだろう。

「そんなのわかってるわよ」ネリーが言った。「でも、あなたたちにはしょっちゅう会ってるのよ。ジョージに会えなくなったら寂しくなるわ。あなたにもね、アルフィー」取ってつけたような言い方だ。ぼくはうぬぼれ屋だと言われることがあるけど、ジョージの脇役にされるのはもう慣れた。

「あっという間に帰ってくるよ。そうしたらどんな夏を過ごしたか話してあげるから」ぼくはみんなを元気づけようとした。

「海に行くんだよ」ジョージが言った。

「そうだな、海へ行けるラッキーな猫なんてそうそういない」とロッキー。

「すごくラッキーでしょ？　でも、いまはかくれんぼしようよ」ジョージは返事も聞かずに走り去っていく。ぼくたちは笑顔で顔を見合わせた。茂みはふたつしかないが、いつもなかなか見つけられないふりをしなければいけない。子どもにはそうするものだ。

楽しい午後を過ごし、ジョージとおもしろいものを探しまわったり、葉っぱにじゃれたり日向《ひなた》ぼっこをしたりした。仲間と別れるときは、みんなと会えなくなったら寂しいだろうと改めて思ったが、今回の旅はとても楽しくなるはずだから、きっと飛ぶように時間が過ぎるだろう。あっという間に戻ってきているに違いない。

その夜、裏口にタイガーと座っているうちに、ちょっとセンチメンタルな気分になってきた。ジョージはもうトビーとベッドのなかで、これからタイガーと最後にもう一度別れの挨拶をするのだ。クレアによると、六週間留守になるらしい。それがどのぐらいなのかよくわからないが、かなり長い気がする。これまでも留守にしたことはあるけれど、ここまで長期間じゃなかったし、仲間を置いていくことになる。置いていかれるほうが辛いんだとわかってきた。ただし、ぼくたちは戻ってくる。

「海で会った子と駆け落ちしたりしないでね」タイガーがぼくの目を見ずに言った。

「そんなことするわけないよ」ぼくは応えた。「ここには大事なものがすべてそろってるんだから。それにぼくの務めはジョージの世話だしね。あいつがどんな悪さをしでかすか、わかったものじゃない。それを言うなら人間も」

「そりゃそうよ。ただの旅行なのはわかってても、あなたがてんてこ舞いになる気がするの。ジョージのこと、お願いね？」声が切実だ。

「目を離さないって約束する」考えるだけで疲れそうだ。少しはのんびりできるといいのだが。いやいや、ジョージの世話はのんびりとはいちばん遠いところにある。それでもぜったいやり遂げるつもりだ。

「あなたのことだからきちんと面倒を見てくれると思うけど。気をつけて楽しんできてね」

「寂しくなるよ、タイガー。戻ってきてまた会うのを楽しみにしてる」いまの気持ちをどう表現すればいいのかわからないが、努力してみた。

「そうね。でも、わたしのこと忘れないでね。世界中のキャットフードより愛してるわ」

「ぼくはイワシよりきみが好きだよ」ぼくはタイガーの首筋に鼻をすり寄せた。それからしばらく心地よい沈黙のなか、寄り添っていた。タイガーとの関係のこういうところが好きだ。相手のことをよくわかっていて、なにも言う必要がないところが。

のっそりと影が迫り、顔をあげるとサーモンがいた。以前は宿敵だったが、ジョージが行方不明になった夏から休戦に入った。あの子の居場所がわからなくなったあのときは生まれてから最悪の時期で、仲間がそろって力になってくれ、サーモンもそうだった。ぼくのことはさほど好きじゃなくても、ジョージには夢中なのだ。

「サーモン」ぼくは声をかけた。タイガーは怖い顔をしている。いまだにサーモンに夢中とは言えないのだ。正直サーモンはちょっとおせっかいで、向かいに住んで隣人監視活動をしている飼い主に似ている。エドガー・ロードで起きていることすべてに首を突っこんでくるのだ。

「チビすけに挨拶しようと思ったんだが、もう寝ちまったようだな」ぶっきらぼうにサーモンが言った。愛想よくする方法を知らないのだ。でもサーモンのせいじゃない。

「そうなんだ」ぼくは穏やかに答えた。「でも、きみが来たって言っておくよ。それでいい？」

「ああ、留守のあいだ、おれが気を配ってると承知していればな。つまり、ほら、目を離さずにいるってことだ」

「なにから？」タイガーが訊いた。

「なにも問題がないようにしておく」サーモンがしっぽを立てた。「おれの飼い主もおまえの飼い主に同じことを言いに行くはずだ。とにかく旅を楽しんで、チビすけにも楽しませてやってくれ」

返事代わりにひげを立ててやると、サーモンが去っていった。

「もう少し愛想よくしてもよかったんじゃない？」ぼくはタイガーに言った。

「あなたは愛想よすぎよ」タイガーが言い返した。「まあいいわ、わたしはそろそろ戻る。夕食が待ってるから。じゃあね、アルフィー」

タイガーは寂しそうだったが、ぼくは別れを長引かせなかった。タイガーの気持ちはよくわかっているし、ぼくにそっけない態度を取るほうが別れが楽になるのもわかっていた。ぼくも別れは嫌いだ。たとえ一時的な別れでも。

猫ドアからなかに入ると、クレアとジョナサンが並んでソファに座っていた。なごやかな雰囲気をチャイムがさえぎった。前もって知らされていたぼくは玄関へ急いだ。サーモンの飼い主のヴィクとヘザー・グッドウィンに違いない。

「やれやれ、五分もそっとしておいてもらえないのか」ジョナサンが不満を漏らしながら玄関を開けた。

ジョナサンがなにも言わないうちにヴィクとヘザーが家に入ってきた。どうやらグッドウィン夫妻にはこのテクニックが備わっているらしい。勧められもしないうちにリビングに向かっている。

「まあ、いらっしゃるとは思わなかったわ」クレアが立ちあがった。ぼくがクレアのところへ行くと、ジョナサンもやってきた。どういうわけか、ヴィクとヘザーにはいつもなにか悪いことをしたようなやましい気分にさせられる。会うと毎回そうなる。クレアとジョナサンは座るように勧めなかった。失礼だからじゃなく、以前座るように言ったら何時間も帰らなかったことがあるからだ。あのときはこのままずっと居座るんじゃないかと全員が思い、そのうち土地所有権も主張しだすに違いないとジョナサンはぼやいていた。あまり歓迎ムードを出さないに越したことはない。さんざん懲りて学んだことだ。

「こんばんは」ヘザーが挨拶した。今日は夫婦でおそろいの青いシャツを着ている。いつもペアルックなのだ。「安心してと言いに来たの。お留守のあいだも、わたしたちがいるから家のことは心配しないでね」にんまり笑った顔がちょっと怖い。

「ぼくがいますから」ジョナサンがむっとしている。

「ああ、もちろんだ」ヴィクが笑った。「きみがいることもある。だが、きみには大事な仕事があるし、家族に会いに行っているあいだは……どこへ行くんだったかな?」

「ノース・デヴォンです」クレアがおどおど答えた。住所まで訊きだすつもりだろうか。

「詳しく教えていただいたほうがいいと思うの。ほら、もしものときのために」とヘザー。

「もしものとき? たいていはぼくがいるんですよ」ジョナサンがくり返した。

「携帯の番号を教えます」クレアがしぶしぶ応じた。「もしものときのために。それに留守のあいだうちに目を配っていただけること、とてもありがたく思っています」

「ええ、まあ。でもぼくがいるときは明かりがついてますから、ご心配には及びません」

ジョナサンは不満顔だ。ヴィクたちの双眼鏡が通りの向かいからこの家へ向けられるのが目に浮かんでいるんだろう。べつにジョナサンに隠し事があるわけじゃないけど、長年のつき合いで、人間はご近所さんに見張られるよりプライバシーを好むのはわかっている。

「もちろんだ。無人のときもきみたちの家に何事もないようにしたいだけだよ。旅行から戻ったら空き巣に入られていたなんてことがないようにな」

「ありえませんよ」ジョナサンが言った。この家には警報装置がついているから、どう見てもかなり安全だ。

「我々がいれば、さらにありえないさ。さて、もう失礼するよ。ポリーとマットにも安心するよう伝えに行かないと」ヴィクがにっこりした。「そうだ、クレア。携帯の番号をメモしてくれるか？」

クレアがすばやくメモを渡すと、ふたりは帰っていった。ジョナサンがクレアを見た。

「きっと、ことあるごとに電話してくるぞ。ひっきりなしに」ジョナサンがひやかした。

「まあ、少なくともあなたはお行儀よくしてるわね。四六時中見張られてるんだもの」くすりと笑うクレアを見て、ぼくは喉を鳴らした。

「想像するだけでぞっとするな。でももちろん行儀よくしてるよ。しばしの静けさを楽しみにしてるんだ。いや、きみたちがいないのは寂しいけどね」あわててつけ足している。

言いたいことはよくわかる。わが家はたまに大混乱になるから、ジョナサンは仕事へ行くのは息抜きになると話している。でもぼくもジョナサンに会えなくなるのは寂しい。いつもそばにいるのに慣れているし、ジョナサンは食事やカシミアのセーターの趣味がよくて、ぼくはよく〝たまたま〟そのセーターの上で寝るようにしている。

「マットとポリーに知らせようかしら」クレアが言った。

「やめとけよ。グッドウィン夫妻に会うお楽しみを奪うことはないさ。一杯飲んでから寝ないか？ 明日は長いドライブになるんだろう？」

「またあの家を見るのが楽しみでしかたないわ。リフォームが終わったら、ぜったいすてきになる」

「そうだな」ジョナサンがクレアの肩に腕をまわした。「きっと見事だろう。でも頼むからとにかく現実に向き合おう。きみたちは別荘を持つというアイデアに夢中になっていて、その気持ちはよくわかるが、もしお金がかかりすぎたら……それに、言うまでもないけど子どもたちの夏休みは六週間そこそこだ。どこまで工事が終わるかわからない」

「わかってるわ。でも大丈夫。きっとすべてうまくいくから。わたしにはわかるの。わたしたちはすばらしい別荘を手に入れて、楽しい休暇を過ごすことになる」遠くを見るようなうっとりした目をしているのは、早くも〈海風荘〉にいるからだ。「あの家が子どもたちと猫でいっぱいになったら、クレア大おばさんも喜んでくれるわ」

クレアがこうと決めたら反論しても無駄で、どうやらジョナサンもぼくと同じ意見らしく、首を振ってやかんを火にかけに行った。

# Chapter 3

　車での移動は、ぼくが好きなことのリストに入っていない。キャリーに押しこめられるのは、たいていぜったい行きたくないところへ連れていかれる前触れだ——獣医とかへ。でも旅行するときはやむを得ない。クレアはぼくとジョージが一緒に入れる大きなキャリーを手に入れ、途中でおなかが空《す》いたときのためにおやつも用意してくれた。興奮しきりのジョージは片時もじっとしておらず、始終ぶつかられてばかりの旅は少々うっとうしいものになった。ぼくはすぐにぼろぼろになってしまった。

「ジョージ、いいからちょっと落ち着いて」叱ってみたが、なんの役にも立たなかった。

　学校が夏休みになった週にロンドンを発《た》った。ぼくたちはトビーとサマーと一緒にクレアの車に乗せられ、うしろにポリーと子どもたち、フランチェスカと子どもたちが乗る車がつづいた。三台とも荷物でいっぱいだ。ジョナサンがクレアにあれこれ指示されながら苦労してトランクに荷物を押しこんだのだ。ジョージとぼくは助手席に乗せられたが、座面が低いのでキャリーからはなにも見えない。ひと休みするいいチャンスだと思ってなんとか眠ろうとしたのに、ジョージには別の考えがあった。

「もうすぐ着く？」これを訊かれるのはもう百万回めだ。

「ああ」ぼくは答えた。本当かどうかわからないけど、クレアが同じことをサマーとトビーに言っているのが聞こえたから、親はそう答えるものなんだろう。

「海ってどんな感じ？」ジョージがようやく腰をおろして尋ねた。

「そうだな、海には一度しか行ったことがないし、これから行く海はそこじゃないと思う。でもカモメっていう大きな鳥がいて、あまり気さくなタイプじゃないから気をつけなくちゃいけない。それに言うまでもないけど、水にはなにがあっても近づいちゃだめだ」自分が知るかぎりの海の危険についてくり返し警告し、知らない危険がないよう祈った。とにかくジョージを目の届かないところへ行かせるつもりはない。一度目を離したばっかりにとんでもないことになり、ジョージは猫さらいにさらわれたし、そもそもジョージには少々手を焼かされることがあるのだ。それに息子の居場所がわからない怖さは、経験したことがないものだった。

「わかってるよ、パパ。でも、海でなにをするの？」難しい質問だ。

「いつもと同じだよ。人間の面倒を見て、ぼくたちも精一杯楽しむんだ」とりあえずあいまいに答えておいた。海辺の空気は体にいいはずだ。少なくともみんなそう言っている。

ドライブは永遠につづくように思われ、ぼくはじりじりしはじめた。子どもたちに食事をさせるために何度か停車したときはキャリーから出してもらえたが、車からは出してもらえなかったので、あまり動きまわれなかった。

むかし、DV男からクレアを救ったとき負った古傷に時たま煩わされるので用心が必要なのに、長いあいだじっとしていたせいで痛めた脚がこわばってきた。古傷のことは気にしていない。用心を強いられても、良い人間ばかりじゃないことをはっきり思いださせてくれる。ぼくはジョージがあんな人間に出会わなければいいと思いながら、ちらりと息子を窺った。笑みがこぼれた。後ろ足で立ちあがって窓に前足をかけて外を見ているジョージを、通りかかった人々が足を止めて写真に撮っている。

「やめるんだ、倒れるぞ」ぼくは注意した。ジョージは注目を集めるのが大好きなのだ。

クレアがサマーとトビーを連れて戻るころには、かなりの人だかりができていた。

「まあ」クレアが言った。「キャリーに戻したほうがよさそうね」

「かわいい猫ね」ひとりにそう声をかけられ、クレアが微笑んでお礼を言った。クレアが子どもたちのシートベルトを締めたので、ぼくもキャリーに入るようジョージを促し、ようやく落ち着いた。

「もうすぐよ」車を出したクレアが言った。とはいえ、このせりふを聞くのは初めてじゃない。

キャリーのなかでずいぶん長い時間を過ごした気がしたころ、ようやく車が止まった。最初はなにも見えなかったが、クレアがキャリーをおろして地面に置いたとき芝生が見えた。まだ明るいが、日が傾いている。

「出してあげてもいい？」アレクセイの声がする。

「いいわよ。でも庭から出さないでね」クレアが注意した。アレクセイがキャリーの扉を開け、飛びだしたジョージを抱きあげた。ぼくは外に出て空気のにおいを嗅いだ。たしかにロンドンとはにおいが違う。それからあたりを見渡した。すごい、もうすてきなところだとわかる。

クレアの車は芝生の端のフランチェスカの車の隣に停《と》めてあり、そこはちょっとした駐車スペースになっていた。塀はあまり高くないが、門がついている。芝生の前庭は写真で見たより広く、塀で囲われているからいい遊び場になりそうだ。大きな一軒家で、庭は青々した生垣に囲まれている。芝生はきれいに刈りこまれ、肉球にあたる感触が温かい。ぼくは首を巡らせ、建物から視線を動かした。

「うわあ」隣に来たジョージがつぶやいた。そして並んでつかのま景色をながめた。前に道があるが、渡った先は砂浜で、その向こうで海が日差しを浴びてきらめいている。きれいだ。トビーとサマーがぴょんぴょん飛び跳ねている。

「海に行ってもいい？」トビーが訊いた。

「そうねえ。荷物を片づけなきゃいけないし、もうすぐお茶の時間になるわ」クレアが答えた。「それに買い出しに寄ってるポリーを待たないと」

「こうしない、クレア。わたしが子どもたちを連れていくわ。そのあいだにあなたは荷物を整理できるでしょう？」フランチェスカが申し出た。

「そうしようよ！」トビーがにっこりした。

「行こう、トビー」トミーがトビーの手を取り、みんなで砂浜へ歩きだした。

クレアは両手に荷物を抱えたまま、ぼくたちの横に立ってみんなを見送っていた。

「さて、家に入りましょう。食事を用意してあげる」クレアの言葉にぼくは喉を鳴らした。

「そうよ、いいところでしょう？　子どものころのにおいがするわ」

玄関が開いたとたん、ジョージとぼくはクレアの脚のあいだからなかへ駆けこんだ。最初は軽いショックを受けた。ロンドンの家とはずいぶん違ったからだ。カーペットはぼろぼろで擦り切れている。玄関ホールを進むと、そこらじゅうの壁紙がはがされているのがわかった。ジョージを引き連れて向かった最初の部屋は広い四角い部屋で、大きなふたつの窓が芝生に面していた。きっとリビングだろう。窓枠に飛び乗ったジョージを置いて、ぼくは部屋のなかを歩きまわった。古びたソファと花柄の肘掛椅子がふたつずつある。まともな家具をそろえるまでの間に合わせにバザーで買ったものだろう。たしかクレアたちがそんな話をしていた。一方の壁際に暖炉と古いコーヒーテーブルがあった。なかなかいい部屋だ。少なくともいずれそうなる。隅にテレビがあるのも嬉しい。テレビなしで子どもたちが生きていけると思えない。リビングを出て隣の部屋へ行くと、そこはさっきの部屋より狭くてこぶりなソファがふたつ置かれ、暖炉もあった。ここも壁紙がはがされ、カーペットが擦り切れている。裏に面した窓がひとつあり、裏庭が見えた。たぶん芝生の前庭がメインの庭なのだろう。あそこはかなり広い。いずれにしても空っぽの部屋にはさほど興味を引かれなかったので玄関ホールに戻ると、ジョージがいた。

「どう思う?」ぼくは訊いた。

「ちょっとすかすかだね」ジョージが答えた。すかすかではないが、言いたいことはわかる。人が住んでいる感じがしない。

「すぐ家らしくなるさ」ぼくは言った。玄関ホールの反対側にもうひとつ小さめな部屋があり、そこも空っぽだったが、その隣は広いキッチンだった。巨大なテーブルがでんと置かれ、ロンドンの家と違って作りつけの食器棚がない時代遅れのキッチンではあるものの、そこだけはすでにわずかながら生活感を漂わせていた。クレアがやかんでお湯を沸かしながら棚の整理をしている。二階へあがって探検のつづきをしようとしたとき、家の外がにぎやかになった。

「着いたわよ」ポリーの声がする。

「キッチンにいるわ」クレアが応えた。ヘンリーとマーサが駆けこんできて、ぼくとジョージを撫《な》でまわした。

「やれやれ」ポリーも現れた。「やっと着いたわ」

「ちょっとしたドライブだったでしょう？」

「まあ、渋滞はあったけど、夏休みが始まったばかりだものね」

「お茶をどう？」

「もらうわ。みんなはどこ？」

「フランチェスカが子どもたちを海へ連れていったの。ずっと車に乗ってたから、じっとしていられないのよ」

「ぼくたちも行っていい？　いいでしょ？」ヘンリーが訊いた。

ポリーがうめいた。

「オーケー、行きましょう」

「お茶は保留にしておくわね」クレアがにんまりした。「でもあなたたちには食べるものをあげましょうか」ぼくを見ている。

「ミャオ！」ぜひお願いしたい。

食事に夢中で二階の探検を忘れてしまった。この家はいい感じだ。部屋はどれも広めで、古びて少し荒れ果ててはいるものの、すごく明るい。どういうわけか、別荘というのは小さくて薄暗いものだと思っていた。ジョナサンもそう言っていたが、もちろんここに来てからは違う。〈海風荘〉はどこか名前に似た雰囲気がある。大きくて明るくて、リフォームが終わったらきっとすてきになるだろう。いまは少しみすぼらしくても、これから過ごす夏を思うと心が躍った。だってこれからすばらしい夏休みを過ごすわけだし、〈海風荘〉が夢の家に変貌するんだから。

砂まみれで帰ってきた子どもたちが、星屑《ほしくず》みたいな砂を家じゅうにばらまきながらキッチンにやってきた。

「思ったんだけど、子どもたちを連れてパブでお茶しない？」クレアが言った。「みんなまだ荷物の整理が終わってないし、そのほうが楽だわ」

「やった！」アレクセイが言い、ほかの子たちも興奮して飛び跳ねている。

「そこらじゅう砂だらけよ」フランチェスカが笑った。「どうやらこういうのに慣れなきゃいけないみたいね」

「ちゃんと考えてあるわ」ポリーが言った。「あとできちんと話すけど、裏にある家事室を」キッチンの奥にあるドアを指差している。「サンドルームにできると思うの。仕切りを取り払えば、裏口から直接入れるし。そうすればこっちまで砂が入ってこないでしょ？ああ、ちなみに一階のトイレもあそこにあるの。一応使えるけど、交換しないと」

ぼくはそちらへ目を向けた。これまでそこに部屋があることに気づかずにいたが、いまはドアが開いているのでかなり広い部屋だとわかる。

「あなたって天才だわ、ポリー」クレアが言った。

「それを言うのは、残りの計画を聞いてからにしてちょうだい。夏休みのあいだに工事がすべて終わるかどうかわからないけど、全力を尽くさないとね。それはさておき、パブに行くのは賛成よ。くたくたで料理のことなんか考えられないもの」

子どもたちが家事室へ追いやられ、服と靴についた砂を落とすように言われた。そして行ってきますと告げてみんな出かけていった。

「よし、ジョージ。ぼくはみんなが留守のあいだに、家のなかをしっかり見ておく」

「うん、パパ。ぼくは寝ちゃうかも。ちょっと眠いんだ」ジョージがリビングへ行って出窓で丸くなった。太陽は沈みかけているが、あそこなら暖かい。ぼくは一階の探検に戻り、がらんとしたふた部屋はどう使われるんだろうと考えた。裏口は家事室のすぐ横で、嬉しいことに猫ドアがついていたけれど、まだ使わないことにした。眠っていようとジョージをひとりにしたくない。代わりに二階へ向かった。

階段は板張りのままで、登りきったところが広い踊り場になっていた。とりあえずいちばん奥にある部屋のドアをそっと押してみた。中くらいの広さの部屋で、二段ベッドがふたつある。四人の男の子用だろう。窓から海が見晴らせ、目覚めたときこの景色が見えるあの子たちはなんて恵まれているんだろうと思った。ジョージはトビーと寝るはずだから、あの子の部屋にもなるはずだ。たとえ上段のベッドで寝ることになっても、幸いジョージは高所恐怖症じゃない。ぼくは高いところが少し怖いが、それはまた別の話だ。

次に真向かいにある小さめの部屋へ行った。ベッドがふたつあり、どちらもピンクのベッドカバーで覆われている。マーサとサマーの部屋だ。裏に面した窓からはほかの家と野原しか見えないからサマーたちは貧乏くじを引いたことになるが、女の子はふたりしかいない。裏側にある隣の部屋は広いバスルームだ。時代遅れのバスタブとシャワー、トイレと洗面台がある。いずれもずいぶんくたびれている。階段の反対側へ向かうと、表側にいちばん広い寝室があった。前庭越しにすばらしい景色が見え、洗面台とトイレのある小さな部屋がついている。いわゆる主寝室で、フランチェスカとポリーがクレアの部屋だと言って譲らなかった部屋だ。その先に小さな部屋がふたつあるから、ポリーとフランチェスカはこっちを使うんだろう。ベッドの設置は終わっていて、少し窮屈になりそうだけど、みんなで過ごすにはじゅうぶんな広さだ。さらに階段をあがった先にもうひとつドアがあって、みんなが屋根裏の話をしていたのは知っていたが、ドアが閉まっていて調べられなかった。

ぼくはあまりがっかりしないようにした。たしかに立地はすばらしいとはいえ、かなり手を入れる必要がある。リフォーム後の姿を想像しようとしてみたが、猫のぼくには難しすぎた。すべて終わったらわが家みたいになると言うポリーを信じるしかない。ビーチがきれいなのは間違いないし、本格的に砂を経験したことがないから、あそこへ行って歩きまわるのが待ちきれない。ぼくはジョージのところへ戻ることにした。そろそろ旅行を楽しもう。

キッチンへ行くと、変なにおいがした。ジョージの気配はなく、クレアたちが戻ったようすもないのであたりを調べた。家事室でにおいを嗅ぎまわってもなにも見つからなかった。でもこのにおいは間違いようがない。猫のにおいだが、ジョージともぼくとも違う。空き家だったとき、地元の猫が入りこんでいたんだろうか。ぼくは毛を震わせた。きっと考えすぎだ。猫のにおいがするだけで、気配はない。ぼくはしぶしぶ調査を切りあげ、ジョージを起こしに行った。

「ミャオ！」大きく声をかけた。起きてもらわないと今夜寝てくれなくなる。

「わっ！」ジョージが飛び起きて出窓から落ち、お尻で着地した。

「ごめん」ぼくは笑いをこらえた。「起こそうとしただけなんだ」

「なにかあったの？」毛づくろいをしている。

「なにも。みんなが帰ってこないうちに、ちょっと外を探検してもいいかなと思っただけだよ」また潮風の香りを嗅ぎたくてたまらない。

「わかった。でもトビーたちみたいにビーチへ行ってもいい？」

「だめだ。今日はだめ。帰ったときぼくたちがいなかったらクレアが心配する。でも、近いうちに必ず行くよ」

当面は猫ドアから飛びだして前庭を歩きまわるだけで我慢した。芝生の端に座って水平線に沈む太陽を見つめるうちに、うっとりしてしまった。海が穏やかにうねるなか黄金色の砂がきらめいて見え、あたりは潮の香りでいっぱいだ。それは見るものの心を奪う光景だった。オレンジ色に輝く太陽は海に浮かんでいるようで、空はさまざまなオレンジ色や黄色や近づく夜空の冷たい青で息づいている。空気のにおいはエドガー・ロードとはまったく違う。潮と日向といろんなものがまじり合った濃密な香りがして、ぼくはずっとそこに座って空気のにおいを嗅いでいたくなり、実際そうした。

ここがクレアにとってどれほど大切な場所かよくわかる。こんなにきれいな景色を見るのは初めてで、ジョージが隣にいてこの経験を共有できることがすごく嬉しくてありがたかった。そして、はっと気づいた。ぼくたちはほんとに旅行に来たのだ。家族そろった初めての旅に。

# Chapter 4

またジョージにしっぽで頭をくすぐられて目が覚めた。ここではクレアのベッドで寝ている。すごく寝心地がいいうえ、ふたりのときはクレアのそばにいたい。たぶん、ジョナサンがいないときクレアを守るのは自分の役目の気がするからだろう。初めて会ったころみたいに。クレアはエドガー・ロードで出会った最初の人間だ。離婚したあと引っ越してきたクレアは、ひどく落ちこんでいた。ぼくはひとりぼっちで、クレアもひとりぼっちで、まるで会うべくして会ったみたいだった。泣いてばかりのクレアを慰めることで、ぼくも慰められた。ぼくたちは固い絆で結ばれていて、人間の家族は全員大好きだけど、これからもクレアはぼくの心のなかで特別な存在でいつづけるだろう。考えようによってはクレアとの出会いがほかのみんなとの出会いに繋《つな》がったとも言えるし、逆にぼくがクレアをみんなに出会わせたとも言える。

一瞬、自分がどこにいるのかわからなかったが、すぐ海辺に来たのを思いだした。いまは旅行中で、すべて計画どおりにいけば、この家が別荘になるのだ。ぼくはいてもたってもいられずに飛び起きた。クレアが目を開けた。

「おはようアルフィー、子どもたちは起きてる?」言ったそばからトビーとサマーが駆けこんできた。

「ママ、ママ」サマーがクレアに抱きつき、つづいてベッドによじ登ってきたトビーが笑い声をあげるクレアを抱きしめた。

「よく眠れた?」トビーの頭を撫でている。

「うん。ジョージと一緒だったからあったかかったよ」ぼくは誇らしい気持ちでジョージを見た。カーテンの細い隙間から日差しが差しこみ、また海を見るのが待ちきれない。

「まずは朝ごはんを食べたい人」クレアがふとんをめくって起きあがった。

「はい、はい、はい!」サマーが飛び跳ねる勢いで、ベッドが大きくはずんだ。

「ミャオ」大きく鳴いたジョージにクレアが笑い声をあげている。

「オーケー。みんなで食事にしましょう」

　みんながそろっていて最高だ。キッチンは話し声と笑い声であふれている。ジョナサンたちがいないのは残念だけど、家だか別荘だかどう呼ぶにせよ、ここでの生活が早くもまわりだしているのがわかる。フランチェスカが朝食をつくり、クレアはコーヒーを淹れ、ポリーは子どもたちをテーブルにつかせている。

「ママ、手伝おうか？」アレクセイがコンロの前にいる母親に声をかけた。火はつくが、明らかに旧式だ。最初の飼い主のマーガレットが使っていたコンロにちょっと似ているから、かなり古いはずだ。

「ええ。じゃあ、トーストの係をしてくれる？」幸いトースターは新しい。

「じゃあ、ぼくはアレクセイを手伝うね」弟のトミーが言った。みんな仲良く協力している。どうやら早くもリンストーと〈海風荘〉と潮風がぼくたち全員に不思議な影響を及ぼしているらしい。普段から子どもたちは仲がいいが、口喧嘩《くちげんか》もしょっちゅうする。でも今日はそれがない。

「トビー、トランプで遊ぶ？」ヘンリーが誘った。トビーと年が近く、友だちになろうとさかんに気を遣ってくれるのを、ぼくはかねてから誇らしく思っている。ふたりは仲がよく、どちらかと言うとヘンリーがトビーを守っている印象があるが、それはトビーには守ってあげる必要があるからだ。わが家に来てからずいぶん変わったとはいえ、いまだに心に傷を負っていて傷つきやすいから、気をつけてあげなければいけない。

でも子どもたちはみんなすごくいい子で、自分で言うのもなんだけど、ぼくもこの子たちのためにけっこう頑張った。最年長のアレクセイはみんなの面倒をよく見るし、少し年下なのに体格はほとんど変わらない弟のトミーもそうだ。実のところ、子どもたちはお互いに面倒を見合っている。年上の男の子たちは年下の子たちに目を配り、いちばん幼いサマーとマーサの面倒はみんなで見ている。はっきり言って、誰もあのふたりを傷つけることはできない。たとえボーイフレンドができても、男の子たちが追い払うに違いないとジョナサンが冗談交じりに言っている。いつのまにかぼくの家族はこうして増え、その絆は強くなっていった。なんだか胸がいっぱいで、こんなふうにみんなで旅行に来られるなんて、まさに夢がかなった気がした。

「今日はどうするの?」フォークで豆をすくいながらアレクセイが尋ねた。ぼくは見つからないようにアレクセイの膝に乗っている。食べ物のそばにいるといやがられるからだけど、そもそも卵をのぞけばアレクセイの朝食を食べたいとは思わない。ジョージはサマーの足元にいる。サマーは以前よくヨーグルトを投げたので、それを舐めるうちに大好物になってしまったのだ。いまはあまりやらないのに、いまだに望みを捨てていない。

「そうね、みんなでビーチに行くのはどう? 大人が座るブランケットを持っていくから、子どもたちはバケツとシャベルを持っていって砂遊びをすればいいわ」

「海に入ってもいい?」トミーが訊いた。

「満ち潮ならね。でも冷たいかもしれないわよ」フランチェスカが冷静に答えた。天気はいいが、庭木がゆるやかに揺れているから少し風があるようだ。

「いずれにしても、忘れ物をしても道を渡ればすむわ」クレアが言った。「ポリー、ランずいた。

チのときに、工事の進み具合をチェックしに戻ってくるわね」

「ええ、始まるのが待ちきれないわ」ポリーが応えた。もうすぐ業者が到着するのだ。

「ヘンリー、マーサ。クレアとフランチェスカの言うことをよく聞くのよ」ふたりがうなずいた。

ゆうべ、子どもたちが寝たあと、クレアとフランチェスカとポリーとぼくで食卓を囲み、ワインを飲みながらリフォームについて話し合った。まあ、正確に言うとぼくは食卓に寝そべり、うとうとしながら半分耳を傾けていたんだけど。ポリーはすでに業者を雇い、ぼくたちが来るまでにいくらか工事をすませていた。この家にはまだまだ工事が必要な感じだが、具体的なところはぼくにはわからない。ともあれ、今後はポリーの監督のもと工事が進むことになる。

まずは家事室との仕切りを取り払って裏口と繋げ、砂まみれの子どもたちを食い止める予定だ。そこは〝サンドルーム〟と名づけられた。それ以外で業者が取り掛かる主な工事は、まだ見ていない屋根裏だ。どうやらかなり広いらしく、そこを寝室ふたつとバスルームにリフォームして子どもたちが使うフロアにするらしい。一方の寝室を男の子たちが使い、もうひとつを女の子が使って、あいだにあるバスルームで繋げるのだ。まずは子どもたちが自分たちの空間を持てるように、クレアたちは屋根裏のリフォームを先に終えたがっていた。ぼくも親になり、親とはそういうものだとわかってきた。つねに子どもを第一に考える。ジョナサンたちとの〝話し合い〟で、贅沢《ぜいたく》なリフォームはしないことになったが、ポリーは大金をかけずに最高の結果を出すすべを心得ていて、やる価値があるならできるだけきちんとやるべきだと男性陣を口説き落とした。要するにかなりお金はかかるけれど、工事が終わるころにはいまより家の価値があがるのは間違いない。〝経済的に理にかなっている〟とクレアは言いつづけているが、ぼくにはさっぱり意味がわからない。ぼくはただ、工事が終わったときいまより少し明るくて住み心地がよくなっていればいい。猫が別荘に望むのはそれだけだ。

ともあれ、みんな自信たっぷりだから、最終的には見事な別荘になるだろうし、クレアもいつか子どもたちが家族を連れてここで休暇を過ごす日が来るんだわ、なんてうっとりしゃべっている。皮肉屋のジョナサンは、どうせいずれ売りに出すことになるんだとしょっちゅうぶつぶつ言っているけど、子どもたちとここで過ごしてどれほどみんなが気に入っているかを見たら、夢中になるはずだ。おっと、話が脱線してしまった。ぼくは朝食の食器が片づけられるのを見つめ、ジョージが子どもたちと遊んでいるのを見届けると、毛づくろいして今日という日に備えた。

海に行く子どもたちを見送るためにとりあえず庭に出たとき、またしてもジョージを引き留めるはめになった。ジョージは一緒に行きたがったが、その前によく調べてここが猫動は避けたい。

に安全な場所か確認する必要があるとたしなめた。なにしろ水がからんでいるんだから、用心が肝心だ。それにクレアもぼくたちを連れていこうとしなかったから、一《いち》か八《ばち》かの行動は避けたい。

「ジョージ、海にはあとで行くから、ちゃんと調べてしまおう」ぼくは穏やかに諭した。

「でもいま行きたい」ジョージが言い張った。

「聞き分けがないことを言うなよ。やりたいことをなんでもできるわけじゃないのはわかってるだろ。それにいい子にしてたら、あとで海に連れてってあげるから」

「わかったよ」とりあえず折れたが、ジョージは折れるのがあまり好きじゃない。

ジョージを連れてなかに戻ろうとしたとき、家の前でヴァンが停まった。がっしりした男性が車から降りてこちらへ歩いてくる。

「やあ」男性がかがんで撫でてくれた。ジョージもぼくも喉を鳴らして鼻をこすりつけた。大柄でたくましい男性で、あまり髪の毛がない。玄関が開き、ポリーがマグカップを片手に出てきた。

「いらっしゃい、コリン。よろしくね」ビーチサンダルを履いたポリーは髪をうしろで縛り、にっこり微笑んでいる。モデルをしていたポリーは美人で、ひと目見るなりコリンの顔がぱっと明るくなった。ポリーに会うとみんなこうなる。

「こちらこそよろしく、ミセス……いや、ポリー。調子はどうですか?」大股でポリーに近づいていく。ぼくたちも小走りであとを追った。

「元気よ、かなりせわしないけど。さあ、入って。工事の予定を見直しましょう。ほかの人はいつ来るの？　かなりのタイトスケジュールなのよ」額に皺を寄せている。

「若いのが三人、大きなヴァンで来ることになってますから、ご心配なく」コリンは陽気で初めて聞くなまりがあるが、親しみにあふれた、感じがいいなまりだ。この町のなまりだろうか。

ふたりについてキッチンへ行くと、ポリーが家事室をリフォームしてほしいと説明した。

「お安い御用です。言いたいことはわかりますよ。仕切りを取っ払って、裏口からまっすぐ入ってこられるようにして、家のなかが砂だらけにならないようにしたいんでしょう？」

「そうなの。子どもが六人いるうえに猫も二匹いるから、すごいことになりかねないのよ」

「じゃあ、ここにはしょっちゅう来るつもりなんですか？」コリンが頭を掻《か》いた。

「ええ、そのつもりよ。三軒で共有してるから、ほぼ一年じゅう誰かいると思う。長い休みはもちろん、週末も。空き家同然にせずに使いたいの。わが家にしたいのよ」

「そりゃよかった。〈海風荘〉には愛情が必要だ」

「一階のトイレを仕切ってくれると助かるんだけど」家事室にトイレがあるが、ドアがない。

「承知しました」コリンが愛想よく応えた。「ただ、ほかのバスルームの分を注文するまで、新しい便器は注文しないつもりなんです。コストを下げるために」

「かまわないわ。ドアさえつけてくれれば、さしあたって使えるから」ポリーが微笑んだ。まさに水を得た魚だ。子どもたちの手が少し離れてインテリアデザインを学びはじめてから、ポリーは生き生きしている。ヘンリーを産むまでモデルをしていて、そのあとはヘンリーとマーサの母親に専念していた。エドガー・ロードに引っ越してきたときヘンリーはまだ赤ちゃんで、ポリーは産後鬱になっていた。少し時間はかかったものの、ありがたいことに快復した。去年、マットが解雇されたときは、インテリアデザインの仕事に身を入れて頑張った。長時間勤務になったから、ポリーにとってもマットにとってもいろいろたいへんな時期だったけど、いまはフリーなので以前よりいくらか慎重に仕事を選べるみたいだし、現在抱えている仕事もそのほとんどをここの工事を監督しながらできると話していたから本当にラッキーだった。

ふたりについて歩きまわり、どんな作業をするのか聞いているうちに疲れてしまった。猫でよかったと改めて思う。こういうもろもろのことに神経を使わなくても、運のいい猫は家に住めるんだから。

「よし、若い連中が来たら、さっそく取り掛かりますよ。お子さんたちが近づかないようにしてもらったほうがいいかもしれません、それに猫も」コリンがぼくとジョージを指差した。「猫に合うヘルメットがないもんで」自分のジョークに笑っているが、どこがおもしろいんだろう。

「大丈夫よ。子どもたちは天気が崩れないかぎり外にいるし、この子たちはすごく頭がいいの」ポリーがジョージを抱きあげた。

「雨が降らないように祈りましょう」コリンが言った。

うん、祈ろう。邪魔しちゃいけないのなら、せめて日差しは降り注いでもらわないと。

間もなく大きなヴァンが到着した。庭に停めてある三台の車すべてをブロックし――べつに車を使う必要があるわけじゃないけど――コリンより若くて髪の毛も多い男性が三人元気よく降りてきた。いきなりばたばたとあわただしくなった。たしかに邪魔しないほうがよさそうだ。ぼくはジョージに目を向け、そろそろ思いきってビーチを調べてもいいだろうと判断した。

「いいか、ジョージ。ぜったいそばを離れないで、よくよく注意するんだぞ」門の下をくぐり抜けながら念を押した。

「うん、パパ、わかってるよ」興奮で毛が逆立っていて、この冒険がジョージにとってどれほど大事なことかよくわかる。ぼくたちは歩道で足を止めた。道がかなり狭いので通り過ぎる車はスピードが遅く、反対側にある駐車場に車がたくさん停まっている。安全を確認して道を渡った。そして塀に飛び乗り、ビーチをながめた。

すごい、こんなの見たことない。平らな砂浜がどこまでもつづき、おもしろそうな砂丘もいくつかある。砂は黄金色で、丘からは草が突きだし、遠くに海が見えるがかなり距離がありそうだ。

ところが、前へ進もうとした瞬間、正真正銘の危険が目に入った。

「まずい、ジョージ、犬がいる」ぼくはジョージを守れるように身を寄せた。犬が一匹、そばでぐるぐる走りまわっている。迷惑このうえない。ビーチを満喫できるはずだったのに、あいつのせいで台無しだ。ジョージを連れて別荘に駆け戻ろうとしたとき、犬の飼い主のところへ男性がやってきた。

「夏のあいだ、ビーチで犬を放すのは禁止ですよ」男性がぼくたちのうしろにある看板を示した。

「でもこの子はビーチが好きなのに」飼い主が動揺している。

ぼくは歓声をあげたくなった。ビーチは犬禁止で、猫に関する注意書きはない。

「ぼく、犬なんか怖くないよ」ジョージが小さな胸を張ってみせたので、ぼくはさらに身を寄せた。怖いものなんかないと言い張るところが怖いのだ。飼い主が犬にリードをつけ、ぷりぷりしながらビーチを出ていったので、今度こそみんなのところへ行くことにした。

「ジョージ、言うのはこれが最後だぞ。犬はまぬけな生き物で猫ほど賢くないけど、ぼくたちより大きいし、リードがついてないときは襲ってくるかもしれないんだ。あえて危険を冒すことはない」

その言葉を裏づけるように、ビーチから連れだされる犬が激しく吠《ほ》えたてた。

ぼくたちは家族のところへ向かった。浜に足を踏みだしたところでジョージに話しかけた。「変な感じがする」この感触をうまく表現できない。

「なんだか、ずぶずぶ沈んじゃうよ」ジョージの足先が黄金色のさらさらしたものに覆われている。まともに歩けるようになるまで少し時間がかかったが、なんとかみんなのところに辿り着いた。

「あら、アルフィーとジョージが来たわ。猫はビーチにいてもいいのかしら」フランチェスカが笑った。

「犬は禁止なんだよ」トビーが言った。「看板に書いてあった」

「お利口さんね」クレアが褒めた。「でも猫の看板はあった？」

「ううん。猫のはなかった」

「トビー、足を埋めてもいい？」シャベルを持ったサマーがやってきた。トビーがうなずき、サマーのほうへ足を伸ばした。

「じゃあ、アルフィーとジョージはここに座って、騒ぎを起こさないようにしててね」ブランケットに座るクレアが隣を示した。騒ぎを起こす？　なにを言ってるんだ？

みんなでビーチですばらしい時間を過ごした。少し暑いけど、時折気持ちのいい風が毛を逆立てた。ジョージはおとなしくサマーに足先を埋めさせていたが、気に入らないらしくさかんに文句を言っていた。ぼくたちを不審そうに見る人もいて、そのうちの何人かは話しかけてきたけど、クレアとフランチェスカがこの子たちとはいつも一緒なんだと答えた。なかにはぼくたちの写真を撮る人もいた。なにより嬉しいのはカモメがいないことだ。

ぼくは寝そべって日差しを楽しみながらも、子どもたちとジョージから目を離さずにいた。アレクセイはやけに手のこんだお城の建設を監督し、トミーは湿った砂を取りに波打ち際とここを走って往復し、サマーとマーサはお城を飾る貝殻を探し、トビーとヘンリーはお堀とかいうものを担当している。すごい、たしかにかけがえのない経験だ。ジョージでさえ砂に慣れて少ししか沈まなくなっているが、ジョージを救いだすのを子どもたちがおもしろがっているから問題ない。まわりの動きをのんびりながめているうちに、外側と同じぐらい体のなかも温まってきた。

実際ちょっと暑いのにジョージは気にならないらしく、日向ぼっこをしている。アレクセイが自慢げに最新作を見せた。砂のかまくらで、内側がきちんと空洞になっているのを説明している。丸い天井と入口があり、どうぞ入ってくださいと言っているようにしか見えない。かまくらの屋根と側面を厚くするためにみんなが湿った砂を探しているうちに、入れるか試したくなった。入口から簡単に潜りこめた。わあ、涼しいし、なかなか居心地がいい。外の話し声は聞こえるので、横になって目をつぶり、軽く昼寝をすることにした。

少しして、昼寝で生き返った心地で目を開けると、なにも見えなかった。真っ暗だ。動こうとしても身動きできず、四方からぴったり押さえこまれている。恐怖に襲われ身じろぎしたが、まわりは砂でいっぱいだ。息苦しくてパニックになったせいで、事態がさらに悪化した。砂のかまくらが崩れたに違いない。いますぐ助けてもらわないと。叫ぼうと開いた口に砂が入ってきた。吐きだそうと何度も頑張ってから、声を限りに鳴きはじめたが、そのうち疲れて口のなかが砂でざらざらになってしまった。しばらくすると外で話し声がしたので、気づいてもらおうとさらに叫んだ。動けば動くほどさらに身動きできなくなる気がして、これ以上パニックを起こさないように努めた。しっぽを振ることもできない。

叫びすぎて息が切れ、呼吸はできるものの恐怖は刻々と増した。ふたたび叫んだときは自分の声さえ自分のものじゃない気がした。いますぐ誰か来てくれないと、砂のかまくらに閉じこめられたまま海に流され、はるかかなたの異国の地に流れ着くなんてことになりかねない。話し声が近づいてきて、砂の割れ目からようやく細い光が差しこんだ。

「ほらね、アレクセイ。アルフィーはきっとここだって言ったでしょ」トミーが叫んだ。

「たいへん、怪我《けが》してるかも」

「アルフィー、ごめんよ。知らなかったんだ。ほんとにごめん」アレクセイが取り乱している。ふたりが砂を掻きだし、アレクセイがぼくを抱きあげて砂を払ってくれた。ゆっくり息をすると、パニックも収まってきた。何度かまばたきするうちに、明るい日差しに目が慣れてまわりが見えるようになった。

子どもたちとジョージがまわりで心配そうにしている。残りの砂を振るい落として息を整えていると、フランチェスカが飲み物を持ってやってきた。サマーとトビーを連れたクレアも近づいてくる。これまで波打ち際にいたのだ。

「アルフィーになにがあったの？」クレアが訊いた。「ほんの五分、目を離しただけなのに」首を振っている。

五分？　そんなものじゃなかった。何時間もだ。これで砂に埋められることが、ぼくの臨死体験リストに加わった。これまでリストにあったのは、DV男に痛めつけられたことと、車に轢《ひ》かれそうになったこと、池で溺れかけたこと、木から降りられなくなったことだ――そうそう、カモメに襲われそうになったこともあったっけ。ジョージが鼻をこすりつけてきて、無事でほんとによかったとつぶやいた。ぼくはちょっと恥ずかしくなった。騒ぎを起こすなとしょっちゅうジョージに言っているのに、そのぼくが危ない目に遭うところだった。

「大丈夫だよ。砂のかまくらに入っちゃって、ぼくたちがほかのお城をつくってるあいだに、かまくらが崩れたみたい。アルフィーが入ってるのを知らなかったんだ」

「最近は、騒ぎを起こすのはいつもジョージなのに」クレアが痛いところをついた。そう思われてもしかたない。

「もう、へとへとよ」芝生に出てきたポリーにクレアが言った。クレアの提案でランチを食べにちょっと戻ってきたのだ。生き埋めにされたことからまだ立ち直りきっていないぼくは嬉しかった。砂丘と呼ばれている砂の丘にジョージを連れて探検に行きたいと思っていたが、もうクレアが目の届かないところへは行かせてくれないだろう。それに、さっきの経験に懲りてビーチに近づく気をなくしたわけじゃないけれど、これからはさらに用心するつもりだ。

「日差しの下で子どもたちを追いかけまわしたから疲れきったけど、あの子たち、もうビーチに夢中よ」

「ビーチもわたしたちに夢中みたい」フランチェスカが笑いながら脚についた砂を払っている。

「そのようね。ねえ、ランチは庭で食べない？　なかは埃《ほこり》っぽいから。お茶の時間までにはキッチンを使えるはずよ」ポリーがみんなのところへやってきた。

「いいわね。なにを食べる？」クレアが訊いた。

「町のお店でサンドイッチときんきんに冷えた飲み物を買ってくるのはどうかしら」ポリーが答えた。「キッチンに入る気になれないもの。アレクセイ、一緒に来てくれる？　みんなのおやつも選んでほしいの」

「うん、いいよ」アレクセイが得意げに答え、ポリーのそばに来た。

「なにか特にほしいものがある？　それともなんでもいい？」ポリーが訊いた。

「あの子たちが好きそうなものをお願い、わたしはなんでもいいわ」クレアが答えた。

「お金は持ってる？」

「ええ、大丈夫。じゃあ、行ってくるわね」

「ミャオ！」ぼくもなにかほしい。

「あなたたちが好きそうなシーフードがあるかチェックしてくるわ」ポリーが笑った。

「海のそばにいるんだもの、おいしいものがあるはずよ」

かがんで撫でてくれたので、ぼくは喉を鳴らした。あんな目に遭ったんだから、ごちそうをもらってもいいはずだ。


芝生の上でみんなで楽しい午後を過ごした。ジョージには、ビーチに戻るには少し暑すぎると言ってある。本当はまだ動揺していて戻る気になれない。気持ちのいい茂みの陰からでも景色は見える。どうしてもっと早くぼくがいないことに気づかなかったんだとジョージに訊いたら、平然とひげを立て、穴を掘るのに忙しかったと言われた。まるでそれがいたってあたりまえの返事みたいに。

ながめるうちに、ビーチはどんどんにぎやかになった。子どもも大人もビーチに打ち寄せる波に浮かんでいる。クレアによると、寄せ波というらしい。平らな板は人間がその上に立つもののようだ。あの板はなんだろう。初めて見る。

「パドルボードを習ってもいい？」アレクセイが訊いた。なるほど、あれはそういう名前なのか。

「いいわよ」フランチェスカが答えた。「どこで教えてくれるのか調べてみるわ」

気をつけてほしい。水は油断できないもので、人間はお風呂もプールも海も大好きみたいだけど、分別のある猫は近寄らない。

アレクセイがほかの子たちのためにサッカーの用意をするあいだ、ぼくたちおとなはブランケットでくつろいだ。ポリーはときどき工事のようすを見に行き、うたた寝するクレアの横でフランチェスカは読書している。サッカーボールを追いかけるジョージはなかなかボールをつかまえられずにいるが、このぶんなら今夜はぐっすり寝てくれるだろう。実のところ、ぼくも潮風でまた眠くなってきた。

「パパ」呼びかけられて目が覚めた。顔をあげるとジョージが見おろしていた。いつのまにか眠ってしまったらしい。

「どうした？」

「みんなお茶を飲みに家に入ったよ。工事の人たちが帰ったから、ぼくたちもおやつの時間にしない？」ちらりとビーチに目をやると、ほとんど人影がなくなっていた。空はまだ明るいがおなかが空《す》いた。たしかにおやつの時間だ。

「じゃあ、行こう。おいで。裏にまわるよ」

猫ドアからなかに入ると、家事室につづく戸口ができていた。少し散らかっているけど、〝サンドルーム〟をとおってキッチンへ行けるから悪くない。ぼくとジョージは毛についた砂を振るい落とすのにかなり時間がかかったので都合がよかった。砂はやけにくっつきやすくて、クレアにしょっちゅうお風呂に入れられたらたまらない。

キッチンへ向かおうとしたところで足が止まった。また変なにおいがする。猫のにおいなのは間違いないが、ここにはぼくとジョージしかいないから筋がとおらない。隅々までよく調べても正体を示すものはなく、においだけがする。どうも気に入らない。さらに時間をかけてもう一度調べていると、キッチンからジョージを迎える声がした。笑い声も聞こえる。しぶしぶ調査を切りあげてキッチンへ行くと、ジョージがサマーのそばでテーブルに座っていた。クレアが悲鳴をあげているが、ほかのみんなは笑っている。ぼくは改めて目を凝らした。子どもたちはアイスクリームを持っていて、ジョージがサマーのアイスに顔をうずめている。

「見て、ジョージはアイスクリームが気に入ったみたいだよ」ヘンリーが笑った。サマーはジョージにアイスクリームを差しだしている。

「わざわざ食べさせないで、サマー」クレアが叱ってアイスクリームを取りあげた。でももう手遅れだ。ジョージはアイスクリームまみれで、顔についたものを舐め取るとアイスクリームと同じ色をした白い鼻先の下に満面の笑みが現れた。

「地元で有名なアイスクリームなのよ。クロテッド・クリームでできてるって書いてあるわ」ポリーがアイスが入っていた容器の説明を読みあげた。

「すごく冷たかったけど、ぼくはすごく気に入っちゃった」誰にも聞こえないところでジョージが言った。

ぼくはジョージの頭をちょっとだけ舐めてみた。たしかに悪くない。

「まあ、せっかくの旅行だから、今回だけ大目に見てあげるわ」クレアが言った。

やっぱり旅行は最高だ。

# Chapter 5

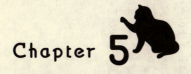

みんなでキッチンで朝食を食べていると、玄関を執拗《しつよう》にノックする音がした。

「もう工事の人が来たの?」しぶるサマーに果物を食べさせようとしていたクレアが顔をあげた。子どもたちはきちんと食卓を囲み、ジョージは床に落ちたポリッジを舐めている。見なかったことにしようとしても、気になってしかたない。

「あと一時間は来ないはずよ。見てくるわ」ポリーが玄関へ向かった。ぼくもあとを追った。玄関を開けたとたん、一瞬ポリーもぼくもぎょっとした。戸口に立っていたのはものすごく華やかな女性で、最初はちっぽけな犬を抱いているのかと思ったが、よく見たら猫だった。ペルシャ猫だ。とびきりの美猫なのに、ぼくをひと目見るなり不愉快そうにしっぽを振ってシャーッと言い、体をくねらせている。

「シャネル、いい子にして」女性が腕のなかでもがく猫に話しかけた。ぼくは一歩も引かずにいた。ここはぼくの陣地だ。

「あの……?」ポリーが戸惑っている。女性は長身でほっそりした体形で、ワンピースにやけにヒールの高い靴を履いている。ブロンドの長い髪をきれいに整え、お化粧もしている。ぼくはポリーにちょっと同情した。ぼくが知るかぎりいちばん美人だけど、くたびれたTシャツにレギンス姿で髪を無造作にまとめ、ノーメイクのいまは最高な状態とは言えない。ペルシャ猫も飼い主同様非の打ちどころがないが、好きになれなかった。喧嘩腰だし、ぼくに向かってもう一度シャーッと言ったときはかなり意地が悪そうに見えた。

「ごめんなさいね」女性の声は自信にあふれ、幾分大きすぎた。「お邪魔してしまって。わたしはアンドレア。隣に住んでいる者よ。ご挨拶したかったの、シャネルと一緒に。でもこちらにも猫がいるとは知らなくて」ぼくに向けた視線は〝一瞥《いちべつ》〟としか表現しようのないものだった。軽く見下した視線。

「あら、それはどうも」ポリーはまだ戸惑っている。「どうぞよろしく。わたしはポリー、この子はアルフィー。実は猫は二匹いるんです」

「ミャオ」ぼくはシャネルに、きみなんか怖くないと伝えようとした。相手はぼくを殺したがっているような顔でにらんできた。

「そう。それで、こちらで暮らすおつもり？」アンドレアが灰色の瞳を細めて戸口からなかをのぞいている。

「いいえ、ずっとではありません。来たばかりですが、夏休みを過ごしているだけです。話せば長い話なんです」ようやく笑顔を取り戻している。

「そうなの？　じゃあ、いまお聞きするわ」アンドレアがぼくたちの横をするりとすり抜け、シャネルを抱いたまま家のなかに入った。

「ああ、みんなキッチンにいます」ポリーが声をかけたが、アンドレアはもうキッチンへ向かっていた。

クレアはコーヒーを飲み、子どもたちは小競り合いの真っ最中だった。フランチェスカは片づけを始めていたが、ジョージが足元をうろちょろするので何度もよろけている。

「ジョージ、じっとしてて」

「みんな、静かにしなさい」クレアが叱った。

「ねえ、ちょっといい？」ポリーが声をかけた。振り向いたみんながアンドレアに気づき、キッチンが静まり返った。ジョージも動きを止めている。「アンドレアよ。お隣にお住まいなのよね？」

「ええ。左隣のヴィラに。歓迎のご挨拶をしに来たの」歓迎しているようには聞こえない。シャネルがぼくとジョージをにらみつけた。ジョージは目をまん丸にして、身じろぎもせずにシャネルを見つめている。

「猫を飼ってるんですね」戸惑い顔でアレクセイが尋ねた。「ぼくたちは猫が大好きなんです」

「ええ。ごめんなさいね、シャネルは娘みたいなものなの。娘がふたりいるから末っ子だけれど、どこに行くのも一緒なのよ。こちらに猫がいるのを知っていたら連れてこなかったわ。この子は猫が好きじゃないから」

「ミャオ」シャネルが同意した。

「そうですか。わたしはクレア、こっちはフランチェスカで、この子たちはわたしたちの子どもです」クレアがにっこりして片手を差しだしたが、アンドレアは体をよじるシャネルを押さえこむのに手いっぱいで握手できずにいる。

「みなさんにお会いできてよかったわ。できればもう少しいたいんだけれど、シャネルがちょっと落ち着かないみたいで」シャーシャー言いながらもがきつづけているシャネルを表現するにはずいぶん控えめだ。

「え、ええ」クレアがあいまいに応えた。

「でもね、今夜またお邪魔するわ、わたしだけで」まるでぼくのせいだと言いたげににらんでくる。「シャンパンか何かお持ちするから、きちんとおしゃべりしましょう」

「え？」とフランチェスカ。「でも散らかってますし、工事やなにやかやで」

「そのようね、でも気になさらないで。たまにはそういう散らかったところも楽しそう」アンドレアが甲高い声で言った。「八時ごろお邪魔するわね。そのころにはお子さんたちも寝たあとでしょうから」笑っているが、声に悪意が聞き取れる。「おかまいなく、玄関の場所はわかるわ」

みんながなにも言えずにいるうちに、アンドレアとシャネルは帰っていった。

「ああ、びっくりした」クレアが口を開いた。

「なんだったの、いったい？」とフランチェスカ。

「わたしたち、都会から小さな田舎町に来たつもりでいたのに」ポリーが言った。「あの人、高級ショッピング街から来たみたいだったわ。あの猫も」

「シャネルですって。ずいぶんぴったりな名前をつけたものね」クレアがつぶやいた。

「首輪を見た？　ぜったい本物のダイヤモンドよ」

「しかも今夜また来るのよ。どうして断らなかったのかしら」フランチェスカが身震いしている。

「断る隙なんてなかったわ。まあ、地元の人と知り合いになるのも悪くないわよ」ポリーは言葉とは裏腹に自信がなさそうだ。

「美容院に行く時間あるかしら」クレアがふざけた。

「パーティドレスなんて持ってこなかったけど、持ってくればよかった」とポリー。

ジョージがぼくの足を引っかいて注意を引いた。

「どうした？」ぼくは小声で尋ねた。

「さっきのシャネルっていう猫、きれいだったね」なんだかうっとりしている。

「でも感じが悪かった。ぼくたちを嫌ってただろう？」

「でもぼくのことはみんな好きになるよ。きっと友だちになれる。すごくきれいだよね、世界一きれいだった」

ジョージの目をのぞきこんだとたん、初めてスノーボールを見たときの自分を思いだした。ジョージの初恋だ。

作業員が到着すると、アンドレアのことはたちまち忘れ去られた。ひとりが〝サンドルーム〟と名づけられた部屋に繋がる戸口の仕上げにかかり、残りは屋根裏へ向かった。ポリーによると、みんなまじめに働いてお茶ばかり飲むこともないらしく、特に今回のようにタイトスケジュールのときはいい業者で助かっているらしい。天気がいいのでフランチェスカとクレアはまた子どもたちを連れてビーチへ行った。ジョージとぼくはいちばん屋根が高いクレアの車のボンネットに寝そべり、見晴らしのいい場所からみんなをながめた。自分たちもあとで行くかもしれないが、すぐ近くなので急ぐ気になれなかった。だからボンネットで一緒に丸くなり、日向ぼっこしながらまわりを観察した。なんとも心地いいひとときだ。

近くに犬が数匹いて、もちろんビーチにはいないけれど、いずれもリードに繋がれている。ここは活気のあるにぎやかな町だ。ひっきりなしに車が来ては駐車場所を探し、子どもたちが車から元気に飛びだしてくる。歩道は人でいっぱいで、みんな夏服に身を包んで楽しそうにおしゃべりしている。アレクセイがボールを使う遊びを用意すると、子どもたちが集まっていくのが見えた。この夏のあいだに、みんなに仲のいい友だちができればいいと思う。ジョージとぼくにも――。

「ここにいたのね」とげのある声で思いがさえぎられた。顔をあげると通りにシャネルがいた。

「やあ、元気?」ジョージが勢いづいた。シャネルが目を細め、苛立《いらだ》たしそうにしっぽを振ってから、ぼくに視線を戻した。

「わたしはぜったいひとりで出かけないの。少なくとも庭の外には。だからわざわざここまで来てあげたのは、すごいことなのよ」

「べつに頼んでないけど」なんとか愛想のいい口調を保った。

「あなたたち、どういうつもり? なんでこの町に来たの?」怒っている。

「あのね、ぼくはアルフィー、この子はジョージ。ここはぼくたちの別荘なんだ」ぼくはそっけなくならないように答えた。魅力を振りまくのはいつだって大切だ。特に相手が気難しいときは。シャネルはどう見ても気難しい相手だ。

「ずっとじゃないわ」またしっぽをぶんぶん振っている。「覚えておいて、ここにいられるのも、いまのうちよ」それだけ言ってくるりと背を向け、去っていった。

「どういう意味だろう」ぼくはつぶやいた。ふいに、これまで完璧だった状況にきな臭さを感じ、目をしばたたいた。聞き間違えたんだろうか。シャネルの口調には悪意がこもり、せりふは脅しめいていた。

ぼくはみんなのほうへ目を向けた。全員そろって遊ぶ子どもたちを、クレアとフランチェスカが幸せそうにながめている。ポリーが紅茶の入ったカップを手に玄関に現れ、みんなのほうへ歩いていく。ジョージは車のドアミラーに映る自分を見ながら毛づくろいしている。ここにいられるのもいまのうち、なんてことがあるはずがない。夏休みは始まったばかりだ。

「ねえ、パパ。シャネルはぜったいぼくが好きだよ」ジョージが言った。

「なんでそんなふうに思えるんだ？」幻想を砕きたくはないが、シャネルはぼくたちのどちらも好きじゃない。初めてスノーボールに会ったときのことがよみがえった。スノーボールにはぼくの魅力がまったく通用しなかったけれど、ぼくはあきらめなかった。でも、シャネルはスノーボールじゃないし、それを言うならタイガーでもない。憎たらしいことこのうえない猫だ。

「ぼくを見る目だよ、あれを見ればわかる」ため息を漏らしている。ぼくはなにか言ってやろうと思ったが、やめておいた。いやな予感がした。ジョージはこの初恋で、愛にまつわるいろんなことを思い知らされるはめになりそうだ――それも手厳しいかたちで。

その夜、別荘は浮かれた子どもたちでにぎやかだった。ぼくはシャネルのことを頭の隅に押しやり、できたばかりの友だちの話や、明日初めてパドルボードを習うアレクセイとトミーの話で盛りあがるみんなをながめていた。一緒に行けないサマーはご機嫌斜めだが、クレアの言うとおり幼すぎるし、トビーはまだちょっと水を怖がっている。ロンドンではジョナサンが水泳教室に連れていっているが、まだ始めたばかりだし、ぼくにはトビーの気持ちがよくわかる。正直な話、水に入ろうとするより怖がるほうがまともだ。作業員が帰ってからずいぶんたつのに、クレアはまだ室内の埃をきれいにしようと頑張っていた。埃はあらゆるものを覆っている気がする。

「はあ、女王さまが来る前にシャワーを浴びないと」クレアが言った。きっとアンドレアのことだ。

「配管を早めに修理する必要があるわね。シャワーの出が悪いわ」ポリーの頭が計画に戻っている。「バスルームの工事が終わるまで、一時的に直してもいいわね」

「ポリー、工事のことでは驚かされるばかりだわ。わたしだったら、どこから手をつけていいのか見当もつかないもの」フランチェスカが感心している。

「まあね、でもお料理は苦手よ」ポリーが笑ってフランチェスカをハグした。「それと、コリンに話して外にシャワーをつけてもらうことにしたわ。お湯も出るから、子どもたちがサンドルームに入る前におおかたの砂は落とせる。どう思う?」

「いいアイデアだわ」なにしろクレアはこの二時間、砂と埃を掃除するので大半の時間を過ごしていたのだ。

「きっとここは最高の別荘になるわ」フランチェスカが言った。「三人で頑張ってよかったわね」

「本当に」クレアがまたうっとりしている。「クレア大おばさんもきっと喜んでくれる」

「たいへん、もうすぐ七時よ。クレア、子どもたちを集めてお風呂に入れて、寝る用意をさせないと。フランチェスカ、片づけのつづきを頼める？」ポリーが勢いよく立ちあがった。

「ええ。でもたいして変わらないと思うわよ」フランチェスカがクレアからほうきを受け取り、散らかった部屋に向かって首を振った。

八時ごろには子どもたちのほとんどはベッドに入り、アレクセイとトミーだけがリビングでDVDを観ていた。ほかの子より大きいから遅くまで起きているのを許されている。ましてやいまは学校が休みだ。ジョージはいつもどおりトビーと寝に行ったので、アレクセイとくつろいでいると、玄関をノックする音がした。ぼくはアレクセイの膝から飛び降り、タッチの差でクレアより先に玄関に着いた。

玄関先に立つアンドレアは、どこへ出かけるのかと思うほどおしゃれしていた。またワンピースとハイヒールで、髪を優雅にアップにまとめ、しっかりお化粧している。ぷんぷん強い香りがして、香水をがぶ飲みした気分にさせられた。いやな感じだ。

「アンドレア、またお会いできて嬉しいわ。どうぞ」クレアが脇に寄って招き入れた。

「こちらこそ」本気で言っているようには見えない。

クレアがポリーとフランチェスカがテーブルを囲むキッチンへアンドレアを案内した。グラスが用意され、キャンドルに火が灯《とも》っている。ぴかぴかとは言えないが、とりあえず片づけてあり、こぎれいにはなっている。

「すてきなキッチンだこと」アンドレアが鼻に皺を寄せてくんくんにおいを嗅ぎ、ポリーたちに挨拶した。

「クレア大おばをご存知ですか？」

「いいえ、わたしたちが町に越してきたときは、もうここを出ていかれたあとだったから。でも噂《うわさ》はいろいろ聞いているわ。この家がずっと空き家だったのは、町の大きな問題だったのよ。どうにかしようとしたんだけれど、所有者が誰か突き止めることもできなくて……これまでは」

「大おばは病気だったんです。身のまわりのことを管理していた人は、本人の指示に従っただけだと思います。わたしは子どものころ、よくここに来たんですよ」クレアが説明した。そしてアンドレアに渡されたボトルを開け、中身を四つのグラスに注いだ。

「シャンパングラスがなくてごめんなさい」ポリーはきまりが悪そうだ。

「いいのよ、さっきも言ったように、たまにはこういうのも楽しいもの」アンドレアが応え、笑い声をあげた。なんだか甲高くて嘘笑いに聞こえる。

「買い物リストに加えておきます」歯噛みしながらクレアが言った。ここで暮らしながら、さらに必要なもののリストをつくっているのだ。

「ここにはいつからお住まいなんですか？」フランチェスカが話題を変えた。

「十年前から。長女が生まれたとき夫と越してきたの」

「お子さんは何人？」とポリー。

「娘がふたりよ。サバンナは十歳で、セラフィナは八つ」

「すてきな名前ですね。最近のこの町のようすはどうですか？ずいぶん久しぶりなんです」クレアが言った。

「すばらしい町よ。いい女学校があるし、ご存知のとおり、家は海沿いだしね」

「その靴じゃ歩きづらそう」ポリーがあわてて口を手で覆った。

「ああ、ビーチにはあまり行かないの。あの砂にはぞっとするわ。庭から娘たちを見ているのよ。あなたたちもそうしたらいいわ」

「そうですね。それに町もすてきだわ。前回来たときは、感じのいいパブに行ったんですよ、〈リンストー・アームズ〉に」

「あそこはお料理がおいしいの。もちろん休みのあいだ、地元の住民は近づかないけれど。よそ者でいっぱいだもの」皮肉はまったく聞き取れないが、話している相手はよそ者だ。

「迷惑だと思ってらっしゃるでしょうね」クレアが苦笑いをこらえている。

「本心を言えば、ここはすばらしい町で住民同士の関係もいいから、このままの状態がつづけばいいと思ってるわ。ロンドンの人が来て、ほとんど使いもしない家を買い占めていくのが、本当に残念なの。町から活気を奪っているのよ」やさしさが微塵《みじん》もない口調。クレアの膝で丸まっていたぼくは、話の展開がどうも気に食わなかった。シャネルと話したときのことが思いだされる。

「まあ、幸いこの家には三家族いますから、かなり使うことになると思います。週末とか学校が休みのときとか、一年をとおして誰かしらいるはずです」

「でも住んでるとは言えないでしょう？　あなたたちは、ここにずっと住むわけじゃない。〈海風荘〉は、これからもほとんど空き家になる」口調が冷たくなり、フランチェスカが不安を感じているのがわかった。

「できるだけ地元に溶けこみたいと思っています」クレアが食い下がった。

「ええ、学校の休みはたくさんあるし。わたしたちの子どももここで大きくなるはずです」ポリーが言い添えた。

「あなたたちが悪いようにするつもりじゃないことはわかってるの。工事を計画して、大勢の子どもたちと、おまけに猫まで連れてきてるんだもの。ただ、ここへ来たのは提案があるからなの」

「提案？」

「どんな提案ですか？」

「〈海風荘〉を買い取りたいの。いますぐ買い取りたい」

「でも工事を始めたばかりですよ」とポリー。

「それなら中止してちょうだい。わたしに売ってロンドンに帰り、お休みのとき来たければどこか借りればいい。でもこのすばらしい家は地元の住民のものにして」

「でももう家をお持ちじゃないですか。あなたにとっても二軒めになるんじゃありません？」ポリーの口調が急に苛立っている。

「いまはすべてお話しできないけれど、譲ってくれるなら、その件については信用してもらって大丈夫よ」真剣な口調で、ぼくは危うく信じそうになった。

「せっかくのご提案ですけど、ここはわたしにとって家族と過ごした思い出の家なんです」クレアが訴えた。「それに大おばのクレアは立派な地元の住民で、そのおばがわたしにここを譲ってくれたんですから、手放すつもりはありません」腕を組んでいる。上品だがきっぱりと。

「そちらの言い値に上乗せするわ」アンドレアの声にわずかに必死さが聞き取れる。

「ごめんなさい、アンドレア。でも売るつもりはありません」クレアが言い、ぼくを撫でた。

「どんなものにも値段があるわ」アンドレアが冷たい灰色の瞳でクレアをにらんだ。

「ここにはないの」ポリーがクレアのそばに立った。「わたしたちもここを、家族が住むにぎやかな家にしたい。でも、それはわたしたちの家族なの」

「見てらっしゃい。わたしはこの家が欲しいのよ」アンドレアが立ちあがり、クレアたちをひとりずつにらみつけた。愛想が消え失《う》せている。「そしてわたしは欲しいものは必ず手に入れるの」

あのときシャネルがなにを言いたかったのか、やっとわかった。アンドレアの思いどおりになったら、ここで過ごせなくなるのは間違いなく時間の問題になりそうだ。

# Chapter 6

ありがたいことに、夏休みの第一週はまあまあ無事に終えることができた。アンドレアに脅されたとはいえ、まだ〈海風荘〉にいるし、概《おおむ》ね楽しく過ごしている。ポリーとフランチェスカとクレアは、必ず〈海風荘〉を手に入れるという漠然としたアンドレアの脅しに少しショックを受けていたけれど、そのうちあの一件を頭の隅に追いやり、アンドレアは髪も膨らませているが、話も膨らませるタイプだと思うことにしたようだ。理想的な夏休みを誰にも邪魔させないと話している。あるいはあのマニキュアを塗った手に〈海風荘〉を渡しはしないと。

ポリーはリフォームがどこまで終わったか調べ、コリンと計画を見直した。休みはあと五週間しかないから、たとえ工事の進み具合が順調でも遅れは許されない。

今日は金曜日なのでジョナサンたちが週末を過ごすためにやってくる。あのトーマスでさえ二日間休みを取る予定だ。もっともいまは店長がいるし、いくらスタッフに目を光らせるのが好きなトーマスも、最近はずいぶん進んで休みを取るようになった。以前は仕事人間のトーマスに家族はめったに会えなかったけれど、その問題も解決したらしい。ぼくはわくわくしていた。ジョナサンとマットとトーマスに会えなくて寂しかったから、二日間家族がまた勢ぞろいするのが楽しみでたまらない。

あいにく天気が崩れ、暖かいが雨だ。クレアの提案で小さい子たちが工事の邪魔にならないように町の見物に連れていくことになり、ポリーも少しのあいだ工事は作業員に任せて一緒に行くと言ったので、フランチェスカだけが残って誰か来たときのために家のなかを整理している。雨が降っているのに、長靴とコートを着て海に行っていいでしょと息子たちにせがまれたフランチェスカは、遠くに行かないならと許可し、ここからふたりを見るつもりのようだ。ふたりともロンドンにいるときより自由を手にしているが、どうやらそれが町での暮らしらしい。それにアレクセイは年のわりにしっかりしている。子どもだけで行動するのは本人のためになりそうだ。

ジョージは違う。

シャネルに会いに行きたいとせがまれたが、ぼくは許さなかった。雨だけならまだしも、シャネルは不愉快な猫だ。さんざん泣きつかれても――ちょっとサマーみたいだった――、折れなかった。雨がやんだら一緒に散歩に行ってもいいけど、それまで出かけないと言ってやった。ジョージは階段を駆けのぼり、トビーのベッドですねている。いかにも仔猫がやりそうなことだ。

ぼくはフランチェスカを手伝うことにした――少なくとも一緒にいることに。フランチェスカは嬉しそうで、トーマスに会うのを楽しみにしているのが伝わってくる。クレアとポリーも夫に会うのを心待ちにしている。休暇の一週めもつまらなくはなかったけれど、ジョナサンたちがいないと変な感じだった。それどころかぼくが家長になってしまった。

フランチェスカがビーチで遊ぶアレクセイとトミーを見守っているあいだに、家事室へ行ってみた。作業員は一階の工事を終えて屋根裏にいる。ぼくは工事の邪魔をしないように気をつけていた。感じのいい人ばかりだけど、みんな足が大きいし、かなり物騒に見える道具を持っているのだ。いまだに家事室にはなんとなく引きつけられてしまう。明らかによそ者のにおいがするのが気になってしかたない。くんくんにおいを嗅いだぼくは、首を傾《かし》げた。猫のにおいなのは間違いないのに、ぼくでもジョージでもないし、ましてやシャネルでもない。しかもこのあたりで猫を見かけたことがないにもかかわらず、ここへ来てからにおいが薄れていない。どういうことだろう。

ふと、クレアと寝ているあいだにほかの猫が猫ドアから忍びこんでいるのかもしれないと思い、今夜徹夜して確かめようと決めた。どうせクレアのそばにはジョナサンがいるだろうし、ジョナサンはクレアほどぼくとベッドで寝たがらない。踊り場にある猫ベッドへ追い払われるのが落ちだ。とりあえず計画と呼べるものができたことで少し気が楽になり、ぜったいにおいの正体を突き止めると決意も固まったので、ジョージのようすを見に行った。あの年頃の子は、いつまでもすねている可能性があるからな——そんなことを考えながら上の階へ向かった。

　男の子たちの部屋をのぞいたが、ジョージの気配がない。トビーのベッドの上にも下にもいないし、二段ベッドの上の段にものぼっていなかった。あわててほかの部屋も探しまわり、めげずに作業員に立ち向かって屋根裏も調べてみたが、ジョージはどこにもいなかった。一階に駆け戻ってそこらじゅう探しても、やはりいない。うろたえながらも、ジョージの居場所に心当たりがあった。

　アンドレアが左隣に住んでいると話していたのを思いだし、外に出てそちらへ向かうと、あっという間にずぶ濡れになってしまった。ぐずぐずせずにいちばん近道と思われる生垣をくぐり、見たこともないほどきれいに整えられた庭に出た。アンドレアの家はうちの別荘に似ていなかった。うちより高くて四角くて窓が大きい。立派さもいくらか勝って見える。こっちのほうがいかにもアンドレアらしいのに、なんでぼくたちの家を欲しがるんだろう。幸い、出窓の下でジョージが縮こまっていた。ぼくに気づいておどおどしている。

「ごめん、パパ。でも、ぼくがいないって気づかれる前に戻るつもりだったんだ」なるほど、その手があったか。でもこの子はまだ学ぶことが山ほどある。

　ぼくはどうしたものか迷った。ジョージがシャネルに夢中なのはわかるが、ひとりで出かけちゃいけないことも理解させる必要がある。なにしろ前回ジョージをひとりにしたときは、猫さらいにさらわれたのだ。ただ、ジョージもあのときよりいくらか成長したから、アレクセイみたいにもっと自由が欲しいはずだ。子育ては本当に楽じゃない。バランスを取るのが難しい。

「ジョージ、シャネルに会いたいのはよくわかるけど、来たばかりでこの町のことはよく知らないから、そばを離れずにいてくれると助かる。少なくともしばらくは」あまり怒った口調にならないように気をつけた。「でもどうしても出かけたいときは、行き場所を伝えてからにすること」なだめる作戦に出てみた。

「わかったよ。ほんとにごめん。でもシャネルがあんまりきれいだから、とにかく顔を見たかったんだ」やれやれ、重症だ。

「それで、見られたのか？」ぼくは態度をやわらげた。ロマンチストのぼくとしては、ジョージの気持ちを過小評価する気になれなかった。

「うん。この窓の向こうに来たんだよ！　いろいろ騒いでたけど、なにを言いたいのかよくわかんなかった」

おおかた、あっちへ行ってと言ったんだろう。

「怒ってた？」ぼくは慎重に訊いた。

「まあ、そう思う猫もいるかもしれないけど、ぼくはからかってただけだと思うな。ただ、出窓を飛び降りて行っちゃう前に、ぼくに向かっていらいらした感じでしっぽを振ってた。

しばらくここで待ってたけど、戻ってこなかった」

「ずぶ濡れじゃないか」かわいそうに。「さあ、うちに帰ろう。毛を乾かして体を温めたら、雨があがり次第散歩に行こう」そう言ってなだめてみた。

「そうだね。どうせシャネルにはまたすぐ会えるもんね」

「ああ、きっと会えるよ」一緒に生垣に駆け戻ったジョージが、隙間を無事にくぐり抜けた。あとにつづこうとしたとき、なにかが、あるいは誰かが目に入った。建物の裏にある木製のひさしの下に、アンドレアがうちの作業員のひとりと思われる男性と立っている。ぼくはそっと近づいて目を凝らした。やっぱりそうだ。たしかリーアムという名前の若い作業員。薄汚れた作業着とぶかぶかのジャンパーを着ている。アンドレアが声をあげて笑い、リーアムの肩に手を置いた。リーアムは赤くなっている。いったいアンドレアとなにをしてるんだ？　近づこうとしたとき、ジョージに呼ばれた。

「パパ、早く。おなか空いた」

ぼくはもう一度リーアムとアンドレアを見つめ、ふたりでなにをしているんだろうといぶかった。なにかよくないことが起きている気がする。勘の鋭いぼくには確信があった。ジョージの困った片思い、なんとしてもうちの別荘を手に入れようとするアンドレアの固い決意、家事室ににおいを残している得体の知れない猫。いろんなことが起きている。妙なことが起きている。そんな気がする。

「デヴォンは日差しがさんさんと降り注いでるって言うから来たのに、まさか雨とはね」サマーの両手を持ってぐるぐる回してやりながらジョナサンが文句を言った。

「あきれた。新記録じゃない？　着いて五分で、もう文句を言ってるわ」クレアが茶化した。

　ぼくはジョナサンの脚に体をこすりつけた。会いたかった。マットにもトーマスにも会いたかった。

　ランチのあとすぐポリーが駅まで三人を迎えに行き、到着したときはみんな大騒ぎだった。子どもたちははしゃぎまわり、ジョージとぼくも気持ちを抑えられなかった。急に別荘が狭く感じられたが、同時に前よりわが家らしくもなった。ポリーは工事がどこまで終わったか三人に見せ、作業員を紹介した。屋根裏を見に行くみんなにぼくもついていった。なるほど、悪くない。壁をつくっている最中で、踊り場からそれぞれの部屋へ行けるようになっている。屋根裏は建物全体に伸びているので広さはあるが、天井がちょっと低いから子どもにちょうどよさそうだ。変わっていく室内のようすを見るうちにわくわくしてきた。時間はかかるだろうが、一週間で早くも違ってきている。三人は工事に満足したらしく、ジョナサンですらコリンに「いい出来だ」と声をかけていた。かなりの褒め言葉だ。

　夕食にフィッシュアンドチップスを食べることも決まった。海辺の町では普通らしいが近くに店があり、ぼくとジョージも魚をもらえるとわかって大喜びだった。

クレアとジョナサンが夕食を買いに行った。ポーチに置いてある大きな傘を差して出かけるふたりを、ジョージと窓から見送った。あいにくの天気なのに、ほのぼのした気分だ。きっと楽しい週末になる。ジョージがシャネルに会いに行かないかぎり。

「やっぱり海が近いとフィッシュアンドチップスがおいしいな」みんなでテーブルを囲みながらマットが言った。なんとか全員座れたがぎゅうぎゅう詰めで、サマーはジョナサンの膝に、マーサはマットの膝に乗っている。

「そうね」フランチェスカが笑った。「またみんながそろって、すごく嬉しいわ」満面の笑みだ。

「ここが大好きになったよ」アレクセイが言った。「もう友だちができたし、ビーチも最高なんだ」興奮ぎみに瞳を輝かせている。「それにパドルボードをしたんだよ。思ったほど簡単じゃなかった」

「そうなのか？　いかにも簡単そうに見えるけどな」とジョナサン。

「試してみるといいよ」アレクセイがくすりと笑って勧めた。

「そうよ、レッスンを予約してあげましょうか？」クレアが笑顔で申しでた。

「ありがとう。でもここにいるあいだは、ひたすらのんびりするつもりなんだ。とりあえず、パドルボードは子どもたちに任せるよ」

「同感だ」トーマスが言った。「水はあんまり好きじゃないしね」

「ミャオ」ぼくもだ。

その夜は、ジョナサンたちが子どもたちを寝かしつけた。アレクセイとトミーはシャワーを浴びてから狭いほうのリビングでタブレットで遊んでもいいと言われている。大人たちは広いほうのリビングに集まった。ぼくはソファの肘掛に乗り、大好きな大人たちを見渡した。家族団らんの雰囲気が満ちあふれ、久しぶりに穏やかな時間の流れを感じた。

「エドガー・ロードのようすはどう？」クレアが訊いた。「まだ一週間しかたってないのはわかってるけど、何年も離れてる気がするわ」

「変わったことはなにもないよ。ぼくたちが行儀よくしてるように、ヴィクとヘザーが見張ってるからね」ジョナサンが笑っている。「こっちはどうなんだ？　作業員たちが頑張ってくれてるようだが」

「ええ、ロンドンの作業員よりはるかにつき合いやすいわ」ポリーが言った。「約束した時間に来るし、サボりもしない。わたし、すっかりコリンを気に入っちゃった」

「おい！」マットが笑った。「子どもたちもここを気に入ってるようだね」寛大に微笑んでいる。

「ええ。それに今日はたまたま雨だけど、天気のいい日に三日間ビーチで過ごしたし、みんなとても仲良くやってるわ」とポリー。

「ひとつだけ玉にきずがあるのよ」フランチェスカが言った。フランチェスカとトーマスはこれからもずっとポーランド人だが、イギリスの言い回しも身につけつつある。

「なんだい？」トーマスが尋ねた。

「隣の人よ。あなたたちもきっとすぐ会うわ。アンドレアという名前で、わたしたちに会いに来たの」クレアが説明した。

「よかったじゃないか」とジョナサン。

「よくないわ。美容院から出てきたばかりみたいに見えるだけじゃなく、女王さま気取りなのよ」ポリーが言った。

「シャネルとかいう猫を連れて現れたの」フランチェスカがつけ加えた。

「しかも子どもたちが寝たあとまた押しかけてきて、散らかってるのもたまにはいいわね、なんて言ったのよ」

「なるほど。要するに、変わった名前の猫を飼ってる、お高くとまった金持ち女ってことだな？」ジョナサンがおもしろがっている。

「ここを買いたいと言ってきたの」クレアが応えた。

「なんだって？」トーマスが驚いている。

「もちろん、ここは売り物じゃないと言ってやったわ」とポリー。

「それなのに聞く耳を持たなくて、欲しいものは必ず手に入れると言うのよ」フランチェスカが身震いした。

「値段を提示してきたのか？」ジョナサンが訊いた。

「こちらの言い値に上乗せすると言ってたわ」

「どうしてそんなにここが欲しいんだろう」とマット。いい質問だ。ぼくもいまだにアンドレアの真意がわからない。

「町の現状を維持するために、この家がどれほど大事かまくしたててたわ。よそ者に町の不動産を奪われたくないって」

「一理あるな」ジョナサンが言った。裏切者め。

「ジョナサン、そのくらいにしておかないと、もめることになるわよ。とにかく、町のためにここを買いたがってるとは思えない。左隣にあんな大きな家を持ってるし、そもそもこの町が自分のものみたいな態度だもの」

「来週コリンに訊いてみるわ」ポリーが言った。「もしかしたら、アンドレアはわたしたちが知らないことを知ってるのかもしれない」

「どんな理由にせよ、〈海風荘〉を売る気はないわ」クレアがくり返した。

「もうこの家に夢中なんだな？」ジョナサンがため息をついている。

「そうよ。子どもたちだってそう。文句のつけどころがないもの」

「じゃあ、誰にも買い取らせない」ジョナサンが真顔で応えた。なぜそう思うようになったんだろう。

「態度を変えたな」マットがぼくの気持ちを代弁した。

「みんなリラックスしてるようだし、工事が終わったら見事な家になりそうだし、ぼく自身ロンドンを逃げだすよさがわかってきたんだ。迷いはあった、主に経済的な面で。でも……すごく楽しそうにしてるきみや子どもたちを見られるなら、金には換えられない」感傷的なジョナサンが戻ってきた。ぼくはジョナサンに体をこすりつけた。「おまえはどうなんだ、アルフィー。おまえもジョージもここを気に入ったのか？」

「ミャオ！」ぼくは鼻をこすりつけ、そうだと伝えた。

「よし、じゃあ乾杯しよう。ぼくたちの別荘に」ジョナサンがビール瓶を掲げた。

「〈海風荘〉に」みんなが言った。

「それと、これからここで過ごす楽しい日々に」クレアがつけ加え、みんながグラスを合わせた。

ぼくはおしゃべりに花を咲かせるみんなを残してその場を離れた。もう遅いが、まだ眠りたくない。キッチンへ行き、床に置かれたお皿から魚を少し食べた。そして家事室に身を潜めた。夜のあいだに誰か来ているなら、あとは待つだけだ。

「うわっ！」うとうとしていたぼくは誰かの声で飛び起きた。目の前に、どことなく豹《ひょう》に似た大きな猫がいた。ぼくに会えて嬉しそうには見えない。この町の猫はどうなってるんだ？

「やあ」そう声をかけると、相手が飛びのいてにらみつけてきた。「ここに住んでるの？」

「ああ、住んでた。そしたらおまえたちがやってきた。いなくなればいいと思って見張ってたのに、どうやらどこにも行く気はないようだな」機嫌が悪そうだ。

「ぼくはアルフィー」愛想よく話しかけてみた。「住んでるわけじゃないんだ、ぼくも息子のジョージも。でも家族の家だから、夏休みに旅行に来たんだよ」

「猫は旅行なんてしない。そのぐらいおれでも知ってる」

「たいていの人間はそう思ってるみたいだね。でも驚くかもしれないけど、ぼくたちはするんだ。とにかく、話せば長いけど、夏のあいだここにいるよ」

「そうか、じゃ、おれはどうすりゃいいんだ？」

「さあ。家族はどこにいるの？　クレア大おばさんの家族ってわけじゃないでしょう？」

「誰の話をしてるのか、さっぱりだな。おれはここにひとりで住んでる。かなり前から。ついでに言えば、結構楽しくやってた」

「家族はいないの？」

「いない」

「でも――」

「いいか、こんなことしてる暇はないんだ。寝なきゃいけない。昼間はずっと食べ物を探しまわり、夜はここに戻って眠る。そうやって暮らしてきた。おまえはそれだけ知っていればいい」

「ねえ、ぼくの食事を分けてあげようか？　そこのお皿に入ってる。ぼくとジョージの分だけど、分けるのは慣れてるんだ。少なくともぼくは」

「へえ、そりゃ親切なこったな。でもおれは自分で探すほうがいい」あまりぼくに好意を持っていない。

「そう、もし気が変わったら――」足音がする。「家族が来る。きっと寝る前に片づけをするんだ。きみがここにいたいなら、邪魔はしないよ」

ほかになにを言えばいいのかも、なにをすればいいのかもわからなかった。相手は愛想がいいとはとても言えないけれど、ぼくにも宿無しの経験があるから、ここにいられないと思わせたくない。それにここはこの猫の住処《すみか》みたいだし――とりあえず相手はそう思っている。

「おまえたちの目につかないようにしてる。住めそうな空き家を見つけるまでは」まだ不愛想だ。

「わかった。じゃあ、おやすみ。きみがここにいても気にしないから。名前は？」

「ギルバート」大きい猫が答えた。胡散臭《うさんくさ》げにぼくを見つめている。ぼくは歓迎の気持ちが伝わるようにひげを立てた。

「アルフィー、どこにいる？　みんなそろそろ寝るぞ」ジョナサンの声が聞こえ、ぼくはあわてて振り向いた。でも心配するまでもなく、ギルバートはあたかも最初からそこにいなかったかのようにすばやく暗がりに消えていた。においが残っていなければ、さっきのやりとりはすべて想像だったと思ったに違いない。

# Chapter 7

「ほかの猫って、どういう意味？」翌朝、ジョージに訊かれた。さっき家事室をチェックしたが、ギルバートの気配はなかった。

「ずっとここに住んでるんだよ、理由はわからないけど。あまり自分のことを話そうとしなかったから。ただ家族はいないって言ってた。とにかく、ぼくたちがいなくなればいいと思いながら夜中にこっそり忍びこんで、ぼくたちが寝てるうちに出ていってたんだ。また会えればもっとわかると思う」

自分が詮索好きなのは認めるけど、〈海風荘〉を住処だと思っているふしのある猫に興味をかきたてられていた。家族がいない理由を知りたいし、ここにいてもかまわないと伝わったかも確認したい。どうせぼくたちはずっとここにいるわけじゃないから、空き家にしておくのはもったいない。なによりもギルバートを宿無しにしたくない。それがどれほどみじめなことか、よくわかっている。それに、クレアたちに自分の存在を知らせるように説得できるかもしれない。きっとみんなギルバートを受け入れてくれるはずだ。

「わあ、早く会いたいな。でもその前にシャネルに会いに行きたい。いいでしょ？　お願いだよ」ジョージがせがんだ。

まただ。いまだにどう対処すればいいか迷っている。いろいろ教えてやりたいが、自分で学ぶしかないこともある。だめだと言ってもジョージはまた勝手に会いに行くだろうし、それだけは避けたい。

「じゃあ、こうしよう。朝食のあと一緒に散歩に行って、シャネルの家にも寄る。でも帰れと言われたら長居はしない」

「シャネルも本気で言ってるわけじゃないんだよ、ほんとはぼくを好きなんだ。でもありがとう、パパ。朝食をしっかり食べて、念入りに毛づくろいするね」

一気に足取りがはずんでいる。ぼくは自分のしたことを後悔しないように祈った。

日差しが戻ったので、朝食のあとクレアたちはそろってランチまでビーチで過ごすらしい。ぼくたちも散歩とシャネル捜索のあと合流してもいいかもしれない。砂はまだあまり好きになれないけど、少しずつ慣れてきた。みんなは食べ物とブランケットとバケツとシャベルをまとめ、ぼくとジョージを残して出かけていった。シャネルへのジョージの片思いを考えれば考えるほど心配になるが、同時にアンドレアのようすを窺ういい機会だ。あの人は信用できない。これっぽっちも。

「わたしの庭でなにしてるの？」生垣をくぐり抜けたとたん、不機嫌な声がした。体を起こすと、目の前にいるシャネルがむっとした顔でしっぽをゆっくり左右に振っていた。

「健康のために朝の散歩をしてただけだよ」ぼくはなるべく愛想よくした。

「都会の猫はそういう話し方をするの？」こんなに高慢ちきな猫には会ったことがない。

「言っとくけど」シャネルがつづけた。「ここは私有地よ、正確に言えばわたしの土地。だから足を踏み入れないでもらいたいわ」

「やあ」なにも聞いていなかったようにジョージが話しかけた。「今日もすごくきれいだね」

ぼくは笑いをこらえた。でも笑い事じゃない。どうやら恋煩いで耳が聞こえなくなっているらしい。

「いったいなんの話？」シャネルがぼくを見た。

ぼくにわかるわけない。

裸足《はだし》で近づいてくる二組の足音が聞こえ、そちらへ目をやると、おそろいの夏服を着た愛くるしい女の子がふたり近づいてきた。

「ここにいたの、シャネル。ママが探してたよ」ひとりがシャネルを抱きあげた。ジョージとぼくはすばやく生垣に隠れたので、見つからずにすんだ。

「ミャオ」シャネルが甘えた声を出し、少女の首に鼻をこすりつけた。

「ほら、言ったとおりでしょ」立ち去る少女たちを見送りながら、ジョージが言った。「ほんとはやさしいんだ」

ぼくたちには違うけどね。そう思いながら別荘の庭に戻った。今日はすごく天気がいい。やっぱりビーチにいるみんなと合流しよう。この前行ったときはあまり悪いものじゃなかったから、もう一度試してみよう。でもジョージの意見は違った。生垣のそばの日向に横たわり、頑として動こうとしない。

「一緒に行かないの？」やさしく誘ってみた。

「うん、いい。どこに行けばぼくに会えるかシャネルがわかるように、ここにいる」

こうなったらなにを言っても無駄だ。ジョージの初恋は重症だけど、ぼくにも経験があるから理解を示す努力はするべきだ。問題は、シャネルが不愉快な猫というだけでなく、ジョージとはずいぶん年の差があることだ。相当な差が。

ビーチのみんなに合流したいのはやまやまだが、ジョージを置いてはいけない。しかたがないので庭の探索にいそしんだ。かなり手を入れる必要がありそうだ。庭は最後にまわすとポリーが話していたけれど、手頃な茂みがいくつかあり、ぼさぼさに伸びていても興味をそそられる。ジョージを置いていっていいものかためらいながら、裏にまわってみた。〈海風荘〉のいいところは、前庭から裏へまわれるので裏庭でなにか起きていないか確認できることだ。なにもなく、ギルバートの気配もない。

ジョージの見張りに飽きてきたころ、クレアたちが帰ってきた。みんな笑って冗談を言い合い、うっすら日焼けして、とうぜんながら砂まみれだ。クレアが芝生にブランケットを広げてどすんと腰をおろした。フランチェスカとトーマスはこれから出かけ、服や身のまわりのものを買えるように息子たちも連れていくらしい。車で出かけていくフランチェスカ一家にみんなが手を振り、そのあとは前庭で二時間ほど楽しく過ごした。マーサとサマーは人形とテディベアとピクニックごっこをし、ヘンリーとトビーはサッカーをした。子どもたちを笑顔で見つめるクレアとポリーのところへ、ジョナサンとマットがやってきた。

「まさにわたしが思い描いたとおりになってるわ」クレアがつぶやいた。ぼくはクレアの隣に座った。

「ジョージ、一緒にやろうよ」ヘンリーが誘っている。

「ミャオ」ジョージは動こうとしない。どれほどトビーが誘っても応じない。

「そうだ、おいしいアイスクリームを買いに行かない？」ポリーが提案した。

「アイスクリームだって？」とマット。

「やった！」トビーとヘンリーが歓声をあげている。

「通りを渡ったところにヴァンが停まってるでしょ。すごくおいしいのよ。地元のクロテッド・クリームでつくってるの。行きましょう」クレアが立ちあがった。

戻ってきたクレアとポリーが、みんなにアイスクリームを差しだした。子どもたちにひとつずつ、マットとジョナサンには特大サイズを。ジョージもみんなのそばをうろついている。なるほど、シャネルよりアイスクリームが気になるのか。まだ望みはありそうだ。

「アイスクリームがなかったら、ほんとの夏休みじゃないと思うな」トビーが言った。

ひとり残らずここではいつも以上に幸せそうだ。少なくとも普段とようすが違い、トビーでさえ自信を深めている。まるで〈海風荘〉が放つ光がみんなに降り注いでいるみたいで、嬉しくなる。あとはジョージがシャネルをあきらめてくれさえすればいいんだけど。ジョージはもう生垣に駆け戻っている。ぼくは、のんびり昼寝でもすることにした。ジョージに目を光らせる人間がまわりに大勢いるし、今回の旅では日のあたる芝生で眠るのがなにより気に入っている。

アレクセイに起こされ、ゆっくり目を開けた。まぶしさにまばたきし、ミャオと鳴いて顔をこすりつけた。

「アルフィー」アレクセイが言った。「買い物に思ったより時間がかかっちゃったよ。トミーが退屈して駄々《だだ》をこねたんだ。帰ったあと、ママとパパにしばらく部屋から出るなと言われてた。ぼくはこれからクリケットの用意をするよ。お茶のあと、新しい友だちが来ることになってるんだ。きっとすごく楽しいよ！」指先で掻くように撫でられ、ぼくは伸びをしてもっと催促した。「アルフィー、ふかふかだね」楽しそうに笑っている。

クリケットの用意をするアレクセイについてまわった。用意が終わったころ、ジョージがこそこそ生垣をくぐり抜けてきた。根性があるのは認めよう。

「会えた？」ぼくは訊いた。

「ううん、影も形もなかった。でも庭で女の子たちが話してた。ぼくたちを好きじゃないみたい」

「なんだって？」耳がピンと立った。今度はなんだ？

「あの子たちのママは、ぼくたちがここにいるのをいやがってるんだって。それにあの子たちもここに子どもがいるのをいやがってたよ」

「まずいな」ぼくは慎重につぶやいた。

「それに、どうせぼくたちはそんなに長くここにいないって言ってた。どういう意味？」

「さあ。でも、必ずぼくが突き止めるから心配いらない。ただ、ほかにもなにか耳にしたら教えるんだよ」

「わかった。でもシャネルはぜったいそう思ってないよ。ぼくのことが好きなんだもん。間違いない」

「まあ、そうかもね」また始まった。隣の住人にいい人はいなさそうで、それが気に入らなかった。せっかくここでは家族全員すごく幸せなのに、それを邪魔するものはなんだろうと許せない。

ちょうどみんながお茶を飲み終えたとき、ノックの音がした。マットが玄関に向かい、ひとりで戻ってきた。

「アレクセイ、トミー。一緒にクリケットをしに来たって子が三人来てるぞ」

「うん、庭でやってもいい？」期待をこめて訊いている。

「いいわよ、もうお茶をいらないならね」フランチェスカが答えた。

「ぼくもいい？」トビーが尋ねた。

「ぼくは？」とヘンリー。

「いいわよ。でもアレクセイ、年下の子に目を配って玄関は開けたままにしておいてね。片づけたらわたしたちもすぐ行くわ」クレアが言った。

サマーとマーサは行きたくないようだ。

「クリケットはしたくないの？」ジョナサンが娘に訊いた。

「うん、つまんないもん」サマーは腕を組んでいる。

「ビーチで遊んでたとき、ちょっとした事件があったのよ」クレアがジョナサンに耳打ちした。「サマーはボールを打てなくて癇癪《かんしゃく》を起こしたの」

「そう、じゃあディズニー映画でも観る？」ポリーが明るく話しかけると、サマーとマーサが勢いよく立ちあがった。海の近くでは、誰でも簡単に幸せのままでいられるらしい。

「ぼくはサマーたちと映画を観るの？　それともトビーたちとクリケットするの？」ジョージが訊いた。

「クリケットのほうがおもしろいかも。おいで、外に出よう」

ジョージと一緒に庭に出た。試合はちょうどたけなわだった。アレクセイとトミーとほぼ同年代の子はベンという名前で、ミリーとジェスという名の女の子もいる。みんないい子のようだ。トビーとヘンリーは〝守備〟とかいうものをやるために周囲に立っていて、地面に落ちたボールを取ってくる役目らしい。損な役回りなのに本人たちは気づいていないらしく、楽しそうにやっている。ジョージが手伝うと言いだし、ボールを追うトビーたちと一緒に駆けていく。微笑ましい光景だ。そのうちクレアとフランチェスカが飲み物を持ってきて、また家のなかに戻った。今回だけは大人の見守りなしで遊ばせたほうが子どもたちも一人前の気分になれるとジョナサンが言ったからで、クレアもむかしここに来たときは、子どもだけで庭やビーチで遊んでも両親や大おばが心配することはなかったと言っている。だからぼくは家族みんなのあいだを移動してそれぞれに目を配った。こういうのは大好きだ。

　庭の端まで行ったとき、門が開いて隣の姉妹が入ってきた。

「やあ」アレクセイがクリケットのバットを振って声をかけた。「一緒にやる？」

　地元の子たちは急に口をつぐみ、うつむいている。

「やるわけないでしょ。それにどういうこと？」年上のサバンナが、地元の子たちをにらみつけた。「ここでなにしてるの？」

「クリケットをやってるんだ」トミーが答えた。トビーとヘンリーとジョージは、呆気《あっけ》に取られて姉妹を見ている。

「あなたになんか訊いてないわ」サバンナが冷たく言い捨てた。「あなたたち」ベンたちを指差している。「この子たちと遊んじゃだめよ。町の人間じゃないんだから」

「そうよ」妹のセラフィナが加勢した。

「どういうこと？」アレクセイが戸惑っている。「ぼくたちはここに住んでるよ、休みのときは。なにがいけないの？」

以前のアレクセイはずいぶん内気だったが、ぼくの助けと学校で人気者になったことで自信をつけ、積極的になった。

「あの、ぼくたち、同じ学校に通ってるんだよ」ベンが気まずそうだ。

「それに、その、あの子たちとも友だちなの」ジェスは浮かない顔をしている。

「じゃあ、みんなで遊べばいいじゃないか」トミーが幾分挑戦的に応酬した。アレクセイより三つ年下だが体格はほとんど変わらず、気後れしない。

「いいえ、だめよ」サバンナがトミーの胸に指を突きつけた。

「おい」トミーは口ではそう言ったが、あとずさっている。紳士は女の子を殴ったりしない。

「この子たちがあなたたちと遊ぶのもこれっきりよ。さあ、みんな行くわよ、早く！」サバンナに言われ、ベンたちがもごもご謝ってから庭を出ていくふたりを追った。

「とりあえず帰るね」言いにくそうにジェスが謝っている。

「黙りなさい、ジェス」サバンナが怒鳴りつけた。

「すごかったね」ヘンリーが言った。トビーは唖然《あぜん》としている。

「まあ、いいさ。気にしないで。まだクリケットはできる。それにあの子たちがいなくなったから、順番に打者をやっていいよ」アレクセイがトビーの肩に腕をまわした。

「やった！」トビーが喜んでいる。

「シャネルが誰に似たのかわかったな」みんなに声が届かない場所で、ぼくはジョージに言った。

「え？　きれいなところが？　うん、そうだね」ぼくは返す言葉が見つからず、ひげを立てた。

アレクセイからなにがあったか聞いたフランチェスカは、目に見えて動揺していた。そして子どもたちが寝たりテレビの前に陣取ったりしたあと、みんなに話した。

「あの親にしてあの子ありね」ポリーが言った。

「信じられない。うちの子たちをいじめるなんて許せないわ」とクレア。

「心配するな、子どもがやることだ」ジョナサンが口を開いた。「そのアンドレアとかいう人に会いに行って話してみるよ」得意げだ。

「え？　あなたとわたしで？」クレアは嬉しそうじゃない。

「いや、男だけで行く。愛想を振りまいて、この家を買い取れる望みはないし、子どもたちは仲良く遊ぶべきだと話してくる」

「本気か？　ぼくたちで？」トーマスは自信がなさそうだ。

「威圧してるように思われないかな」とマット。

ポリーとクレアとフランチェスカが笑い声をあげ、ぼくはジョナサンたちがちょっと気の毒になった。三人の威圧感なんてジョージと似たり寄ったりだ。

「なんだよ」マットが訊いた。

「あなたたちの威圧感なんてティーバッグと似たり寄ったりよ」ポリーが涙を拭いている。気の毒な男たち以外は、みんな笑っていた。

　気が変わらないうちにジョナサンたちが出発したので、ぼくも我慢できず、一緒に行って見届けることにした。幸いジョージはすでにトビーと寝ているので、シャネルをうっとり見つめるんじゃないかと心配する必要はない。三人が門を抜けてアンドレアの家へ向かうあいだに、ぼくはすばやく生垣をくぐり、玄関のそばの三人から見えないところで待ちかまえた。三人が真鍮《しんちゅう》のチャイムを鳴らして待ち、ぼくも待った。シャネルがいるといけないので隠れていた。今夜はシャネルに敵意を向けられたくないし、失礼な態度を取られるのもいやだ。

玄関を開けたアンドレアは裾にスリットが入った襟ぐりの深いワンピース姿で、ハイヒールにばっちりメイクで長い金髪が明るくきらめいていた。目がくらみそうだ。秘訣《ひけつ》はなんだろう。ぼくもあんなふうに毛を輝かせたい。

「どなたかしら?」アンドレアがにっこり微笑んだ。一見、魅力的にさえ見える。

「お邪魔してすみません」ジョナサンが謝った。トーマスはどこを見ていいかわからないようすで、マットもちょっと硬くなっている。ジョナサンがふたりをにらんだ。「ジョナサンといいます。こっちはマットとトーマス。〈海風荘〉の者です」

「まあ、初めまして。すてきな奥さまたちにはもうお会いしたけれど、みなさんにもお会いできて嬉しいわ。リンストーはお気に召しまして?」妙ににこやかでフレンドリーな態度に、不意打ちを食らった気がした。

「ええ、いまのところ気に入っています」マットが答えた。「子どもたちも楽しんでいますしね。ロンドンから離れただけで生き生きするようです」やけに言葉数が多い。

「おっしゃるとおりよ。それにリンストーは世界一いいところですもの。主人にもよくそう言ってるのよ。だからわたしたちもここへ引っ越してきたの」

「ご主人もこちらに？」ようやくトーマスが口を開いた。男性を相手にするほうが楽なんだろう。

「いいえ、あいにくいまは仕事で留守にしているわ。だからわたしと娘たちだけ、ああもちろんシャネルも」足元にシャネルが現れた。

「そうですか」ジョナサンがおどおどし始めている。「ご挨拶に来ただけです。それと、取るに足りないことだと思いますが、実は……昼間子どもたちのあいだでひと悶着《もんちゃく》ありまして」

「ひと悶着？」顔に浮かべた笑みは微動だにしない。

「ええ、地元の子どもたちがうちの庭で遊んでいたら、こちらのお嬢さんが来て、うちの子と遊んではだめだと言って連れ帰ってしまったんです」マットが説明した。

「きっと誰かにそそのかされたのね。うちの子はとてもいい子ですもの、そんなこと言うはずがないわ。心配なさらないで、娘たちと話して誰に言われたか聞いておきます。それにもちろん、子どもたちは自由に一緒に遊べばいいわ。わたしは」アンドレアがまっすぐジョナサンを見つめ、軽く腕に触れた。「みなさんと仲良くなりたいと思ってるのよ。お隣があなたたちで本当によかったわ」

「え、ええ、ありがとうございます。ではまた」ジョナサンがどぎまぎしている。トーマスは不安げで、マットは戸惑っている。

「またお会いするのを楽しみにしていますわ」アンドレアがまたにこやかに微笑み、玄関を閉めた。

ぼくは大急ぎで〈海風荘〉に戻って三人を待ちかまえた。おもしろくなりそうだ。

「で？」ぞろぞろ帰ってきた三人をクレアが問い詰めた。フランチェスカは料理中で、ポリーとクレアがテーブルを囲んでいる。

「感じのいい人だったよ」ジョナサンが答えた。

「すごく感じがよかった」とマット。

「いい靴を履いてた」トーマスがトマトみたいに真っ赤になった。

「どういう意味？　すごく感じが悪い人よ」ポリーが言い返す。

「ぼくたちには違った。隣がぼくたちでよかったと言ってたし、娘たちが意地悪なことをしたのは誰かにそそのかされたからだと話してた。本当はあんなことを言う子じゃないらしい」ジョナサンが説明した。「いずれにしても、誰に言われたか確かめるそうだ」

「そんなはずないわ。アレクセイもトミーもヘンリーもトビーも同じ話をしてるのよ」

「姉妹が意地悪したのを否定したわけじゃない。ふたりともいい子だから、裏に誰かいるはずだと言ったんだ。とにかく娘たちと話すそうだから、いずれすべてわかるよ。それにこの家を買う話も出なかった。むしろぼくたちがここに住むのを喜んでた。だからきっときみたちは完全に誤解してるんだよ」マットが言い添えた。

クレアとフランチェスカとポリーが苦々しい表情で目くばせし合っている。

「まったく、男って簡単にだまされるんだから」ポリーが言った。

「なにが言いたいんだ？」マットが訊いた。

「彼女に媚《こ》びを振りまかれて、奥さんの言葉を信じなくなってるじゃない」クレアが声を荒らげた。ぼくもそう思う。

「違うよ、そんなんじゃない。ただ、きみたちの勘違いかもしれないと思ってるだけだ。でもこれできっとすべてうまくいくさ」トーマスが言った。

「彼女の美貌に惑わされたのね」とフランチェスカ。

「そんなこと気づきもしな――」

「どんな顔だったかも覚えてな――」

「まさか、そんなことぜったい――」

男性陣全員がいっせいに否定しはじめたが、クレアに制された。もうだめだ。シャネルに目がくらんでいるジョージみたいにアンドレアに目がくらんでしまっている。クレアたちとぼくには、それがはっきりわかった。

騒ぎにまぎれてギルバートのことを忘れかけていたが、そろそろみんながベッドに入る時間なのにギルバートの気配がないので、ぼくはゴロゴロ鳴っているおなかといかにもおいしそうにお皿によそわれた残り物を無視してギルバートのために手をつけないでおいた。疲れてあの猫が来るか確かめるまで起きていられそうにないけれど、ここに来て残り物を食べてくれたらいいと思う。おなかを空かせた猫がいるなんて考えたくない。ぼくにも経験があるから辛いのは知っている。できればメモのひとつも残したいところだが、猫には字が書けないから、おいしい食べ物を置いておくことでこちらの気持ちを伝えたい。ここにいてもいいことと、もっとギルバートのことを知りたがっていることを。なんと言っても、猫の心をつかむには胃袋をつかむのがいちばんだ。友だちは多いに越したことはない。シャネルとアンドレアとふたりの娘との最低の出会いが、それを物語っている。

# Chapter 8

月曜日の朝は、男性陣の不在がひしひしと身に染みた。でもぼくは密《ひそ》かに胸を躍らせていた。いた。ギルバートがお皿を空にしていて、ぼくのメッセージが伝わったとわかったからだ。でもぼくは密《ひそ》かに胸を躍らせていた。まだ姿は見ていないけど、もしジョージに邪魔されずにきちんと昼寝ができたら、今夜は夜更かししてギルバートと話してみよう。この町にも友だちができたらすてきだし、味方になってもらえたらありがたい。

日曜日は町の子どもたちもアンドレアもシャネルも姿を見せずに平穏に終わったが、ジョージはいてもたってもいられないようだった。かわいそうにすっかり元気をなくし、何時間も生垣の下で隣を見つめてもまったく報われなかった。

午後になってフランチェスカがジョナサンたちを駅まで送る時間になると、みんな悲しくなった。ここはいいところだけれど、全員そろっているほうがいいに決まっている。みんな同じ意見らしい。ジョナサンたちがいなくなって寂しかった。

「今日はフェリーで入り江の向こうへ行ってみない？　景気づけに」クレアが提案した。

「いいわね。屋根裏の修繕はコリンたちが頑張ってくれてるから、わたしも出かけられるわ」ポリーが言った。「わたしがいなくても大丈夫」

「初めての場所へ行くなんてわくわくするわ」フランチェスカも賛成した。「さあ、子どもたちは服を着替えて。出かけるわよ」

ジョージとぼくは用意をする男の子たちの部屋へ行った。

「ぼくもフェリーに乗りたいな」ジョージがぼやいた。この子はつねに楽しいことを求めている。

「無理だよ。そもそも入り江は水だぞ。水には近づかない」話はこれで終わりだ。

終わりではなかった。ジョージがトミーに向かってさかんにかわいこぶりはじめたのだ。目的は見え透いている。脚にすり寄り、喉を鳴らし、仰向けになっておなかを撫でてくれとせがみ、必死にトミーに気持ちを伝えている。

「ねえ、アレクセイ。ジョージたちも連れていけないかな。ちっちゃいころアルフィーがやったみたいに、バックパックに隠せばいいよ」ぼくがそんなことをしたのは一度だけなのに、忘れていないらしい。

「そうだけど、見つかったらたいへんだよ」アレクセイに分別があってよかった。「でも一緒に行けたら楽しいだろうな」賢いアレクセイが迷っている。いくら冒険が好きでも、水がからむ冒険はごめんだ。「うん、おもしろいかもね、猫が密航するなんて。もし見つかったら、入ってるなんて知らなかったって言えばいい」思ったほど賢くないらしい。ぼくが自分から水に近づくわけないのに。ありえない、ぜったいに。

「決まりだ！」トミーとアレクセイがハイタッチした。猫をフェリーに乗せる作戦の始まりだ。ぼくが好むか好まないかにかかわらず。

アレクセイたちに指示されたとおり部屋で待つあいだ、ジョージは興奮を隠せずにいた。計画では、出かける直前にアレクセイたちがバックパックを取りに行くと言ってぼくたちを迎えに来ることになっている。きっと誰も気づかない。ぼくはひげを立てた。誤解しないでほしいが、いい計画はぼくも立てるから大好きだけど、今回はいやな予感がする。

ぼくは不安を抑えてアレクセイのバックパックの隙間から外をのぞいた。移動手段としては悪くない。日差しがさんさんと降り注ぎ、景色がよく見える。家族連れで混雑したビーチを横切り、高い壁沿いを進んだ。階段をおりた先に海があり、待ちかまえている船はあまり大きくないうえに、あまり安全そうにも見えなかった。勇気を出そうとしても、身震いが走った。トミーのバックパックに隠れているジョージの姿は見えないが、どうか大丈夫でありますように。階段をおりるときは少し揺れた。

「ずいぶん急ね」クレアの声がする。

「みんな、注意するのよ」フランチェスカが言った。

　そう、どうか注意してほしい。バックパックがそっと床に置かれたので、細い隙間からまわりを窺った。足しか見えない。家族みんなのほかにも何人か乗っている。幸い水は見えず、水なんかないことにできた。あとは沈まないように祈るばかりだ。初めて出会ったころのクレアは悲しそうで、『タイタニック』とかいう映画をしょっちゅう観ていたから、船がどれほどあてにならないものか、ぼくもよくわかっている。

　いまだにジョージの姿は見えないが、きっとわくわくしているのだろう。ぼくみたいに水を恐れていないし、それはむしろいいことでもある。あの子にはなにも恐れてほしくない。その一方、危険は察知してほしい。これも子育てするうえで苦労していることのひとつだ。船はとても滑らかに進み、岩がごつごつしている場所が二カ所ほどあったけれど、ぼくは息が止まりそうになりながら大丈夫だと自分に言い聞かせた。

「気持ちいいね」トビーの声が聞こえた。「船って、初めて乗ったよ」

「あたしは?」とサマーがクレアに訊いている。

「ないわ。あなたも船は初めてよ」ときどきトビーがいなかったころのことを忘れてしまい、胸が熱くなる。いまはすっかり家族の大事な一員だ。

　がくんと船が止まって尻もちをついてしまったけど、アレクセイがジャンパーを入れておいてくれたおかげで痛い思いをせずにすんだ。バックパックが持ちあげられ、動きだした。船を降りると、急なスロープをのぼった先で大勢の人が楽しそうにしているのが見えた。

「座る場所を見つけましょう」ポリーの声。ぼくはまた地面におろされた。埠頭《ふとう》の下は海で、縁に沿って釣り糸を垂らす人が大勢いる。ぼくは元気を取り戻した。状況がよくなってきた。水は嫌いだけど、魚は大好きだ。

「なにしてるの？」トミーが誰かに訊いている。

「カニを捕ってるんだ」誰かが答えた。なんだ、魚じゃないのか。がっかりだ。

「ぼくたちもやっていい？」アレクセイが訊いた。

「いいでしょ？」とヘンリー。

「そうねえ。子どものころやったのを、ぼんやり覚えてるわ。しょうがないわね、お店に行って釣り糸とバケツを買ってくる。サマー、あなたはトビーと一緒にやるのよ」

「クレア、マーサとヘンリーも一緒でいいわ。でも、みんなあまり端に近づいちゃだめよ」ポリーがぼくの不安を口にした。

「パパ」声が聞こえ、首を巡らせるとジョージの顔が見えた。トミーがバックパックを並べて置いてくれたのだ。

「楽しんでる？」ぼくは尋ねた。

「最高に楽しんでるよ。ぼくたちもカニ捕りできるの？」

「やめといたほうがいい。ここで見ていよう。面倒を起こしたくない」

「わかった」みんなの楽しそうな声を聞き、ぼくも嬉しくなった。腰を据えてバックパックの隙間から差しこむ銀色の日差しを楽しむうちに、急に眠たくなった。

「アルフィー」アレクセイのささやき声がした。ぼくは目を開けた。どのぐらい眠っていたんだろう？

「ミャオ」寝ぼけながら答えた。

「ジョージがバックパックから出ちゃったんだ。ママたちはチビたちをトイレに連れていってて、ジョージがどうしても一緒にカニ捕りをやりたいって」声がうろたえている。ぼくはバックパックから這《は》いだし、少しこわばった脚を伸ばしてジョージを探した。

「ジョージ」そっと呼びかけた。

「ここだよ、パパ」

「見つからないようにしてるから一緒に来られたんだぞ」苛立ちが声に出ないようにした。

「わかってるよ。でもそれじゃつまんないもん」一理ある。ジョージが来る前は、ぼくもしょっちゅうスリルを味わったものだ。時には抜き差しならないことになったものの、少なくともいい経験だった。いつのまにか少しつまらない猫になったらしい。ぼくはしっぽでジョージをくすぐった。

「わかった。でも、ぼくから離れないで犬に気をつけるんだよ」

カニ捕りとはどういうものか一緒に埠頭でながめるあいだ、アレクセイは不安そうだったがトミーはおもしろがっていた。オレンジ色の長い釣り糸が海に垂らしてある。そばに置かれたふたつのバケツに変な生き物が入っていた。カニだ。アレクセイが釣り糸につけた餌はそれほどいやなにおいじゃなかったけれど、食べるのはやめておいた。楽しいと思いはじめたとき、このあいだ遊びに来たベンがやってきた。

「やあ」ベンが言った。

「やあ、ベン」アレクセイが気さくに応えた。

「どうも」トミーは少し怪しんでいる。

「こないだはごめん。あの子たち、サバンナは特に、最近ちょっと威張り散らすんだ。前はふたりともいい子だったのに、なんだか意地悪になっちゃってさ。とにかくごめん、せっかく楽しかったのに」

「あのふたり、すごく感じが悪かった」トミーが言った。

「でも、いつもあんなじゃないんだよ。ぼくたちだけきみたちと遊んでたのが気に入らなかったんじゃないかな。それにさっきも言ったみたいに、意地悪になったのは最近だから、みんな逆らわないようにしてるんだ」サンダルを履いた足元に視線を落としている。

「あの子たちが怖いの？」トミーが訊いた。

ベンがうなずいた。顔が真っ赤だ。

「いじめられる気持ちはわかるよ」アレクセイが言った。事実だ。以前アレクセイの学校へ行き、いじめっ子を懲らしめたことがある。「でも立ち向かわなきゃ」

「わかってる。でもあの子たちとはずっと友だちだし、普段はほんとにいい子だから、ぼくたちにもよくわからないんだよ」しょげている。「ほんとはきみたちと遊びたいんだ。でもビーチでばったり会うことだってあるよね。だからとりあえずいまは一緒にカニ捕りしない？　ママが友だちとコーヒーを飲んでるから、実はちょっと退屈してるんだ」

「ほら」アレクセイが自分の釣り糸を差しだした。「使っていいよ」

ぼくはすごく誇らしかった。アレクセイもトミーも根に持っていない。

「あれ、猫も連れてきたんだね」ベンが笑っている。

「うん、フェリーに密航させたんだよ」トミーが得意げに笑みを浮かべた。

ベンがぼくとジョージを撫でた。「すごいね！」注目されるのが好きなジョージが調子に乗って、バケツに頭を突っこんだ。

「痛っ！」ジョージが飛びのいた。怒ったカニに鼻をはさまれている。

「たいへんだ」とアレクセイ。「どうしよう」あわてている。ぼくもだ。ジョージをはさむなんて、このカニはどういうつもりだ？

「動かないで」ベンがジョージを抱きあげ、そっとカニをはずして慎重にバケツに戻した。ジョージは前足で鼻をこすっている。ちょっと腫れているようだ。ぼくはバケツからあとずさってジョージに顔をこすりつけた。

「大丈夫かな?」ジョージは大声をあげているから痛むんだろうが、ぼくにはどうしようもない。ベンがやさしくジョージをゆすり、一生懸命撫でている。ベンがいてくれてよかった。みんな心配そうにしていたが、急にアレクセイが笑いだした。

「ごめん。でもジョージ、鼻にカニがくっついてる姿はなかなかおもしろかったよ」くすくす笑っている。ほかのふたりも笑いだし、ぼくもおかしくなってきた。誰か写真を撮ってくれたらよかったのに。

「ミャー!」でもジョージの意見は違うらしい。

騒ぎに気を取られ、クレアたちが戻ってきたことに気づかなかった。

「いったい何事?」フランチェスカの声がした。アレクセイとトミー、ベン、ぼくとジョージがそろって振り向いた。おかげでとりあえずジョージは静かになった。

「アルフィー、ジョージ、ここでなにをしてるの?」クレアが怒っている。子どもたちは嬉しそうだ。

「あの、知らないうちにうっかり密航させちゃったみたいなんだ」トミーが言った。

「違うよ、アルフィーたちが自分で密航したんだ」アレクセイが言い直した。でもいい子だから嘘をつきながら笑ってしまっている。

「あなたたちったら、まったく」フランチェスカが叱った。「とにかく、いまさらどうしようもないし、どうせもうすぐ帰る時間よ。アイスクリームは？」フランチェスカが笑顔でぼくを抱きあげた。

「ミャオ！」ジョージが大声で応え、みんなを笑わせた。

それ以降は事件もなく〈海風荘〉に戻れたので、ほっとした。かわいそうに、ジョージの鼻はまだちょっと腫れているが、カニ事件のほかはとても楽しい外出だった。ベンはずっと親切で、子どもたちがまた仲良くなってよかったけれど、隣の姉妹はそれを喜ばないはずだ。できればベンが言ったように、公共の場であるビーチで遊ぶぶんにはとやかく言われないといいと思う。でもそうはいかない気がする。あの子たちはなにがきっかけで意地悪になったんだろう。最近までいい子だったとベンは話していた。また謎が増えた。ふと、シャネルも以前はいい子だったのかもという思いがよぎったが、想像がつかなかった。

お茶を飲むために腰をおろしたみんなを残してジョージと庭に出たときは、心底ほっとした。例によってジョージはすぐさま生垣へ向かって隙間をくぐり抜けた。大当たり。シャネルがきれいな花の香りを嗅いでいる。

「やあ！」ジョージが張り切って声をかけた。ぼくは念のためにそばにいた。今日はこれ以上怪我しないでほしい。

「またあなたなの」シャネルがジョージをにらんで鋭くしっぽを振った。

「元気？」ぴょんぴょん飛び跳ねている。正直言って、口説き方をわかっていない。

「あなたたちがいなくなれば、もっと元気になるわ」

「ねえ、そんな言い方しなくてもいいだろ」ぼくは口を挟んだ。

「いい？　隣で暮らしてるかもしれないけど、ここはわたしの家でわたしの庭なんだから、入ってこないで」

「でもね、うちの庭にはいつでも来ていいよ」ジョージが期待している。

「わたしの飼い主は、あなたたちを追いだすつもりでいるわ。見てらっしゃい、必ずそうなるから」シャネルが応えた。「だから、隣があなたの庭じゃなくなるのも時間の問題よ」

ぼくはまたしても不安を感じながら去っていくシャネルを見送り、ジョージを促して生垣をくぐって別荘の庭に戻った。

「ねえ、パパ、シャネルってほんとにきれいだよね」ジョージがため息を漏らした。「シャネルもぜったいぼくを好きだと思うな」

「さっきのせりふを聞いてなかったの？」

「あまり。きれいな目ばっかり見てたから」

お先真っ暗だ。それに、たとえジョージは気づいていなくても、シャネルとのいさかいで楽しかった外出が台無しになったのが癪にさわる。カニ事件はさておき。ちなみにカニが海に返されたときはほっとした。本心を言えば、カニはずっと海のなかにいさせてあげるべきだと思う。あとで逃がすことがどうしてやさしいのかよくわからない。仮に無傷でもさらったのも同然で、なんだかずるい気がする。まあ、それはさておき、別荘に戻ると地元の小さな店から戻ったポリーが買い物袋を持って玄関先に立っていた。

玄関を開けたポリーについてキッチンへ向かった。

「おかえりなさい」カウンターに袋を置いたポリーにクレアが声をかけた。

「あの人ったら……」ポリーが怒っている。

「なにかあったの？」フランチェスカが尋ねた。

「お店のなかにあるカフェに、友だちをふたり連れたアンドレアがいて、すごく感じが悪かったの」

「ジョナサンたちに話したことは？」

「全部でたらめよ。わたしが『夫には〈海風荘〉から出ていってほしいと言いませんでしたよね』と言ったら、あの人、真っピンクの唇で嘲笑《あざわら》いながら、『あら、きっとうっかり言い忘れたのね。でも見ていらっしゃい、いますぐあの家をわたしに売らないと後悔するわよ』って」

「嘘でしょ？」クレアが言った。「一緒にいた友だちはなんて？」

「きまりが悪そうにしてたけど、なにも言わなかった。それにひとりが自己紹介しようとしたら、アンドレアが黙らせたのよ。なんだか娘と同じよね、友だちはアンドレアを怖がってるみたいだった。でもこれだけは言える。あの人はいい人なんかじゃない、用心したほうがいいわ」

「いやだわ、そんなふうに敵意を向けられるなんて」フランチェスカの眉間に皺が寄っている。

「大丈夫、あんな人になにを言われようと気にしなければいいのよ」ポリーは強気だ。

「どうせなにもできないわ」クレアも言った。「脅してくるかもしれないけど、わたしたちだって子どもじゃないもの、うまくあしらえる」

ぼくは心からそう願った。

# Chapter 9

一日が終わりに近づくにつれて、なんだか憂鬱になってきた。クレアたちはアンドレアのことをどうにか頭の隅に追いやり、子どもたちと、すっかりシャネルのとりこになっているジョージは上機嫌だが、ぼくはみんなと違って現実主義だ。ひと荒れありそうなときはわかり、いまはそれをひしひしと感じる。その夜はギルバートを待ち伏せすることにした。食べ物を置きはじめてからギルバートは毎晩来ていて、夜のうちに姿を消してしまうけれど、そろそろもう一度話してみよう。地元に味方が欲しいし、ギルバート以外思いつかない。

まだ掃除されていない砂の山で遊びながら気長に待った。これからここで過ごすことが増えるから砂を好きになろうとしたけれど、まだ自信がない。ざらざらするだけでなく、なんにでもくっつくのだ。どんなに毛づくろいしても取りきれない気がする。

こっちに来てから起きたあれこれをすべて思い返していたころ、猫ドアが開く音がしてギルバートが現れた。ぼくに気づいてぴたりと立ち止まっている。珍しい毛色の猫で、豹柄がうらやましい。

「やあ」ぼくはしつこい砂を肉球から払い落とした。

「礼を言ったほうがよさそうだな」ギルバートがぶっきらぼうに言った。「食いもんのこと。えらく助かった」

「きみに会えればいいと思ってたんだ。ぼくの家族はきみを見かけても気にしないよ。みんな猫好きだし、息子のジョージもきっと会いたがる」

「それでもやめておく。おれはあまり家族を欲しいとは思わない」

「なんで？　たいていの猫には家族がいるよ。友だちのごみばこは働く猫で、野生でいるのが好きだけど、ほかの野生猫と違ってぼくの家族のメンバーみたいになってる」ぼくはまくしたてた。

「そうか」ギルバートは口数が少ない。

「だからきみも家族を持ってみたら？」

「家族がいたことはあるが、いいやつらじゃなかった。その話はしたくない。とにかく、食いもんのことは恩に着る、助かった。普段は残飯をあさるしかないからありがたかった。だが人間には近づきたくない」

「実は、ぼくも同じ気持ちになったことがある。隣のこと知ってる？　猫のシャネルと人間のアンドレアのこと」

「見かけたことはあるが、さっきも言ったように」ギルバートが金色の瞳でぼくをにらんだ。「おれはひとりが好きなんだ」

「すごく感じが悪いんだ」ぼくは簡単に引き下がるタイプじゃない。「しかもぼくたちを脅してきたんだよ。ここを買い取って追いだすって。もしそんなことになったら、お隣さんはここを空き家のままにしておかないだろうから、きみも住めなくなる」

「そのときはほかの場所を探すさ」なかなか手強い。

「きみはそうかもしれないけど、ぼくたちはこの家を気に入ってるから、このままでいたいんだ。あきらめるつもりはない。だからもしなにか耳にしたら、なんでもいいから教えてもらえないかな」

「わかった」ギルバートがぼくのお皿に目を向けた。食べ物がたっぷり入っている。「心がけておく。でもなにも約束はできない。で、よかったら腹が減ってるんだが」

「ああ、ごめん。もう行くよ。でもその前に言っておくね。ぼくたちが留守にする日も作業員はいるけど、みんな上の階にいるからね。どっちみちきみは隠れるのがずいぶんうまいみたいだから関係ないかもしれないけど。ただもし立ち寄る気になったら、いや、ここはもうきみの家みたいなもんか。とにかく、いつも食べ物があるようにしておくよ」

「悪いな」ギルバートが食べはじめたので、ぼくは立ち去ろうとした。「ああ、それと、アルフィー」

「なに?」ぼくは振り向いた。

「ありがとよ」

　そのあとはクレアのベッドで丸まってぐっすり眠った。それでもギルバートがぼくの家族に会ってくれたらどんなにいいかと思わずにいられなかった。みんな歓迎するはずだし、ぼくたちがいないあいだ番猫みたいな存在になってくれるだろう。みんなと仲良くなれば、アンドレアの問題でも力を貸してもらえるかもしれない。ぼくと友だちになることにそれほど乗り気じゃないのはわかるけど、いやがってはいない。一度に一歩ずつだ。

　ジョージに頭を舐められて起こされた。ぼくは心も毛並みもぬくぬくしながら伸びをした。

「寝過ごした」

「ぼくは何時間も前から起きてるよ、トビーとサマーも。ほかのみんなはぼくたちほど早起きじゃなかったけど、いまは起きてるし朝ごはんの時間だよ」ベッドの上で楽しそうにぴょんぴょん跳ねている。

「言われてみればおなかが空いたな」ギルバートにたっぷり残してあげたから、おなかが空いている。ぼくはキッチンへ行ってあたりを見渡した。子どもたちはトーストやポリッジを頬張り、大人はマグカップに口をつけ、ジョージも水入れの水をぴちゃぴちゃ飲み始めた。夏休みはこうでなくちゃ。気がかりなことをやきもき心配するのはやめよう。気分が前向きになり、ぼくは勢いよく朝食を食べはじめた。

玄関をノックする音がした。

「わたしが出るわ」ポリーが言った。「アンドレアかもしれないから」それを聞いて、ぼくは急いであとを追った。

見たことのない女の人が玄関先に立っていた。大きな帽子をかぶり、サングラスをかけている。

「はい？」ポリーが問いかけるように声をかけた。

「初めまして、アンバーよ。ベンの母親」そわそわしていて、落ち着かないようすで周囲に視線を走らせている。「お邪魔してもいい？」

ポリーがアンバーをキッチンへ案内した。子どもたちはもう食事を終え、リビングからテレビの大きな音がする。ジョージは毛づくろいをしていた。

「どなた？」フランチェスカが訊いた。

「アンバーよ」ポリーが答え、アンバーが帽子とサングラスを取った。黒髪のほっそりした女性で、きれいだがアンドレアほどやりすぎ感はない。

「昨日カフェにいらした？」ポリーが不審げに目を細めた。アンバーがうなずいた。

「いらっしゃい。どうぞ座って」クレアが差しだした手をアンバーが握った。

「実は、謝りに来たの」ちょっと落ち着きがない。「ここに来たのがアンドレアにばれたら殺されるわ。でも、あなたたちやお子さんたちに対するアンドレアの態度はあんまりだと思ったの。昨日ベンは息子さんたちと遊んだのがすごく楽しかったみたいだから、遊んでもかまわないし、ゴールドの子たちのことは気にするなと言っておいたわ」

「ゴールドの子たち？」ポリーがアンバーの向かいに腰をおろした。

「アンドレアの苗字《みようじ》よ。ゴールド」

「まあ、知らなかったわ。でもぴったりの名前ね」皮肉を言っている。

「あの人、どうしてあんななの？」クレアが訊いた。

「わからないわ。アンドレアは以前からこの町の中心的存在で、少なくともここに越してきてからはそうだった。サバンナが赤ちゃんのころはママ友グループのまとめ役だったのよ。頼もしくて、気さくで、みんなをまとめて母親たちが集まっておしゃべりする場を与えてくれたし、娘たちが学校に行くようになるとPTAに打ちこんでたわ」アンバーが説明した。「つねにリンストーの中心にいて、パーティやお祝い事を企画したり読書会を開いたりしてるし、始終自宅に人を招いて、そういうときはとても気前がいいの。ご主人の羽振りがいいのよ。でも半年ぐらい前から変わってしまって別人みたいなの。わたしたちが訊いてもなにも問題はないと言うけれど、しばらくご主人の姿を見ていないわ。どうやら出張してるみたい。とにかく、最近アンドレアはこの家に執着するようになったの。理由はわからないし、どうしてあんなに変わってしまったのかもわからない」

「ご主人がお金持ちだからって、町の所有者みたいに振る舞っていいことにはならないわ」クレアが言った。

「もちろんそうよ。でも、ほかになにかある気がするの」とアンバー。

「そもそもどうしてこの家をあんなに欲しがってるの？」ポリーが訊いた。

「それもわからない。昨日一緒にいたケイトにも訊いてみたけど、やっぱり首を傾げていたわ。このところアンドレアの態度は以前に増して悪くなっていて、意地悪おばさんになりかけてるの」

「だからと言って、あんなにこの家を欲しがる理由にならないわ」ポリーが言った。

「できればわたしも理由を知りたいわ。アンドレアはここを手に入れるつもりだと言っていて、よそ者が週末や長い休みにたまにこの町にやってくるのがどれほどおぞましいことか滔々《とうとう》とまくしたてているけど、わたしはそうは思わない」

「わたしたちもそうよ」ポリーが同意した。

「ねえ、もしここに来たのがばれたらアンドレアは激怒するはずだけど、わたしは味方だし、なにかあったら力になると伝えたかったの。アンドレアに立ち向かうのは無理でも、それ以外なら力になるわ」

「嬉しいわ、ありがとう。アンドレアには黙ってるわ」クレアが腕を伸ばしてアンバーの手に触れた。

アンバーが帰ったあと作業員たちが到着すると、クレアたちは子どもたちをビーチに連れていく用意を始めた。ポリーがぼくを抱きあげて撫でてくれた。

「あの人の鼻っ柱をへし折ってやる必要があるわね」ぼくの目を見てポリーが言った。ぼくはまばたきして賛成だと伝えた。それに、ここに適任の猫がいる。

作戦を立てなきゃいけないのに、なにをすればいいか見当もつかなかった。しかもジョージの問題もなんとかしなきゃいけない。シャネルに夢中で生垣の下にいるのをやめようとしないが、シャネルは生垣を避けているから、ジョージがいるのを知っているんだと思う。遠くからちらりと姿を見かけても、ジョージにはどうしようもない。道理を説こうとしたけれど、子ども相手に道理はあまり通じない。ふてくされたジョージがリビングの出窓で横になったので、その隙にぼくは二階へ向かった。工事は順調に進み、もうすぐバスルームもできそうだ。そのあと床の工事が終われば、屋根裏の工事に取り掛かって子どもたちも上の階を使えるようになる。ポリーの巧みな計画のおかげで、すべて抜かりなく進みそうだ。それなのに、最上階へ行くと言い争う声がした。

「どうなってるんだ?」コリンだ。部屋の天井に開いた穴を見あげている。

「屋根に穴が開いてるんじゃないかな?」リーアムが答えた。アンドレアと話していた若い作業員だ。「きっと瓦全体が不安定になってるんだ」ほかのふたり、ピートとマークは戸惑っている。

「そんなはずない。二カ月前おれが調べたときはちゃんとしてた。瓦はどれもしっかり留まってたし、割れてるのもなかった。あのあと嵐は来てないから、ゆるむはずない。おかしい」リーアムをにらんでいる。

「ねえ、ボス。どうやら穴は内側から開いてるみたいですよ」梯子《はしご》のてっぺんに登ったピートが言った。天井の穴はかなり小さいが、はっきりわかる。ピートがすばやく梯子をおり、代わりにコリンが登った。

「たしかにそうだな。おい、リーアム、マーク、おまえたちのどっちかがやったのか？」コリンがふたりをにらんだ。「貫通してるぞ。これだと瓦を二枚張り替えて天井も直さなきゃいけない。余計な仕事が増えたから、ポリーがかんかんになるぞ」怒りで顔が真っ赤で、部下たちは困惑顔で首を振っている。でもリーアムの表情を見たとたん、ぼくには彼の仕業だとわかった。どうやったのかはわからないけど間違いない。ぼくは大声で鳴いてリーアムの脚を引っかいた。

「おい、なにする」リーアムが毒づいた。三人ともぼくを見ている。ぼくはその場に腰をおろし、何食わぬ顔で肉球を舐めはじめた。

「リーアム、おまえがやったのか？」コリンが問い詰めた。リーアムは真っ赤になって違うと答えたが、あまり嘘が上手じゃない。それどころか顔じゅうに嘘だと書いてある。

「うっかりして」リーアムがもごもごご言い訳した。「その……すみません」

「どうすればうっかり屋根に穴を開けられるんだ？」コリンに訊かれ、リーアムが肩をすくめた。ぼくの推理が正しくて――正しい気がする――アンドレアの差し金だとしたら、アンドレアはもっとうまく妨害行為をできる人間を選ぶべきだったのだ。「もういい、とにかくこれで工事に遅れが出る。リーアム、おまえは無給で残業しろ。ピート、おれが瓦を調達しに行ってるあいだ、こいつをしっかり見張っててくれ。考え方を改めないと失業するぞ、リーアム」

「すみません」リーアムが小さくくり返した。ぼくは満足した。これでひとつ解決した。悪い予感はするけれど、手始めにはなった。

なにがあったか話したのに、重症の恋煩いにかかっているジョージの耳にはほとんど届いていなかった。少なくともそんな気がした。

「しっかりシャネルを見張ってれば、飼い主がなにをたくらんでるかわかるかもしれないよ」ジョージにそう言われ、ぼくは感心した。思いつかなかったが、たしかにそうだ。いわば一石二鳥というやつ。シャネルをつけまわしていればジョージは上機嫌でいられるし、同時にアンドレアからも目を離さずにいられる。運がよければ実際になにが起きているのかもっとわかるかもしれない。

前庭で足を止め、ビーチで遊ぶみんなをながめた。砂丘を駆け登ったりおりたりするゲームをしているらしく、地元の子どもたちも一緒にいたので嬉しくなった。隣との境にある生垣をくぐると、いつも停まっている車が見当たらず、人気もないことに気づいた。そこでジョージとあたりを見渡した。見たところ無人のようだが、大きな家なので断言はできない。

「おいで」ぼくはジョージに声をかけ、裏へまわった。こちらも静まり返っている。ここの裏庭はうちより広く、前庭のように芝生になっている。子どもが遊ぶおもちゃの家があり、サバンナたちが仲よくしてくれたらサマーとマーサも夢中になって遊ぶだろうと思うと残念だった。それでも裏口に猫ドアがあるのがわかり、ぼくとジョージは顔を見合わせてからこっそり忍びこんだ。いけないことなのはわかっているけど、任務遂行中なんだからしかたない。

猫ドアを抜けた先はうちのサンドルームより広いすごく高級な家事室で、その奥に見たことがないほど大きなキッチンがあった。ただ、そこでぼくたちの作戦は頓挫してしまった。キッチンのドアが閉まっていて、その先に進めなかったのだ。シャネルのにおいはするものの気配はない。きっとアンドレアと出かけているんだろう。ただジョージは有頂天で駆けまわり、空気のにおいを嗅いだり、シャネルみたいにきれいな家だと言って飛び跳ねたりしている。ぼくは無力感にとらわれてひげを立てた。

「もう帰ろう」ぼくは言った。「いまにも帰ってくるかもしれないし、もし見つかったら……」家のなかを見ておいて参考になったが、いまはこれでじゅうぶんだ。

「でも、ぼくに会ったら、きっとシャネルは大喜びするよ」すっかり浮かれている。

「そうかもしれないけどアンドレアは違う。さあ、行こう。シャネルはあとでまた探せばいい」とりあえずなだめはしたが、シャネルから目を離さずにいる作戦がジョージに弊害をもたらしそうで不安を覚えた。でも考えてみれば、もうすっかりのぼせあがっているんだから、これ以上事態が悪化することはないかもしれない。いずれにしても――豪邸をあとにしながらぼくは思った――ジョージは一流のストーカーにはなれない。少なくともいまのところは。


みんなはぼくとジョージに食事をさせたあと、夕方の散歩に出かけてからパブへ夕食を食べに行くらしい。ずっと外にいたのでクレアたちも子どもたちも心地よい疲れを感じているのだ。工事をしているせいで、料理をしてさらにごたごたする気になれないことがよくあるようだけれど、三軒あるパブのどれかかフィッシュアンドチップスの店かカフェでおいしい食事ができるから、選択肢には困らない。

みんなにとってここでの暮らしがどれほど健康的かよくわかる。まあ、ほぼ健康的に近い。ジョージがたらふく食べ、子どもたちが砂でいっぱいの靴を嬉々《きき》として履き、クレアたちがそれを寛大に見ているようにできるなら、〈海風荘〉の平穏を守るためになんでもするつもりだ。エドガー・ロードの仲間が思いだされ、ふいに寂しさがこみあげた。いつもそばにいる相棒兼ガールフレンドのタイガーがなつかしくてたまらない。タイガーがいたら、苦境を乗り越える手助けも、ぼくが家族のために立てる作戦が成功するように協力もしてくれただろう。でも、今回はぼくしかいない。ジョージはいるが――ちらりと目をやるとひげを洗っていた――どこまで頼りになるかわからないし、ギルバートはわずかに態度をやわらげたものの家族の一員になる気はないときっぱり断言されてしまった。今回もし行動を起こすしかなくなったら、ぼくだけでやるしかないかもしれない。

# Chapter 10

たいした作戦とは言えないが、とりあえずリーアムを見張ることにした。できるだけ見張ってわかったのは、リーアムは胡散臭いどころじゃないことだった。働いてはいるが、ほかの作業員が見ていないと挙動不審になる。次にどんな妨害をしようか探ってるんじゃないかとぼくは不安になった。もちろん、見張るだけで近づかないようにしている。このあいだ引っかかれてから、ぼくにあまり好意を持っていない。

今日はジョージがいつもの生垣に張りついていて、庭を出ない約束もさせたから、リーアムが瓦修理の担当になったのはラッキーだった。今週天窓とかいうものを屋根につけたので、家の裏に足場が組んである。ぼくはジョージとリーアムの両方から目を離さないように心掛けた。瓦の修理を終えたリーアムが——二枚交換しただけだった——地面におりてきた。

「よし、次は家事室の通路の漆喰《しっくい》を仕上げてほしいそうだ」マークもリーアムから目を離さずにいる。きっとリーアムが足場から落ちるとか、またなにかを台無しにしたりするといけないからだろう。

「わかった」リーアムがぼそりと応えた。ふたりが立っているのは裏庭だ。「この水道管は外のシャワーのやつか?」リーアムが外壁に沿って伸びる銅の管を指差した。

「ああ、シャワーはこれからつける。水道屋があとで戻ってくるはずだ」ふたりで水道管を見ている。「そのあとウッドデッキを取りつける。きっとおしゃれになるぞ」マークが説明した。

「わかったよ、漆喰だな。ここを片づけたら行く」リーアムが言った。隠れ場所から窺っていると、リーアムがあたりを見渡してから工具を取りだし、水道管を叩《たた》いて壊してしまった。信じられない。やっぱりそうだったんだ。これは妨害行為だ、まぎれもなく。駆けつけて対決したい気持ちはやまやまだけど、痛い目に遭うかもしれない。なにしろぼくは猫で、たくましい作業員じゃない。それでも妨害行為をやめさせるか、みんなにリーアムをつかまえさせる方法を考える必要がある。でもどうやって? リーアムがこの家を壊さないうちにしっかり考えないと。

リーアムが口笛を吹きながら家のなかに入ったので、ぼくは生垣へ向かった。

「シャネルがいたよ!」ジョージが言った。

「どこに?」

「アンドレアが小さなバッグに入れて、女の子たちとどこかに行っちゃった。でもここを通るときぼくに気づいて、にっこりしてくれたと思うんだ」

おおかた、にらみつけてきたんだろうが、そういうことにしておこう。

「また車のボンネットで日向ぼっこしようか？」

「うん、する」ジョージがいそいそ車へ向かい、クレアの車のボンネットに飛び乗った。日向ぼっこには最適の場所で、ぼくたちはそこに寝そべって思う存分日差しを浴びた。のんびりするつもりだったのに、リーアムがこのうちを壊そうとする理由をついつい考えてしまった。しかもこれにアンドレアがからんでいるのは間違いない。

「ジョージ」ぼくは思いつくままにしゃべりだした。「シャネルを待ってるとき、作業員の誰かがアンドレアといるのを見かけたら教えてくれる？」

「なんで？」

「確信はないけど、ごたごたの原因はアンドレアたちの気がするんだ」

「でも、なんでそんなことするの？」

「アンドレアは、この家を欲しがってることを隠そうともしていないだろ？」

「でも、そんなことになったら、ぼくたちもうここに来られないじゃない」

「ああ、どういうことかわかるだろう？」ぼくは子どもたちやクレア、ポリーやフランチェスカのことを考えていた。ロンドンを離れてすっかりリラックスしていたジョナサンたちのことを。

「うん」ジョージがうろたえている。「シャネルに会えなくなっちゃうよ」まあ、これで妥協するしかない。

はっきり言ってジョージの片思いを利用するのは気が引けたが、手段が限られている。それにジョージがシャネルへの片思いからあっさり目を覚ますとは思えない。ぼくがなにを言おうと、なるようにしかならない。悲しい結果に終わったときは、そばにいてなぐさめてやろう。次の一手がおおまかに決まったので、昼寝をすることにした。

「アルフィー、ジョージ、ちょっとどいてくれる？」クレアの声で夢から覚めた。

「ミャオ？」ぼくは伸びをした。

「ジョナサンとマットを迎えに行くの。トーマスは今週末は来られないんですって。支店のひとつでトラブルがあったみたい。でもジョナサンとマットには会えるから嬉しいでしょう？」

嬉しい。でもトーマスに会えないのは残念で、フランチェスカがあまりがっかりしていなければいいと思う。トーマスの働きすぎが原因で、あのふたりは少し前にちょっとぎくしゃくしたことがある。ふたりの関係は、去年の夏休みのあいだフランチェスカがアレクセイたちを連れてポーランドに帰ってしまうほど悪化し、ぼくたちはもう戻ってこないんじゃないかとすごく心配した。でも、ぼくがまたしてもひと肌脱いだおかげで、やがてトーマスも目を覚まし、ポーランドへ家族を迎えに行って問題は解決したようだ。トーマスは以前より家族に心を配るようになり、レストランがますます繁盛してもスタッフに任せることが増えた。いまもそうだと祈りたい。

そもそも、ただでさえ増えつづけている問題のリストがこれ以上増えたら困る。ぼくは車から飛び降り、ジョージがおりるのを待った。子どもたちが庭にいたので、そちらへ走るとジョージも追いかけてきた。

「アルフィー、ジョージ」アレクセイが言った。「運動会をやろうと思うんだ。まあ、チビたち用の運動会だけどね」小声で言い添えている。アレクセイはいまも他愛ない遊びが好きだけど、いちばん年上だから大人みたいに振る舞わなきゃいけないときもある。そういう経験は誰にだってある。ぼくも葉っぱにじゃれたり蝶を追いかけたりするのが大好きだけど、ジョージが一緒のときはそんなくだらない遊びはもうやっていられないふりをしなくちゃいけない。

子どもたちが運動会の準備を始めた。駆けっこ、スプーンで卵を運ぶ競争、見つけられるかぎりのものを並べた障害物競走。あまり安全そうに見えないけど、クレアたちは許しているようだからよしとしよう。

町の子どもたち、ベンとジェスとミリーもやってきた。

「こんなの見つけたんだ」トミーがホイッスルを吹いた。「始めるよ！」

すごく楽しかった。ぼくは少し離れたところに座り、サマーとマーサの競争に参加するジョージをながめた。次に走りだしたトビーとヘンリーは、笑いすぎて何度も卵を落としてしまい、それを舐めようとジョージが嬉々として駆けつけたのに卵は固ゆでで、ひとつはジョージの頭を直撃した。年上の子たちは駆けっこをし、最後にはリレーとかいうものをやってランナーからランナーへ棒を手渡していた。みんなすごく楽しそうで、勝敗には誰ひとりこだわっていない。ぼくは水を得た魚のように楽しそうに一緒に遊ぶ子どもたちをながめ、大人もうまくやっていければいいのにとつくづく思った。

そのとき、サバンナとセラフィナがずかずかと庭に入ってきたのに気づき、喜ぶのは早すぎたと悟った。

「どういうつもり？」サバンナが問い詰めた。

「誰がうちの庭に入っていいって言った？」アレクセイが言い返した。腕を組んでいる。トミーもだ。

「もうすぐあなたの庭じゃなくなるわ」セラフィナが言った。

「どういう意味？」トビーが怯えている。

「この家はもうすぐわたしたちのものになるのよ、ママがそう言ってたわ。だからあまりいい気にならないことね」サバンナが意地悪く答えた。「それからあなたたち、ミリー、ジェス、ベン、なんでこの子たちと遊んでるの？　遊ぶなって言ったはずよ」

「一緒に遊びたいんだ」ベンが足元を見ながらおずおず答えた。

「そうだよ、誰と遊ぼうが勝手だろ」とトミー。

「そう、じゃあくだらない遊びをしてればいいわ。でも言っとくけど、どうせあなたたちはそんなに長くここにいられないし、いなくなっても悲しくもなんともないから」くるりと背を向け、妹と去っていく。

「すごかったわね」ジェスが言った。

「すごく怖くて、いやだった」トビーはいまにも泣きそうで、かわいそうになった。トビーはとても繊細で、どんな言い争いでも極度にいやがる。たぶん過去に原因があるんだろう。アレクセイがトビーの肩を抱いた。

「心配しなくても大丈夫だよ、ぼくたちがついてる」アレクセイに言われ、トビーの頬がゆるんだ。

「それに、これからもあなたたちと遊ぶわ、なにを言われようと」ミリーが言った。「そろそろあの子たちに立ち向かわなきゃだめって、ママにも言われたの。最近すごく意地悪なんだもの」不安そうに声が震えているが、そう言ってくれたのは嬉しい。

「そうだよ。一緒に遊んでも、きみたちはあれこれ指図しないし、ばかにもしない」とベン。

「あの子たちに思い知らせてやる必要があるな」アレクセイが言った。「それには、ぼくたちがうんと楽しそうにして、一緒に遊びたいと思わせるのがいちばんだ」

「うん！」全員がハイタッチした。

ジョージも前足をあげて参加しようとしたので、みんな笑いだした。

「あなたの猫、サイコーね」ジェスがジョージを撫でている。

「ミャオ」ぼくは応えた。そうとも。


ジョナサンとマットを乗せたクレアの車が戻ってきたとき、子どもたちは芝生に寝転んでポリーとフランチェスカにもらったアイスキャンディーを食べていた。ポリーはデイジーで花輪をつくり、フランチェスカは読書中だ。駐車スペースに入ってきた車を見て、みんなが手を振った。車から降りてきたジョナサンがトビーとサマーを抱きあげ、ふたり同時にぎゅっと抱きしめた。

「会いたかったよ」そのあとはジョージとぼくをいっぱい撫でてくれた。

マットがポリーとマーサにキスし、そのあとヘンリーを抱きしめようとしたのに、するりと逃げられてしまった。

「パパにハグされるのが恥ずかしいのか？」マットに訊かれたヘンリーが笑い声をあげ、父親の胸に飛びこんだ。

「工事のようすはどうだ？」マットが訊いた。

「一緒に来て。見せてあげる」ポリーが答えた。「子どもたちを見ててくれる?」

「いいわよ」クレアが答えた。「ふたりでコリンたちに会ってきて。ジョナサンにはあとで見せるわ」

「パパも来られればよかったのに」アレクセイが言った。

「そうね。でもお仕事だからしょうがないわ。近いうちにまた来るわよ」とフランチェスカ。

「やった!」トミーが拳を突きあげ、ぼくは嬉しくなった。この家族はなにも問題ない、それに働かなきゃいけないときもある。そもそも〈海風荘〉を維持できるのは、みんなが一生懸命働いてくれるおかげなんだから。

ジョージが注目の的になっていたので、ぼくはマットとポリーについていった。さほど行かないうちに、裏庭から話し声が聞こえた。

「どうなってるんだ?」名前は知らないけど配管の仕事をしている男性の声だ。

「わけがわからない」コリンが頭を掻いている。どうやら癖らしい。

「どうしたの?」ポリーが声をかけた。「コリン、マットには会ったことあるわよね」

「ええ、こんにちは、マット。いやね、外のシャワーの配管は、ここにいるエイドリアンがすませてたんですが、今日仕上げをしに来たら水道管がひとつ壊れてるんですよ。なんでこんなことになったのか……」

「どういうことだ？」マットがリーアムが壊したところをながめている。

「なんだか叩き壊されたみたいなんですが、意味がわからない」エイドリアンが答えた。

「水道管を交換しないと。難しい作業じゃないが、サイズが合うようにカットする必要があるから、仕上げるのは月曜になってしまう」

「なんでこんなことに？」ポリーが訊いた。

「おれも知りたいですよ」気の毒に、コリンはショックを受けている。

「わかったわ……工事が遅れるのはよくあることよ。じゃあ、コリン、屋根裏を案内してくれる？　来週バスルームの配管をすることになっていて、それが終われば子ども部屋を使えるようになるのよね？」ポリーが明るく言った。水道管が壊れたことでくよくよしていなくてよかった。

「ええ。いま若いもんが塗装の準備をしてるし、ほどなくカーペットも敷き終わるから、そのあと配管工事が済めば使えます」

「それなら問題ないな」マットが言った。「よし、子ども部屋の階を見に行こう」

下見はなんの問題もなく順調に終わった。子どもたちは新しい部屋を気に入るに違いない。サマーとマーサの部屋は狭いほうになるが、壁をピンクに塗る予定で、ポリーは宮殿のなかみたいにするつもりでいる。四人の男の子が使う広いほうの部屋はきれいな緑色になり、二段ベッドが運びこまれる予定だ。傾斜のある天井は少し低めだけど高さはじゅうぶんで、天窓から日差しが入る。ポリーによると、子どもたちが眠れるように来週そこに遮蔽ブラインドをつけるらしい。とりあえずリーアムの足を踏みつけてやってからぼくが出した結論は、ポリーはなにもかも考え抜いていて、子どもたちの階は申し分のない出来になるということだった。「見事な出来になるだろうな」マットがぼくの気持ちを代弁した。

「まだやることはいっぱいあるの」階段をおりながらポリーが言った。「こまごました遅れが出てるからなおさらよ。天井に穴が開いたと思ったら、今度は水道管。べつに世界の終わりじゃないのはわかってるけど、ただでさえスケジュールに余裕がないからもどかしいわ」

「でも工事に遅れはつきものだろう?」マットが言った。

「そうだけど、なんだか引っかかるの。屋根のことは天窓をつける用意をしてるとき作業員のひとりがうっかりミスをしたからで、それは理解できる。でも水道管は、なんであんなことになるの?」

「きっと、もともと不良品だったのを言いたくなかったんだよ。それより、お茶の前に子どもたちをビーチに連れていかないか?」マットがにっこりした。「あのさ、きみたちがこの突拍子もない計画を立てたときは少々気が進まなかったけど、ここは最高だ。通りをはさんでビーチがあるし、子どもたちは自由な時間を楽しんでる。それにこの家、ぜったいほれぼれするものになる。だから、ぼくたちが間違ってたよ。これは過去最高レベルの思いつきだ。破産するはめにならないかぎり、決断して本当によかった」

「いまの言葉、書面にしてもらったほうがいいかもしれないわね。でも大丈夫、破産なんかしないわ。みんなで力を合わせているんだもの」

ぼくはポリーの言葉を噛みしめながら、のんびり庭に出た。そう、ぼくたちはみんなで力を合わせている。

家を出てすぐのところにある見晴らしがいいお気に入りの場所へ行った。ここからだとビーチが見晴らせ、そこにいる誰もがかなり波の高い海に入ってパドルボードをしているようだった。ジョージのお尻も見える。生垣の下の持ち場につき、懲りずにシャネル観察をしているのだ。さっきビーチへ行こうと誘ったのに、断られてしまった。

穏やかな風が毛をそよがせ、いくらか涼しくなってきた。日差しも少し弱まり始めている。ぼくたちがどれほどお互いを大切に思っているか、理想的な〈海風荘〉がどれほどぞのことを教えてくれるか、あたりをながめながらしみじみ考えていると、心の底から幸せを感じた。

「パパ！」興奮したジョージが駆け寄ってきて、思わず頬がゆるんだ。おおかた、シャネルを見かけたんだろう。

「どうした？」

「なにか見たら教えてって言ってたでしょ？」

「うん」もどかしいが、ジョージは報告するときせかされるのをいやがるから、もどかしさを声に出さないようにした。

「シャネルを見たよ。アンドレアが持ってるバッグに入ってた。しょっちゅうバッグに入ったまま移動してるから、きっと歩くのが好きじゃないんだね」

「ああ、そうかもしれないね」ときどき調子を合わせるのに苦労するが、せかすとどうなるか失敗から学んでいる。その気になると、何時間でも話を引き延ばしかねない。

「それと、パパがよく思ってない作業員がいるでしょ？」

ぼくは唇を舐めた。おもしろくなってきた。「リーアムのこと？」

「そう。見かけたよ」

「どこで？」

「アンドレアと一緒だった。家の脇で、ふたりでなにかしゃべってたよ。アンドレアがリーアムのズボンのうしろのポケットになにか入れてた。シャネルはアンドレアに顔をこすりつけてて、すごくきれいだった」

「ポケットになにを入れてた？」興味を引かれる。

「わかんない。見えなかったし、シャネルばっかり見てたから」

「そうか、ほかには？」

「特になにも」

夜になってもジョージが見たことが頭を離れなかった。リーアムがアンドレアと一緒にいるところはぼくも見たことがあり、妨害行為をしているのはリーアムだから、アンドレアに頼まれてやっているのは明らかだ。もしシャネルに対するジョージみたいにアンドレアのとりこになっているなら、アンドレアが自分のためにリーアムを操っていても不思議じゃない。たぶんお金も渡していて、そう考えればポケットに入れたものの説明もつく。どうやらアンドレアはリーアムに工事の邪魔をさせることで、うちの家族にいやがらせをするつもりらしい。とはいえ、〈海風荘〉をあきらめさせるほどのいやがらせとなると、天井や水道管に穴を開けるよりもっとひどいことをする必要がある。もしそれをするつもりだったら？　いやがらせが大掛かりになったら？　リーアムは不愛想なうえにまだ若くて利口とは言えない。リーアムから目を離さずにいるべきで、さらに言えばなんとかしてリーアムとアンドレアのしっぽをつかむしかない。問題は、どうやるかまったく思いつかないことだ。

「みんなで飲みに行ったら？」フランチェスカが提案した。「子どもたちはわたしが見てるわ」

「そんな、あなただけ置いていけないわ」クレアが言った。

「遠慮しないで。みんなベッドに入ってしまえば、アレクセイとトミーが見ていてくれるわ。わたしは狭いほうのリビングでのんびり読書でもする。だからみんなで行ってらっしゃいよ。いい機会だもの」にっこり微笑んでいる。

「そこまで言われたらしょうがないな」ジョナサンが笑った。「そういうことなら、ぼくとマットで子どもたちを風呂に入れて寝かしつけてくるよ。きみたちはワインでも飲んでるといい」

いいアイデアだ。クレアたちはずっと子どもの面倒を見ていたし、もともとジョナサンたちは週末子どもをお風呂に入れて寝かしつけるのを楽しみにしていた。

「そうね、異論はないわ」クレアが言った。

「よし、ジョナサン。子どもたちを呼びに行こう」マットがジョナサンと部屋を出ていった。

「飲みに行けるのは嬉しいけど、本当にいいの？」広いほうのリビングでワインを飲みながらポリーがフランチェスカに訊いた。

「もちろんよ。ベビーシッターがいるわけじゃないから大人だけで出かけることもなかなかできないし、楽しんできて。わたしは読みたい本があるから、静かな時間を満喫するわ、悪く思わないでね」

「ありがとう。でもたしかにそうね。こっちでベビーシッターを探して、来週わたしたちだけになったときは、みんなで出かけましょうよ。少なくとも食事に行くだけでもきっと楽しいわ」クレアが言った。

「そうね。コリンに訊いてみる」とポリー。

「ベビーシッターをしてくれるか？」フランチェスカが訊いた。

「まさか、心当たりがないかをよ。地元の人だから、きっと誰か知ってるわ」

「六人の面倒を見られる人でないとだめよ」クレアが念を押した。

「大丈夫よ、小さい子たちは寝てしまうし、アレクセイはしっかりしてるから、どっちみちあの子がベビーシッターを見張っててくれると思う」フランチェスカが言った。「楽な仕事よ」

「自由に乾杯しましょう。それに、アンドレアや彼女の取り巻きみたいに感じが悪くない地元の女の人とも、もっと知り合いになれるはずよ」ポリーがグラスを掲げた。

「アンバーは感じがよかったわ」

「そうだけど、ここにいるのを見られるのをすごく怖がってたじゃない。サングラスで変装までしてきたのよ！」

「まあね、でも少しは状況は変わりそうだから、頑張りましょう」

「そうね、とりあえずわたしはお化粧するわ。これから行くパブにアンドレアがいても、見劣りしたくないもの」クレアが立ちあがった。

「言えてる。じゃあ、わたしは少なくとも髪をとかすわ」ポリーが笑っている。

「わたしがこの町を好きな理由はそれもあるの」フランチェスカが笑みを見せた。「髪の毛やお化粧に気を遣わなくていいから楽なのよね」

「でもね、あんまり身なりにかまわなくなるのはよくないわ。なんといっても、わたしたちは人もうらやむロンドンっ子なんだから」ポリーがおどけた。

「そういうことなら、読書する前に口紅ぐらい塗ったほうがよさそうね」

今夜だけは心配事を忘れていられるのが嬉しかった。ぼくは時代遅れの肘掛椅子で読書するフランチェスカの横で丸くなり、うたた寝した。ジョージを含めて年下の子たちはもう寝たから安心だ。フランチェスカとぼくだけになるのは久しぶりで、すごくくつろげる。そんなことを考えながら、ぼくは眠りに落ちていった。それとロンドンの家とタイガーのことを考えながら。

ドアが開く音で目を覚ますと、アレクセイとトミーがタブレットを持って部屋に駆けこんできた。

「ママ、パパからスカイプで電話！」ぼくは伸びをしてあくびをした。アレクセイたちが起きているなら、まだそれほど遅い時間じゃないはずだ。

「ありがとう。あなたたちは寝る用意をしなさい、パパと話したらママもすぐ行くから」

ふたりが部屋を出てドアを閉めた。ぼくはフランチェスカが持つタブレットの画面をのぞきこんだ。トーマスの顔が映っている。

「やあ」トーマスが微笑んだが、表情が少し険しい。

「子どもたちに連絡してくれてありがとう、忙しいのに。大丈夫？」小声で話すフランチェスカの目が心配そうだ。

「大丈夫だ。店を一軒しばらく閉めることになった。経済的な損失もかなりなものになりそうだ」

「たいへんね。ストレスも多いでしょう」

なにがあったんだ？　トーマスを見つめるぼくの目も心配でいっぱいになった。

「手のつけようのない状態だよ。大量の食材がだめになった。厨房《ちゅうぼう》が水浸しになったせいで、ここまでの被害になるとは思いもしなかった」深刻な顔をしている。

「でも保険でなんとかなるんでしょう？」

「それが手間取ってるんだ。水道管が三本破裂するのは珍しくないらしいが、厨房の床を張り替えたあと、ほかのものも交換する必要があるから、急いでやってもらうために金を払ってる。保険会社の担当者が見に来たが、報告書を提出するまで少し時間がかかると言われた。でもこっちはできるだけ早く店を開けなきゃいけないから、待っていられない。お客がどれほど移り気か、きみもよく知ってるだろう。なかなか簡単にはいきそうにないよ。まったく、すべてうまくいってたのに。解決するまでどれぐらいかかるかわからない」

「せっかく繁盛してたのに。予約もたくさん断ることになるわ」フランチェスカが動揺している。

「ああ。保険会社には、結果が出るまで少なくとも二週間かかると言われた。多少の元手はあるが、人件費と工事費を払ったら、保険がおりるまで際どい状況になる。特に店の売り上げが入ってこないとなると。再開まで一カ月はかかりそうだ」

「トーマス、気持ちはよくわかるわ。でも保険証書には目を通したし、いい保険に入ってるから、必ずおりるわよ」

「ああ、それはわかってる。問題はいつおりるかだ。きみも知ってるように生活費以外のもうけはすべて商売に注ぎこんできたから、あまり余裕が……」ため息をついている。

「どうやらこの別荘に貯金を使ったのは、タイミングが悪かったようね」フランチェスカがぼくを撫でた。そうか、わかったぞ。レストランで問題が起きて、それにはお金がかかるのに、〈海風荘〉に使ってしまったから余裕がないのだ。厄介なことになった。

「ああ、タイミングが悪い。でも心配するな。なにか考える」

「くれぐれも保険の対象になるように頑張ってね。保険料の徴収はすばやいくせに、保険金を払う段になるとあれこれうるさく言ってくるのが保険会社だもの。それはそうと、あなたが来られない理由をみんなにまだ話してないの、誰にも。子どもたちを心配させたくなくて」

「このまま黙ってたほうがいいと思う。うまくいけば次の週末まではもっとなにか思いついて、家族と楽しい週末を過ごせるさ」

ぼくもそう願う。心から。

「あれ、フランチェスカもアルフィーも寝ちゃってるぞ」マットの笑い声がする。ぼくは目を覚ましてあくびをした。どのぐらい眠っていたんだろう。フランチェスカが目を開けた。伸びをしようとしたぼくは、フランチェスカが読んでいた本が体に乗っていることに気づいた。

「眠ってしまったみたい」フランチェスカが首を振った。「楽しかった？」クレアとジョナサンもいる。クレアはジョナサンにもたれ、ジョナサンは満面の笑みだ。

「ええ、とっても」クレアは少し舌がもつれている。たまにこうなる。

「ねえ聞いて。アンバーとご主人のダンがパブにいてね、アンドレアについてとっても興味深い話をしてくれたの」ポリーがやけに嬉しそうだ。

「そうなの?」フランチェスカが立ちあがり、ぼくの耳がぴくぴくした。

「やっぱりアンドレアはぼくたちに魔力を使ったらしい」ジョナサンが言った。

「会ったときは感じがよかったんだけどな」マットが口をはさんだ。

「ああ、でも〈海風荘〉を欲しがってるのは間違いない。理由はいまだに謎だがね。町じゅうでぼくたちの悪口を触れまわっていて、ぼくたちがここでありとあらゆることをたくらんでると言ってるそうだ。まるで犯罪者扱いだな」

「そんなこと信じる人がいるの?」フランチェスカが訊いた。

「どうやら最近のアンドレアは行動が少し過激らしい」ジョナサンが答えた。「だから、真に受けてる人はいないと思うけど、よそ者のぼくたちに不信感を抱いてるから、もっと地元に溶けこむべきだ」

「どうやって?」とフランチェスカ。

「実はジョナサンが、ぼくがちょっと飲ませすぎたかもしれないけど、日曜日に教会に礼拝しに行くってふたりに言ったんだよ」

「教会?」フランチェスカが目を丸くした。「でも、わたしたち礼拝なんて行ったことないわ」

「どうやらこの町は、いまだに教会通いが盛んらしいんだ。いずれにしてもいいアイデアだと思う。なによりも、アンドレアも教会に通ってるんだ。ぼくたちがそろって現れたとき、どんな顔をするか想像してみろよ！」嬉しそうに手を叩いている。

「わたしはかまわないわ、教会に行くのは好きだもの」クレアが言った。「すてきな町の教会なら、なおさらよ。でも子どもたちはどうかしら」

「そうね、アンドレアのことはともかく、礼拝へ行けと言われたときの子どもたちの顔が見ものだわ」フランチェスカが言った。「ジョナサン、埋め合わせをするはめになるかもしれないわよ」

# Chapter 11

フランチェスカは正しかった。日曜日、ビーチではなく教会へ礼拝に行くという発想にアレクセイは震えあがった。トミーはショートパンツに素足ではなく、ズボンとまともな靴を身につけなければいけないのをひどくいやがった。サマーは状況をよく理解できなかったのでいやがることもなく、マーサも同じで、理由はどうあれかわいい服を着られて上機嫌だ。一度も教会に行ったことのないトビーは興味津々のようすだが、ヘンリーはゲームを持っていけないと知って文句たらたらだ。酔いがさめた大人たちも行くと言ってしまったことを後悔しているらしい。

「頭が痛いわ」クレアが言った。「ゆうべワインを飲みすぎたみたい」

「地元のリンゴ酒はロンドンのより強いんじゃないかな。そうでなければ教会に行くのがいいアイデアだなんて思ったはずがない」マットがぼやいている。

あきれ顔のフランチェスカがたっぷり朝食を食べさせ、たくさんジュースを飲ませると、ようやくみんな出かける覚悟ができた――少なくともいま望めるかぎりの覚悟が。

「ミャオ？」ぼくは玄関のそばに座って声をかけた。一緒に教会に行きたい。クレアがしゃがんで頭を撫でてくれた。

「アルフィー、あなたは行けないの。町の人がペットを許してくれるとは思えないもの」

首を巡らせたぼくは、ジョージがすでにトミーのジャケットに潜りこんでいることに気づいた。しょうが色の小さな頭が胸元から突きだしている。嫉妬すると同時にわくわくした。ぼくはもう子どものジャケットに収まるには大きすぎるから、あまり気にしないことにしよう。だからトミーを見つめ、ジョージを頼むと伝えた。

「大丈夫だよ、アルフィー。ぼくがちゃんと見てるから」トミーがささやいた。ぼくはしっぽを振ってわかったと答えた。できれば一緒に行きたいけれど、しばらくひとりになれてありがたいのも事実だ。

残した朝食を平らげに行くと、食べているあいだに猫ドアが開く音がして神出鬼没のギルバートが現れた。この家にいるのはわかっていたが、このあいだしゃべってから会うのは初めてだ。

「やあ」ぼくは挨拶した。

「よお」ギルバートが応えた。やっぱりハンサムで、なんでこんな猫が好んで宿無しでいるのか理解に苦しむ。

「みんな出かけてるよ、ぼく以外は」

「出かけるのを見た。てっきりおまえも一緒だと思ったが、まあいい」お皿のまわりのにおいを嗅いでいる。

「ぼくに会えて喜んでくれて嬉しいよ」ジョークを返したのに、ギルバートはこちらを見ただけだった。なるほど、ユーモアのセンスはあまりないらしい。「とにかく、会えてよかった」ぼくはつづけた。「ずっと目まぐるしかったんだよ」リーアムと妨害行為、アンドレアがこの別荘を欲しがっていること、ジョージが見たふたりのやりとりについて話して聞かせた。

「あまりいい人間じゃなさそうだな」話し終えたぼくにギルバートが言った。

「そうなんだ。子どもたちは隣の子たちを怖がってるし、クレアたちはアンドレアを怖がってて、そんなのばかげてる。でもアンドレアの狙いは〈海風荘〉を手に入れることで、そのためには手段を選ばない気がして心配なんだ」

「と言うと?」

「うちで働いてるリーアムを手玉に取ってるんだよ? ほかになにをするかわかったものじゃない。ギルバート、わからない? 家族を持つのが好きじゃないことも、うちの家族と関わりたくないのも知ってるけど、もしアンドレアがここを自分のものにしたら、ぼくたちがここで過ごせなくなるのも時間の問題だし、それはきみだって同じだ」

ギルバートが食べるのをやめて床に座り、丁寧に肉球を舐め始めた。

「なるほど」

「ねえ、きみがここに住んでる理由も、なんでそうなったかも言いたくないならそれでかまわない。自分で言うのもなんだけど、ぼくは聞き上手なんだ。それでも無理な詮索はしないよ。でもこの別荘はぼくや家族にとって大切な存在で、ここをわが家だと思ってるきみにとっても大切な存在なんだから、アンドレアのものにしたくないだろう？」

「ああ、そうだな」

「それなら、力を貸してくれる？」希望が湧いてきた。やっと味方が見つかったかもしれない。

「どうやればいいかわからないが、ほかに選択肢もなさそうだ。で、おれになにをしろと？」

ギルバートが食事を終えてたっぷり水を飲んだあと、ぼくは屋根裏を案内してこれまでにわかっていることを話した。はっきり言って、あまり多くない。

「ふむ。つまりそのリーアムってやつから目を離さずにいる必要があるんだな。おまえの息子も協力してるんだろ？」

「うん」シャネルへの片思いも教えようか迷ったが、あまり情報を詰めこみすぎたくない。「ぼくもリーアムには注意してる。アンドレアとグルなのは間違いないけど、ふたりが一緒にいる現場をつかまえたいんだ」

「そう簡単にはいかないぞ。だが、知ってのとおり、おれは隠れるのが得意だ。それに、おまえにはよくしてもらってるからな。食べ物をくれるし、しつこく詮索もしない。だからおれになにができるか考えてみる。なにか思いつくかもしれない」

「ありがとう。ほら、ここは女の子たちの部屋になるんだよ」

「いいとこだな」ギルバートが言った。たしかにそうだ。天窓から床の一角に日差しが降り注いでいる。「ちょっといいか？」ギルバートが床に寝そべって体を伸ばした。

「遠慮しなくていいよ。そもそもきみがここにいるのを見ても、みんな気にしないと思う。さばさばした人たちだから」

「そうかもしれないが、おれは家族を探してるわけじゃないし、夏休みの終わりにおれを家に連れて帰ろうなんて間違っても思われたくない」

ギルバートが心配するのも無理はない。クレアたちのことだから、ギルバートには家が必要だと思い、ロンドンに連れて帰ろうとしかねない。なにしろみんな思いやりにあふれているのだ。

「ねえ、ギルバート、ぼくたちがいないあいだ、きみが〈海風荘〉の番猫になれるようにできる気がするんだ」

「仕事か？　悪くないな」豹柄の脚をまた伸ばしている。「こいつが癖になりそうだ」

「日向ぼっこを楽しんでてよ。ぼくはもう行くね。みんなどうせここには来ない、まだ工事が終わってないから」

「ああ。協力できることがないか考えておく。おまえには助けてもらったからな」

ぼくは上機嫌でその場を離れた。どうやらギルバートと話がついたようだ。

穏やかな時間が一瞬で砕け散った。勢いよく玄関が開き、家族が駆けこんでくるなり大騒ぎになった。

「トミー、悪い子ね、ジョージをこっそり教会へ連れていくなんて。ああ、アルフィー、ここにいたの。あまり心配してなければいいけど」フランチェスカが言った。

「ミャオ！」ぼくは心配していたふりをした。アレクセイがぼくにウィンクしている。

「でもきみだって認めるだろ、フランチェスカ。ジョージがジャケットから飛びだして、あのペルシャ猫に挨拶しに行ったときのおもしろかったことと言ったら」とマット。

「シャネルよ」クレアが言い添えた。

「ちょうど静かになって、讃美歌《さんびか》を歌うところだった。そしたらシャネルが襲われたみたいに絶叫して、アンドレアは悲鳴をあげるし、礼拝が一気に大混乱になった」マットが笑っている。

「それにしてもジョージ、なんでそんなにあの猫に執着してたんだ？」ジョナサンが訊いた。「シャーッと言われて殴られたのに、動こうともしないなんて」

ジョージがなにもわかってないなと言いたげにぼくを見た。

「ジョージをけしかけないで」笑いをこらえるフランチェスカの唇がひきつっている。

「きっともう教会には入れてもらえないよ」トビーが言った。

「大丈夫。断られるのはジョージだけだよ」とヘンリー。

「とにかくトミー、悪いことをしたんだから、部屋に行ってなさい」笑いが止まらないトミーは口答えもしなかった。

「フランチェスカ、あまり叱らないでやって。アンドレアのあの表情を見られただけで、すごくおもしろかったもの」ポリーが言った。

「ジョージが恋煩いしてるみたいにニャーニャー鳴きながら信徒席を走りまわっても、なんの役にも立たなかったしね。そうか、恋煩いなのかもな」マットが笑った。

「牧師さんは喜んでたみたいだぞ。最後にはやれやれというように首を振って、いつでもいらっしゃいと言ってくれた」ジョナサンが笑みを見せた。

「おおかたアンドレアは牧師さんも脅してるのよ」とポリー。

「そうだな。初対面のときはいい人に見えたけど、ゆうべ聞いた話と今日この目で見たことから考えて、あの人なら神さまだって脅しかねない」マットが話を締めくくった。

みんなは着替えをしたあと、車でケーブルカーとビーチのあるほかの町へ行き、そのあとアフタヌーンティーとやらを食べに行くことになった。とうぜんジョージとぼくは誘われなかった。ジョナサンとマットが列車で帰るのは明日の朝なので、しばらく教会での騒ぎから逃れるために町を離れていたいのだろう。やっぱり教会に行けなかったのがちょっと残念だ。いろいろあったみたいなのに。

「どうする?」みんなが出かけたあと、ぼくはジョージに尋ねた。

「シャネルに会いに行きたい」

「教会でのことで怒ってるんじゃないかな」それとなく言ってみた。

「ううん。でも急に飛びついて怖がらせちゃったと思うから、謝らないと。ぼくに会ったら、ぜったい喜ぶよ」

「シャーッて言われたのに?」

「すごく愛情のこもったシャーだった」

ぼくは勝ち目はないとあきらめ、生垣の持ち場に戻るジョージについていった。

ところが、今回は見るべきものがあった。サバンナとセラフィナが庭で遊んでいる。人形遊びをしているが、やけに几帳面で静かだ。アンドレアも一緒で、寝椅子に寝そべって大声で電話をしている。ぼくは見つからない程度にぎりぎりまで近づいた。

「あの男、いったいなにさまのつもり?」アンドレアが電話に向かって怒鳴った。ありがたいことに耳はいいほうだが、相手の声までは聞き取れない。アンドレアが口をつぐんだ。

「たしかに今ごろはいなくなってるはずだと言ったけど、あの人たち頭がどうかしてるのよ。そもそも、教会に猫を連れてくる人がいる?」

自分だって連れていったくせに——ぼくは思った。相手がしゃべるあいだにアンドレアが大きなグラスからワインを飲んだ。

「あなたは味方のはずでしょ」アンドレアが鋭く言い返した。「わたしは精一杯やってるわ。あの人たちときたら、ここを自分の町だと思ってるのよ」

今度の沈黙は長かった。

「そんなのわかってるわよ」アンドレアが怒りをあらわにした。ちょっとシャネルに似ている。「わたしはどうしてもあの家を手に入れたいの。必ず手に入れるわ。あっさり売ると思ってぼろぼろのあばら家にけっこういい値をつけたのに。そもそもわたしには時間がないのよ」寝椅子を拳で叩く姿を見てシャネルがちょっと驚いている。

「決まってるでしょ。わたしを信じて。あの人たちはあっという間にいなくなってるわ」

電話を放り投げたアンドレアにシャネルが鼻をこすりつけて賛成している。いま聞いた話の内容が身に染みるにつれて、毛がぞくぞくした。アンドレアがなにをしているにせよ、なにがなんでもぼくたちのうちを手に入れるつもりでいるらしい。ぼくたちのうちを。

ジョージも聞いていたのか確かめようと目をやると、ぐっすり眠っていた。やっぱりストーカーにはなれそうにない。

# Chapter 12

リンストーに来てから二週間しかたっていないのが信じられなかった。夏休みも中盤を過ぎた。いろんな面でずっとここに住んでいる気がして、〈海風荘〉とこの町がふるさとみたいに感じられる。その一方、やらなきゃいけないことがありすぎて終わりが見えない。マットとジョナサンはロンドンに帰り、金曜日に来るときはトーマスも一緒のはずだ。トーマスとフランチェスカの会話はまだ気になっている。どんな悩みでも家族が苦しむのは耐えられないが、あれ以降情報が入ってこない。フランチェスカはなにも問題がないように平気な顔を装い、トーマスと話しているはずなのにみんなに聞かれないようにしている。

ポリーは工事を急ぐようにコリンをせっついている。自分たちがいないあいだに大掛かりな工事は任せられないと、あまり時間がないことに少し焦りを感じているのだ。リーアムのせいで起きたちょっとした中断は取り戻しつつあり、これ以上の遅れは許されない。

とはいえ、屋根裏のリフォームはほぼ終わった。バスルームは設備の設置が終わり、それぞれの部屋もカーペットを敷く前にリーアムとマークがポリーの指示どおりにペンキを塗っている。コリンとピートは外まわりの工事を担当し、リーアムもペンキ塗りで大混乱を巻き起こせるとは思えないけど、念のために目を離さずにいる。少なくとも献身的な猫のように。ジョージも連れてきたのに、寝てしまった。そう言うぼくもさっき軽くおやつを食べたから毛づくろいしているけど、猫だって一度に複数のことができないわけじゃない。

今日のリーアムは邪心のない顔でペンキ塗りに励んでいるものの、さかんに腕時計をチェックしていた。

「リーアム、ちょっと腹ごしらえしてくる。おまえも来るか？」マークが声をかけた。

「いや、いい。ここのペンキ塗りを終わらせたい」マークがいなくなるやいなやリーアムがぼくに目を向け、つづけてそばで寝ているジョージを見た。ぼくはにらんでやった。なにをするつもりだ？

リーアムが脚立をつかんで天窓のそばに置き、脚立を開いた。そのまま登っていくリーアムを見て、高いところは好きじゃないけどぼくも行くしかないと観念した。リーアムが屋根に出ていく。なにをたくらんでるんだ？　ぼくは脚立のてっぺんまで登って外をのぞいた。屋根に立つリーアムが目に入り、心の底からぞっとした。どう見ても安全とは思えないのに、平気な顔をしている。

「おい、なんだよ」リーアムがのぞいているぼくに気づいた。工具を持っているのを見たとたん、ほかの部屋の天窓を割り、その部屋にいなかった自分の仕業じゃないように見せかけるつもりだとわかった。そういうことか。

むかし、夢中になっていたスノーボールにすげない態度を取られたとき、派手なことをして気を引こうと木に登ったことがある。その作戦は、高く登りすぎて自分が高所恐怖症だと気づいた時点で失敗した。ぼくは身動きできなくなり、長くて悲惨な話を縮めて言うと、消防隊に救出されるという、ぼくみたいな猫には屈辱以外のなにものでもない結末になった。

にらみあううちに、ほかに道はないと悟った。これ以上リーアムに家族を困らせるわけにはいかない。フランチェスカとトーマスの会話を聞いたからなおさらだ。もしいまリーアムを放っておいたら、とどめの一撃になりかねない。ぼくはありったけの勇気をかき集め、どうにか屋根に出た。リーアムが出られたぐらいだから天窓の大きさに問題はなかったが、すぐに胃がせりあがり、また動けなくなってしまった。見あげると空が見え、見おろすと車も人間もすべてがちっぽけに見えた。ぼくは屋根の棟に立ち尽くしてしまった。そろそろと這い戻ることさえできないが、怯えているのをリーアムに悟られるわけにはいかない。

「癪にさわる猫だな」リーアムが怒っている。ふいにどれほど自分が危うい立場か悟った。なにをされてもおかしくない。心臓がばくばくしだした。ただ、リーアムについて言えることがひとつある。アンドレアのとりこになっていても、乱暴な男じゃない。少なくともそれは間違いない。そうであってほしい。ぼくは恐怖におののきながら、どう見ても高いところではぼくより度胸のあるリーアムがぼくをまたいで天窓から家のなかに戻るのを見つめていた。よかった、これでぼくも戻れる。

「その気になったら来てやるよ」リーアムの声が聞こえた次の瞬間、戻る間もなく天窓が閉まり、不安定な屋根に取り残されてしまった。

目をつぶったが、余計に怖くなってまた開けた。まさかこのまま戻ってこないなんてこと、ないよね？　いまも町じゅうが見える。高い、これまでに登ったどこよりも高い……たいへんだ。ぼくは四本の足で屋根にしがみついた。天窓は見えるけど、閉まっているから思いきって動いたところで入り方がわからない。声を出すことも考えたが、どうせ無駄だ。風に声が運ばれて誰にも届かない。どうかジョージになにもありませんように。これではジョージをリーアムのなすがままにしたようなものだ。リーアムの妨害行為は阻止できたかもしれないが、結果としてジョージを家のなかに残したまま屋根で身動きできなくなってしまった。誰にも気づいてもらえないから、まさにお手あげ状態だ。家族がいるビーチがはるか遠くに感じられた。

必死に屋根にしがみつきながら、家のなかが見えるようにゆっくりと少しずつ天窓に近づいた。いくらか怖さが薄れた。少なくとも屋根裏部屋が見える。誰かに気づいてもらえるだろうか。そのうちみんながぼくを探しに来るはずだ。リーアムが見えた。相変わらず不機嫌な顔でペンキを塗っている。怖いし全力でしがみついているせいで疲れてきたが、天窓に張りついたまま誰かが気づいてくれるよう祈った。きっとリーアムが助けに来てくれる。もくろみを台無しにされたぐらいで殺そうとするはずがない。いくらなんでもそこまで悪人じゃない。でも、もどかしいことこのうえなかった。長い間じっとしてるせいで足がこわばっている。リーアムは何度か部屋を出ていったが、ジョージの姿が見当たらない。改めてこのまま助けてもらえない気がしてきた。

屋根の上は暑く、喉が渇くし疲れてきたし、落ちないように屋根にしがみついているせいで全身が痛む。ぼくはどうなるんだろう?

夕方になり、暗くなった空が頭の上に落ちてきそうな感覚に襲われたころ、ようやく話し声が聞こえてポリーとコリンが部屋に入ってきた。ぼくは天窓いっぱいに張りつくようにして鳴きわめいた。でもガラスが厚くて声がかき消されてしまうらしい。

「ああ、ポリー、申し訳なかった。でもさっきも言ったように大事にはならなかったし、リーアムもペンキ塗りを見事に仕上げてる」コリンの声がかろうじて聞き取れる。

「それは認めるけど、素直に喜べないわ。ジョージが踏んだのはリーアムのペンキで、あのままだったらバスルームが使い物にならなくなってたかもしれないのよ。できあがったばかりなのに」

なんだって？　ジョージがペンキを踏んだ？

「ああ、だからリーアムは叱っておいた。それに床は新品同様になるまであいつに拭かせるし、あのちび猫の足も新品同様になってなによりだったじゃないか」笑おうとしているが、うしろめたそうだ。「たしかに何度かミスをしたが、あいつはいいやつで――」ふいにコリンが上を見たので、ぼくは前足で思いっきりガラスを叩いた。「ポリー……」ポリーがコリンの視線を追った。

「いやだ、なんでアルフィーがあんなところに？」ポリーがあわてている。

「ちょっと待って」コリンの動きは速かった。ドアに立てかけてあった脚立をつかんで開き、登ってくる。ぼくはコリンが開ける天窓から慎重にあとずさった。いまだに口から飛びだしそうなほど心臓が高鳴っているぼくをコリンがやさしくつかみ、家のなかに連れ戻してポリーに渡した。

「ああ、アルフィー、なんで屋根に登ったりしたの？　かわいそうに、大丈夫？」抱きしめられて撫でられるうちに、落ち着いてきた。

「リーアム、ちょっと来い」コリンが怒鳴った。リーアムがやってきた。掃除をしていたらしく、青いペンキがついた布を持っている。

「どうしてアルフィーが屋根にいたの？」ポリーが尋ねた。「ジョージがバスルームじゅうにペンキの足跡をつけたと思ったら、今度はもう一匹が屋根に閉めだされてたのよ。ここで仕事をしてたのに、気づかないなんてことがある？　どういうことか説明して」ぼくをしっかり抱きしめて怒っている。ぼくは改めてほっとした。

「きっと見てないときに登ったんですよ。ペンキのにおいがこもらないように天窓を開けていたけど、ジョージがペンキを踏んだから閉めたんです」リーアムが答えた。ジョージはいったいなにをしたんだ？

「リーアム、もっと注意しなきゃだめだぞ」コリンが言った。ポリーとぼくはリーアムをにらみつけた。

水を飲んでポリーにさんざん慰めてもらってからジョージを探しに行くと、生垣の下でシャネルを待っていた。少なくともリンストーにいるあいだは、この子の居場所は予想がつきそうだ。

「なにがあった？」

「あの人、頭がどうかしてるよ」ジョージがぼやいた。「眠ってたぼくをつかんでペンキのトレイに突っこんで、バスルームを歩きまわれと言ったんだ。ぼくがやらなかったら、抱きあげて無理やり歩かせたんだよ」

「ひどいやつだな。引っかくかなにかしてやりたい。怪我は？」

「してない。それにポリーにも怒られなかった」

「リーアムの仕業だと思ってるみたいだから大丈夫。いいか、ジョージ、あいつをひどい目に遭わせてやろう」

「そうなの？」ジョージが目を丸くしている。

「ああ、これは戦争だ」

屋根事件のあと、大人たちはいつも以上にちやほやしてくれた。正直言って、屋根にいたときのことを思いだすたびに恐怖で身が縮む。数年前におりられなくなった木より高かった。でもジョージのことを考えると、あまり大げさな言い方はしたくない。ジョージにはリーアムに気をつけろと注意し、たとえリーアムなんか怖くないと言われようが、くれぐれもあの男とふたりきりになるなとしつこく言い聞かせた。あれがぼくじゃなくてジョージだったら？　閉めだされたのがジョージで、屋根から落ちていたら？　考えるだけでぞっとする。はっきりしていることがふたつある。状況はぼくが当初思っていたより深刻だ。

それに仲間が必要だ、間違いなく。心当たりはギルバートしかいない。確実に心をつかむためにダメ押しの一手がいる。ジョージの出番だ。

その夜、一緒にギルバートを待ちかまえていたジョージは、ひと目見るなり感心していた。

「すごくきれいな毛並みだね」

「ありがとう」ギルバートがしっぽを立てた。早くもジョージに魅せられている。たいていの猫や人間はそうなる――シャネルとアンドレアは別だが。「ビーチにでも行くか？　楽しいぞ」

ギルバートがぼくたちを連れて道を渡り、歩道とビーチを隔てる塀を乗り越えた。そしてついてくるように言って走りだし、砂丘をいくつも越え始めた。

「ヒャーッ」ジョージが猛スピードで砂丘を駆けおりていく。

「気をつけて」ぼくは釘《くぎ》を刺した。

「心配するな、アルフィー、砂は柔らかいから怪我はしない」ギルバートが言った。かくれんぼをしたが、ジョージをひとりにしたくなかったので一緒に隠れていたら、ギルバートに見つかってしまった。潮が引いたあとは、湿った砂の上で波を待つボートのにおいを嗅いだ。月が照るころ、これこそ旅行中にやるべきことだと気づいた。悪人の心配ではなく、楽しむこと。それにギルバートは正しかった。たしかに楽しい。

「ぼく、ビーチが好きになったよ」塀の上に並んで座り、大きな明るい月をながめているときジョージが言った。

恐ろしい体験をし、なにが起きているのか不安をつのらせた一日にしては、最高の終わり方だ。ぼくにはジョージがいて、新たに友情を深めつつあるギルバートがいて、こうして無事でいる。屋根からも落ちなかった。ぼくは月をながめながら、悪いことばかりじゃないと肝に銘じた。

「夏でよかったな。ほかの季節はビーチで犬を放せる」ギルバートが言った。「それに、おれは夜のビーチがいちばん好きだ。人気《ひとけ》がなくなるときが」若者が数人散歩しているが、それほど多くない。「おれたちだけのものの気がする」ぼくたちは黙って海をながめた。そう、たしかにぼくたちのものの気がする。

「今回の旅行で大好きなものが三つできたよ」寝に戻る途中でジョージが言った。

「なに？」

「ビーチ、アイスクリーム、それとシャネル」

# Chapter 13

あの晩ビーチに出かけてよかった。なぜなら子どもたちが屋根裏に移動し、ポリーも作業員たちの仕事の速さに満足していたその週も終わりに近づいた金曜日、新たな大事件が起きたのだ。

ぼくは庭でジョージを見張っていた。ジョージは懲りずにちらりとでもシャネルを見ようとしていたのだ。すると家のなかでクレアの悲鳴が聞こえ、急いで駆けつけた。二階でクレアとポリーが顔を赤らめたマークに対峙《たいじ》していた。

「壊すのはこの壁じゃないわよ」クレアが叫んだ。

「外に出してある服なんかが埃だらけになるって、思わなかったの?」ポリーも怒っている。

マークはすっかり青ざめている。今度はマークが妨害行為を始めたんだろうか? リーアムとマークの両方を見張る自信はない。

「でも、リーアムがこの壁に間違いないと言ったんです。確認しました」

なるほど、またリーアムの仕業か。でも今回はマークに罪をなすりつけるつもりなのだ。コリンに大声で呼ばれ、リーアムがやってきた。足元を見る視線が泳いでいる。ペンキと屋根閉めだし疑惑のあと、こんなに早くあえて悪事を働くとは思っていなかったが、マークのせいにされればいいと望みをかけていたんだろう。ぼくはクレアとポリーの寝室を隔てる壁に開いた埃まみれの大きな穴を見つめ、やっぱり悪いのはリーアムだと思った。最近怒鳴られてばかりなのにここまでやるなんて、よっぽどアンドレアが好きに違いない。

「なんてこった」コリンが頭を掻いた。ここのところしょっちゅうやっている。「なにをしてくれたんだ？」

「この壁だと思って」リーアムが顔を赤くしてもごもご答えた。もごもごしゃべることが多い。「たしかにマークにそう伝えたけど、マークだって確認しようと思えばできたんだ」

幸い子どもたちはフランチェスカと庭にいたので、コリンが使った言葉を聞かせずにすんだ。威勢のいい言葉だったとだけ言っておこう。

「でも、確認したら間違いないと言ったじゃないか」マークが抗議した。

「おれは階段の左にある寝室を隔てる壁と言ったんだ。これはどう見ても右だろう。ああ、ほんとに申し訳ない」気の毒に、コリンはいまにも泣きそうだ。

「なにもかも埃まみれだし、穴を開けた場所は主寝室のバスルームの配管工事をする予定だったところよ。これでまた遅れが出るわ」ポリーが責め立てた。「しかも修理が終わるまで、クレアは別の部屋へ移動するしかない」怒るポリーを前に、リーアムは自分の足元を見つめ、マークはほんとは彼のせいじゃないのにすっかり恐縮し、コリンは疲れた顔をしている。ぼくはリーアムに近づいてジャンプし、思いっきり足を踏みつけてやった。

「いてっ」リーアムが叫んでにらんできた。ぼくはもうひとつおまけに軽く引っかいた。ただでさえ赤いリーアムの顔がいっそう赤くなった。

「その子はおまえが嫌いらしいな」コリンが核心をついた。

「アルフィーは人を見る目があるの」クレアがリーアムをにらんでいる。

「よし、とにかくまずは埃まみれになった荷物を運びだそう。この壁はなにがなんでも今日じゅうにリーアムとマークに直させます。残業になろうとやらせるから心配しないでください」言い返そうとしたポリーをコリンが手で制した。「わたしが戻ってきて監督します。それに子ども部屋のバスルームと外のシャワーの配管は今日じゅうに仕上げを終えることになってるから、明日にはここの配管を始められる。大丈夫、ひどい状態に見えますが、必ず新品同様にします」

ぼくはコリンたちに任せることにした。どうやらリーアムがアンドレアのためになにをしようと、その代償を払うのはぼくたちではなくリーアム本人になるらしい。でも工事に遅れが出るのは確かで、時間がないから苛立たしい。今年の夏はリフォームについていろいろ学べそうだ。

一階におりると、前庭で盛大なピクニックが行われ、地元の子どもたちも来ていた。こっちの親は子どもだけで外出させることに慣れているに違いない。ロンドンとは大違いだ。フランチェスカが子どもたちを見守っていて、隣の姉妹がビーチからこちらを見ているが、フランチェスカがいるから文句を言いに来られずにいる。

「あの子たちに見られてても気にならない？」ぼくの心を読んだようにトミーが地元の友だちに尋ねた。

「ぜんぜん。きみたちといると楽しいもん。あのふたりは気に食わないだろうけど、言いなりにならずにもっと立ち向かおうって決めたから、そうしてるんだ」ベンが答えた。

「それに、サバンナたちも感じがよかったころのことを思いだすかもしれないし」とミリー。

ぼくはこの子たちの勇気と前向きさに感心し、見習おうと思った。なんとしてもリーアムを阻止するべきで、ぼくがそれをやる猫にならないと。ギルバートが今夜また来るはずだから、協力してもらえるように必ず説得しよう。妨害行為を未然に防ぐ方法はいまだに思いつかないけれど、やるしかない。なにがなんでも今回の旅行中にやってみせる。

一緒に蝶でも探そうとジョージを迎えに行く途中も、なにか考えつかなきゃいけないのはわかっていた。それも急いで。隣の親子とシャネルとリーアムのせいで、心休まる平和な旅行がストレスのたまるものになっているが、考えてみればぼくみたいな猫はいつもそんな目に遭っている気がした。

　蝶を追いかけてへとへとになると、ぼくはジョージが昼寝をしているあいだに子どもたちのところへ行った。アレクセイとトミーは友だちとビーチへ行くのを許されたが、置いていかれたトビーとヘンリーは不満そうだ。

「ねえ、行ってもいいでしょ？」ヘンリーがポリーに訊いた。

「あなたたちはまだ小さいから、大人と一緒じゃないとだめなのよ」ポリーがやさしく言い聞かせた。

　置いてきぼり組はいま、芝生に座ってすねている。いや、すねているのはヘンリーで、トビーは真似をしているだけだ。かわいらしいが、砂丘を駆け登ったりおりたりするアレクセイたちをながめる姿を見ていると、せっかくの楽しい時間を逃して残念がっているのが伝わってきた。

「ちょっとだけなら行ってもばれないかな？」ヘンリーが訊いた。

「でも、困ったことになったら？」トビーは大人の意に沿わないことをするのをいまだに恐れている。クレアもジョナサンも、安心している証拠だからむしろやってくれたほうがいいとしょっちゅう話している。ジョージがやんちゃなのもそのせいだろうか。ぼくの言うことをぜんぜん聞かないのは、安心しているからだろうか？　おかしな理屈だけど、人間の世界ではそういうことがよくある。

「ぼくが無理やり連れていったって言うから大丈夫」普段のヘンリーは行儀のいい子で、責任はすべて自分が取ると申し出ているのがその証拠だ。

「わかった。でもちょっとだけだよ」

ぼくは一緒にビーチへ行こうか迷ったが、思いとどまる理由がふたつあった。ひとつめは、シャネルを見張っているはずのジョージが生垣の下で眠りこけているから、あまり遠くへ行きたくない。ふたつめは、もし子どもたちになにかあったら、すぐ呼びに行けるように大人のそばにいたほうがいい。ぼくは芝生のいつもの場所に座り、複雑な砂の城をつくる子どもたちをながめた。ヘンリーがしぶるトビーを連れて道を渡ろうとしている。渡る前に左右をしっかり見ているのでほっとした。ぼくは苦い経験をとおして横断の仕方を学んだ。はっきり言って、車に轢かれそうになるのは楽しくない。アレクセイはふたりが加わることに少し不本意そうだったが、結局はふたりとも膝をついて砂を掘りはじめた。

どの子も真っ黒に日焼けして、すごく健康そうで、クレアが海辺の暮らしについて話していた意味がよくわかる。軽く背筋を伸ばしたとき、サバンナとセラフィナがアレクセイたちに近づいていくのが見えた。ぼくの鋭い聴覚でもさすがになにも聞き取れないが、胸の前で腕を組むようすで姉妹が怒っているのはわかった。感情が高まると喧嘩腰になりかねないトミーの前に、アレクセイが立ちはだかっている。いさかいが嫌いなトビーは泣きそうで、ベンたちはどうしたらいいかわからないようだ。駆けつけようか、それとも大人を呼びに行こうか。迷っているうちに、姉妹のひとりに砂を投げつけられてトビーが泣きだした。アレクセイがトビーを抱き寄せ、トミーは砂を投げ返している。ぼくは大急ぎで家のなかへ走った。フランチェスカがいたので大声で鳴きながら必死でぐるぐるまわりつづけた。来てほしいと伝えたいときはいつもこうする。サマーとマーサはテレビを見ていて、クレアとポリーはまだ二階の片づけをしているのだろう。

「どうしたの、アルフィー」フランチェスカに声をかけられ、ぼくは外へ走った。きっと追いかけてくるはずだ。思ったとおり追いかけてきたフランチェスカが芝生で足を止めたので、ぼくはまた大声で鳴いた。

「たいへん、なにがあったの？」フランチェスカが子どもたちに気づいた。トビーはアレクセイの腕のなかですすり泣き、サバンナとセラフィナが走り去っていく。「庭から出ちゃだめだって言っておいたのに」

ビーチに駆けつけたフランチェスカが子どもたちに話しかけ、そのあとトビーとヘンリーの手を取ってこちらへ歩きだした。うしろを歩くアレクセイとトミーの表情が暗い。手を振って見送るベンたちも悲しそうだ。

「なにがあったの？」クレアが庭に出てきた。「寝室の窓から見てたの。トビー、子どもだけでビーチに行っちゃだめだと言ったでしょう」トビーを抱きしめ、まくしたてている。

「ぼくが悪いんだ」ヘンリーが言った。「ぼくが無理やり連れていったんだ」

ポリーも出てきた。「ヘンリー、悪い子ね。なかに入って部屋で反省してなさい。ママもすぐ行くから」

ヘンリーがとぼとぼ家のなかに入った。

「アレクセイ、なにがあったの？」心配そうにフランチェスカが尋ねた。

「ヘンリーとトビーが来たから、だめだって言ったんだけど、いたいって泣きつかれたんだ。だからすごくかっこいい砂のお城をつくってたら、隣の意地悪な女の子たちが来てひどいことを言いはじめて、トビーに投げつけた砂が目に入ったんだ」

「だからぼくも砂を投げ返したら、ぼくたちなんか早くいなくなればいいって言われた」

トミーが言い足した。

「いらっしゃい、トビー。目を洗いましょう」クレアが泣いているトビーを抱きあげて家のなかへ連れていった。「でも、だから子どもだけでビーチに行っちゃだめだと言ったのよ」改めて言い聞かせている。

「気になることがあるんだ」トビーがいなくなったところでアレクセイが話しだした。

「あの子たち、トビーがいちばん動揺しやすいのを知ってるみたいで、トビーばっかりいじめたんだよ」

「それはまずいわね。アンドレアに話したほうがいいかしら」

「わたしが行くわ」ポリーが言った。「トビーのことになるとクレアは感情的になるはずだし、対決するのはわたしのほうがうまいもの。ヘンリーのようすを見てやってくれる？あとで話しに行くと伝えて」

「わかったわ。さあ、あなたたちもなかに入って。サマーとマーサがリビングにいるから、そこに行ってなさい」フランチェスカが息子たちを連れて家のなかに戻った。

ポリーが深呼吸して歩きだした。ぼくが生垣へ行くと、目を覚ましたジョージが見張りを再開していた。

「シャネルを見かけた？」とジョージに訊く。

「ううん。ぼく、寝ちゃったみたい」

「そうだったね。いいか、これからポリーがアンドレアに会いに来る。子どもたちのことでひと波乱あったんだ」ぼくは洗いざらい話して聞かせた。そしてポリーが来たのを見て思いきって家に近づき、玄関脇の薔薇《ばら》の植えこみに隠れた。ポリーが玄関をノックした。

「あら」玄関を開けたアンドレアは、ピンクのワンピースにハイヒールといういで立ちで、シャネルを抱いていた。シャネルは緊張してあたりのにおいを嗅いでいるから、ぼくたちに気づいたに違いない。

「ほんとにきれいだなぁ」止める間もなくジョージがつぶやいた。

「アンドレア、問題が起きたの。こちらのお嬢さんがうちの子のひとりに砂を投げたのよ。

その子はいま目を洗ってるわ。ひどい話も聞いた。あなたが〈海風荘〉を欲しがってることも、わたしたちを気に入らないこともわかってるけど、子どもたちを巻きこまないで」遠慮もまわりくどい言い方もしていない。さすがはポリーだ。

「うちの子がそんなことするはずがないわ。それに、そもそも悪いのはそちらの子どもたちのほうじゃない。娘の友だちと遊んで、娘たちをのけ者にしたりして」アンドレアが応えた。

「つくづく頭がどうかしてるのね。あなたの娘は以前から地元の子たちがうちの子と遊ぶのをやめさせるためにひどいことを言っていて、あげくの果てに今度は砂を投げたのよ。こうなったからにはもう黙っていられないわ。もしまた同じことがあったら――」

「なに？　わたしを脅すつもり？」アンドレアがさえぎった。ジョージのしっぽに気づいたシャネルが飼い主のように金切り声をあげている。

「あなたに勝ち目はないわよ、娘たちにも」ポリーはシャネルと同じぐらい怒っている。

「そっちこそ勝ち目はないわ。そちらの子が娘たちを怖がってるなら、ここにいるのをいやがるんじゃない？」

「意地の悪い人だとは思ってたけど、こんなことにわが子まで巻きこむなんて、どこまで卑劣なの？」

「わたしはあの家が欲しいの。だれにも邪魔はさせない」眉をつりあげるアンドレアを見て、さすがのぼくも震えあがった。

「そんなことさせるものですか」ポリーがくるりと背を向け、立ち去った。

「アンドレアが叩きつけるように玄関のドアを閉める直前、シャネルがぼくたちに向かって、てシャーッと言った。

その夜、〈海風荘〉は幸せな場所ではなくなった。子どもたちは昼間の一件で元気がない。トビーはまだ動揺しているし、ヘンリーはだめだと言われたのにビーチに行ったことを悔やみ、アレクセイとトミーはできたばかりの友だちと遊んでいた楽しい午後が台無しになったことを残念がっている。サマーとマーサとジョージは上機嫌だが、状況をよく理解していないだけだ。

大人たちの状況も一向に改善していない。子どもたちが寝る時間になってもクレアの寝室の壁を直すリーアムの作業は終わらず、ポリーはリーアムとコリンに帰ってほしいと告げた。クレアは今夜狭い部屋で寝るしかなく、ぼくもそうなる。コリンたちが帰ったあと、クレアたちはキッチンでワインを飲みはじめた。

「隣の女、信じられないわ。すごく冷ややかで落ち着き払ってた。なにがなんでもこの家を手に入れるつもりよ」ポリーが息巻いた。子どもたちが寝るまでアンドレアとの舌戦を話さずにいたのだ。

「正気とは思えないわ。子どもを巻きこもうとするなんて、なにを考えてるの？」クレアも怒っている。

「根性が腐ってるのよ。なんでそんなにこの家が欲しいの？　立派な家があるんだから、目的は住むことじゃないはずよね」

「見当もつかないわ」ポリーが言った。「いまの家はすごく大きいし、コリンの話だとアパートばかりのこの町で、数少ない一軒家のひとつらしいわ。それにご主人の気配がないと思わない？　なにか問題でもあるのかしら」

「みんなにするようにご主人にも意地悪してるなら、その可能性はあるわね」とフランチェスカ。

「まさかあの豪邸を出てまでここに住みたがるとは思えないわ。だから住むのが目的じゃなくて、なにかほかにあるのよ……。とにかく、理由はどうあれ、それを突き止めないと。なにがなんでも」ポリーが決意もあらわに腕を組んだ。

「わたしは子どもたちのほうが心配だわ。隣の子たちのせいで旅行を台無しにしたくない。かわいそうに、トビーはまだ動揺していて、ものごとになるのを心配しすぎておねしょするほどなのよ。ずっとしてなかったのに」クレアは不安そうだ。

「かわいそうに。明日は一日出かけない？　ほかのビーチに行って、町から少し離れた場所で楽しく過ごさせてやればいいわ」フランチェスカが提案した。

「そうね」ポリーが賛成した。「作業員だけにするのは気になるけど、足手まといのリーアムはコリンが目を離さないと約束してくれたから」

「どうしてクビにならないの?」とクレア。

「またなにかやったらそうなるでしょうね。でも悪気はないのよ、ちょっと使えないだけで」

「ミャオ!」違うよ! ぼくは叫んだが、だれも聞いていないらしい。

「ポリー、ずっと工事にかかりきりだったんだから、一日ぐらいお休みしなさいよ」クレアが言った。

「そうできるとありがたいわ。甘えたことは言いたくないけど、週末マットに会うのが待ちきれない」

「土曜日の午後は男性陣に子どもたちをビーチに連れていってもらって、わたしたちはネイルかなにかしに行きましょうよ」フランチェスカが提案した。「わたしたちだって少し甘やかされてもいいはずだわ」このところフランチェスカは元気がないから、気分を引き立てるものが欲しいんだろう。

「そうね、そうしましょう! でも明日一日出かけるのも賛成よ」ポリーが言った。

「アルフィー、明日は頼むわね」フランチェスカがぼくの頭を撫でた。

「ミャオ」ぼくがいて、みんな運がいい。

その思いを胸にギルバートを待っていると、そろそろ寝に行こうかと思ったころようやく現れた。

「明日はみんな留守になるから、よかったら会いに来てよ」

「わかった」ギルバートはあまり乗り気ではなさそうだが、それでも初対面のときほどじゃない。前進だ。それは間違いない。

# Chapter 14

「なんで家を持たないの?」ジョージが問い詰めた。さっきからギルバートを質問攻めにしているのだ。ぶっきらぼうなギルバートもさすがにてこずっている。いつもは誰も必要としていないみたいに振る舞っているのに、ジョージには少し心を奪われている。

「生きていくうえで大事なのは、魚だけじゃない」ギルバートが態度をやわらげた。

「違うの?」ジョージには驚きらしい。「ぼくはそうだよ。あ、あとシャネルも。それとパパ、あと家族も」

「おれは違う。おまえぐらいのチビのころ家族がいたことがあるが、幸せな家じゃなかった」伸びをしている。「ある日、そこにいないほうが楽だと気づいて家を出た」

「でもなんで?」ジョージの〝なんで攻撃〟は終わりそうにない。

「家族は不幸だった。父親はすごく底意地が悪くて、そのせいで母親はいつもおろおろしていた。子どもがふたりいて、ひとりはしょっちゅう父親ともめてた。手がつけられない状態で、そのうち父親はおれに手をあげるようになった」

「ひどいな」ギルバートは話すのが辛そうで、このままだと帰ってしまうんじゃないかと不安になったぼくは、あまりしつこく訊かないようにジョージを止めようとした。でも何度かつついたのに、気づく気配がない。

「おれは若かったから、我慢できなかった。人間のなかには動物の扱いがひどいやつもいる。飼ってくれと頼んだわけじゃないのに、ひどい扱いをしてもいいと思ってる」ギルバートの瞳に陰りが落ちた。「まあとにかく、ある日おれは決心して家を出た。しばらく隠れていたが、家族がおれを探してるのはわかってた。貼り紙をしていた」

「街灯の猫だね！」ジョージが興奮気味に叫んだ。ぼくはギルバートに、近所で行方不明になる猫が多発して、街灯にただならぬスピードで貼り紙が貼られていったときのことを説明した。

「そうだ。あんなに冷たかったのに、なんでおれに帰ってきてほしいのか理解できなかった。たしかに冷たかったのは父親と子どものひとりだけだが、ほかのふたりも状況は把握してたはずだ。おれはろくに食べてなかったし、怯えてた。ともあれ、おれはしばらく隠れていてから、家からどんどん遠くへ歩きだした。田舎だったから狩りをしてなんとか食いつなぎ、正直言って、ひとりのほうがはるかに性に合ってると気づいた。だんだん食べ物を見つけるのにも苦労しなくなった。だからここに辿り着いて〈海風荘〉が空き家だとわかったとき、しばらく留まることにした。ずっと誰も来なかったから、思いのほか長くいることになったが、そうしたらおまえたちが現れたってわけだ」

「すごい話だね。ぼくたちがいても、このままいてくれるんでしょう？」ジョージに顔をこすりつけられ、ギルバートが喉を鳴らした。

「ひとつだけ気がかりなことがある。おまえたちの家族に見つかったらどうなる？」

「きっとかわいがってくれるよ」ぼくはすかさず答えた。「みんな猫が大好きなんだ。子どもたちも猫好きだから、ここにいさせてもらえると思う。ただ、きみをひとりでここに住まわせる気にはならないはずで、どうすればきみはこのままがよくて、ずっと世話をしてもらうことは望んでないってわからせればいいかわからないのが心配だな」

面倒なことになるのは目に見えている。たぶんギルバートもロンドンの家に連れて帰ろうとするだろう。それどころか、この近くで貰《もら》い手を探そうとするかもしれない。

「じゃあ、隠れていたほうがよさそうだな。この家が生き返りつつあるのは嬉しいが、引っ越したくはない」

「そりゃそうだよ」

「そんなことにはならないと思うな」ジョージが口をはさんだ。「ギルバートがここに住んでるのは明らかで、これからしょっちゅう人間がこの家を出入りすることになるんだから、みんなギルバートにここにいてほしがると思うよ。それどころか食べ物をあげて、どこにも行かないようにするかもしれない」

「ほんとにそう思うか？」ギルバートは半信半疑でいる。

「うん。ギルバートが〈海風荘〉の猫なのは、みんなにもわかるはずだもん。だから別荘の猫になって、誰もいないときは留守番してくれればいいんだよ」

「いい考えだ、ジョージ」褒めてやりたい。「みんなも同じように考えてくれるよう祈るばかりだ」ジョージはたまにすごく知恵がまわることがある。ぼくに似たんだと思いたい。

「大丈夫、ぜったいそうなるよ」ジョージは自信満々だ。

「それはそうと、時間があるなら、近所を軽く案内してやろうか？　ビーチ以外にも、近くに気持ちのいい原っぱがあるから、今日みたいに天気のいい日は田舎で少し走りまわるのにちょうどいい」ギルバートが持ちかけた。

ジョージが期待のこもる目を向けてきた。訊かれるまでもない。

別荘の裏にある狭い路地をいくつか抜けた。かなり急な坂道で、こっちで暮らすと健康でいられそうだった。さすがのジョージも少し息切れしている。登りきったところは大通りで交通量が多く、渡るまでかなり時間がかかった。そのあとギルバートに案内された広い原っぱを進むと、草が脚をくすぐった。びくびくしながら尖った草から草へと飛び跳ねるジョージを見て、原っぱに来るのは初めてだと気づいた。

「庭の芝生と違うんだね」不安そうにしている。

「ああ、違う。でも慣れると気持ちがいいぞ」ギルバートが走りだした。

ぼくは何度か田舎でわくわくする経験をしたことがあるが、ギルバートがいるおかげでいっそう楽しいのは確かだった。ギルバートは自信にあふれ、いちばんいい場所をよく知っていて、蝶を追いかけるのに最適な茂みや、避けるべき動物がいる場所、足を止めてはるか遠くまで見事な景色を見晴らせる場所を熟知していた。それは息をのむ絶景で、追いかけてくる太陽がぼくたちの毛を温めた。

「すっごく楽しいね」ジョージはすっかりはしゃいでいる。ぼくは決してひとりで来てはだめだと釘を刺した。楽しんでいるときでも、父親はやめられない。

みんなで茂みに潜りこんでひと休みしていたとき、いきなりギルバートが立ちあがった。

「どうしたの？」

「犬だ。近くにいる」原っぱに目をやると、大きな黒い犬が走りまわっていた。パニックがこみあげた。逃げないと。

「逃げよう」ぼくは立ちあがった。

「待て、その必要はない」ギルバートが言った。「農場の犬だ。猫にやさしいから心配ない」

猫にやさしい犬なんて聞いたことがないが、近づいてきたその犬にはたしかに敵意がなかった。しっぽを振りながら軽くうなずいただけで、走って引き返していく。心臓がどきどきした。まさかあそこまで無関心とは。ロンドンでは何度も犬に追いかけられた経験があり、好感を持てる犬に出会ったことはない。

「ひとつ問題ができた」鼓動が治まりかけたころ、ギルバートが言った。

「なに？」ジョージが訊いた。

「帰りに通る原っぱだ……羊が来てる。だから犬がいるんだ」

「羊ってなに？」

「ふわふわした白いものだよ」ぼくは田舎の知識を活《い》かして答えた。ギルバートが笑っている。

「ああ、つまり問題は、羊ってのはやたらと攻撃的で、自分たちがいる原っぱによそ者がいるのを喜ばないってことだ」

ギルバートの視線を追うと、その予測が正しいとわかった。原っぱのまんなかに、機嫌の悪そうな羊の群れがいる。ぼくが知るかぎり羊はたいしたことをしそうにない動物で、たちが悪いとは思ってもみなかった。喧嘩腰の牛や好戦的な豚には遭遇したことがあるけれど、羊はない。

「どうする？」なによりもジョージが心配だ。

「原っぱの端を駆け抜ける。たぶん羊は追いかけてくるだろうが、境界線から離れなければ振り切れる。おまえたちが先に行け。おれがしんがりを務める」

「ぼく、羊なんか怖くないよ」ジョージが得意の空威張りをした。

「いいや、怖がったほうがいい。頭突きされるとかなり痛い。経験者が言うんだから間違いない。よし、おれが行けと言ったら走るぞ」

つねにジョージが前にいるように気をつけながらギルバートに言われたルートを全速力で走るあいだ、ぼくは高揚感とわずかな恐怖を感じていた。目指す先に意識を集中しようとしても、羊を盗み見せずにはいられなかった。ぼくたちに気づいている。ジョージはすばやく脚を動かして駆けている。そろってこちらへ動きだした羊は、最初ゆっくり移動しているように見えたが、どんどんスピードが速まる気がした。アドレナリンが全身を駆け巡るなかスピードをあげ、なんとか羊たちを振り切って無事ジョージのすぐあとに原っぱの端に辿り着いた。

ジョージを生垣の下に潜りこませた。ここまで来れば大丈夫だ。ところが原っぱに目をやると、ギルバートが追いつかれそうになっていた。どうやらぼくたちのためにわが身を危険にさらしているらしい。どうすればいいかわからず、ぼくはジョージに言った。

「できるだけ大声を出すんだ」羊は生垣に潜りこめないから、大騒ぎすればその音に気を取られ、その隙にギルバートが逃げ切れるだろう。

「ミャーッ！」ぼくは声を限りに叫んだ。ジョージも加わり、一緒に声がかれるまで大声でわめきつづけた。羊がこちらを見た隙に、ギルバートが逃げだした。

ぼくたちは原っぱの隣にある小さな草地にそろって倒れこんだ。

「パパ、スリル満点だったね」ジョージが言った。できればもう少し危機感を持ってほしいものだ。

「危なかったんだぞ」ぼくはたしなめた。「羊の餌になってたかもしれない」

「それはない。羊は草が好きらしい」ギルバートが言った。「せいぜいおれたちを小突きまわすぐらいだ。とはいえ、おかげで助かった。つかまってたら、痛い目に遭うところだった」

「どうして羊に嫌われてるの？」ぼくは訊いた。

「おれを嫌ってるんじゃない。自分を守ってるだけだ。あいつらはみんな家族みたいなもので、おれたちを侵入者と思ってるんだろう。ここで暮らしてると家畜が障害になることもあるが、しかたない」

なるほど。ぼくたちは息を整えながらゆっくり帰路についた。危ない目に遭った怖さがまだ残っていた。なんでもひたすらおもしろがるジョージは平気な顔で、ギルバートはいつもどおりで、ぼくみたいに足元がふらつくこともまったくない。家までずっと下り坂なのが、ただただありがたかった。

残りの午後は裏庭で過ごすことになり、ジョージはシャネルがいるか見に行った。

「なんであんなことやってるんだ？」ギルバートが訊いた。

「初恋なんだよ」

「好みはさまざまだな。あの猫も飼い主も、どこがいいんだか」

「その飼い主のことだけど、なにをたくらんでるのかなんとしても突き止めたいんだ。子どもたちまで巻きこまれるようになって、もうのんびりしていられない。人間の大人たちは自分の面倒を見られるけど、小さい子たち、特にトビーは放っておけない」

「監視して、なにかわかるか確かめてほしいのか？」

「やってくれるの？」ぼくは耳を疑った。ずっとギルバートに味方になってほしいと思っていたが、どうやらついに、正式にその気になってくれたらしい。ギルバートが味方になれば、アンドレアとリーアムがしかけてくるどんな策略も阻止できるはずだ。少なくともそう願いたい。

「おまえは命の恩人同然だからな、そのぐらいやらせてくれ」ギルバートが答えた。「それに、おまえやあのチビといるのが楽しくなってきた。ひとりでも生きてはいけるが、友だちがいるのも悪くない」

例によって話し方はぶっきらぼうでも、ぼくは胸を打たれた。それに、すでに眠りこけているジョージより監視が下手な猫がいるはずがない。

しばらくすると、帰宅したみんなのにぎやかな声が聞こえてきた。日差しを避けて家のなかでひと休みしていたぼくは、急いで出迎えに行った。みんなは裏庭のシャワーで順番に砂を落とし、サンドルームにタオルやビーチで使ったものを置いている。

「ほらね、やっぱり正解だったでしょ？」ポリーは嬉しそうだ。

「名案だったわね、特にシャワーは」クレアがポリーを抱きしめた。

「それに、汚れはサンドルームで食い止められるし」フランチェスカも笑顔だ。「まあ、おおかたは」砂を詰めたバケツを床で逆さにしたサマーを見て笑っている。

「砂はビーチに置いてこなくちゃいけないんだよ」トビーも笑っている。大人に何度もそう言われているのだ。ぼくは改めて嬉しくなった。どうやら楽しい時間を過ごしたらしい。子どもたちはシャワーを浴びながらおしゃべりしたりつまらない口喧嘩をしたりしているし、クレアは汚れ物を抱えて洗濯機に放りこみ、フランチェスカはバケツとシャベルを積みあげ、ポリーはだいたい砂を落としおえた子どもたちに家に入るよう言っている。みんなにギルバートを紹介するのは、いまを置いてない――そう思って振り向いたが、すでにギルバートの姿はなかった。

# Chapter 15

「こうしたらどうかと思うんだ」ジョナサンがマットとトーマスに話しかけた。昨夜三人が到着したときはみんな大喜びで、なかでもぼくはそうだった。今週はいろいろあって、最後は丸く収まったとはいえ、ジョナサンたちがいるだけでみんなが活気づく気がする。三人にどれほど会いたかったか、自分でも不思議なくらいだ。クレアたちの口調で、ほかのみんなも同じ気持ちだとわかる。ぼくたちはおかしな羊の群れみたいに家族で、全員そろっていないと不自然な気がする。

トーマスのことを心配していたが、いつもと違うようすはなかった。フランチェスカがときどき心配そうな視線をトーマスに送っているけれど、例の話はしていないし、しているとしてもぼくを含めて誰にも聞こえないところでしているのだろう。トーマスはレストランでの問題について誰にも話していないから、もう解決したならいいと密かに祈った。

「なんの話だ?」マットが不審そうに尋ねた。いまは土曜日の午後で、クレアとポリーとフランチェスカはスパへ行った。三人ともここらでひと息ついて、少し甘やかされる権利があるとジョナサンたちが考えたのだ。それを言うならぼくだって同じなのに、猫は甘やかしてもらえないらしい。今日はぼくとジョージでアンテナを張り巡らせるつもりだ。〝アンドレア監視計画〟に取り掛かり、彼女がなにをたくらんでいるか突き止めれば、なにを相手にしているか、どう対処すべきかわかる。ギルバートが味方になってくれて心強いし、たとえ二日だけでもジョナサンたちがいるから安心だ。

「つまり、例のアンドレアに会いに行って、彼女や子どもたちやこの家の問題を今度こそ解決するんだよ」ジョナサンは得意げだ。

「そんなことして大丈夫か?!」トーマスが迷う気持ちはよくわかる。とんでもない考えかもしれない。

「こっそり会いに行ったりしたら、ポリーたちに殺されかねないぞ」マットが言った。もっともだ。

「まさか、それにこっそりやるわけじゃない。クレアたちが楽しくやってるあいだに、ぼくたちで問題を解決して、三人が帰ってきたときはヒーローになってるって段取りさ」

ぼくは肉球を舐めた。うまくいくはずがない。

「ぼくは今日の午後、アレクセイとトミーをパドルボードに連れていかなきゃいけない。それにビーチでふたりを見ていると約束した」トーマスがほっとしている。アンドレアに会いに行くという苦行を免れたからだ。マットがトーマスをにらんでいる。

「そうか。じゃあぼくたちだけで行こう、マット。小さい子たちは連れていけばいい」

「それは――」マットが言いかけた。

「トビーを連れていくのはやめたほうがいいんじゃないか？　かなり動揺したみたいだから、あの姉妹に会ったらまた動揺しかねない」トーマスがいいところをついた。

「それもそうだな。じゃあトビーもビーチに連れていってくれるか？」ジョナサンが訊いた。トーマスが言いたいのはそういうことじゃないと思う。

「いや、つまり……」トーマスは落ち着かないようすで足をもじもじさせている。

「問題は、トビーが行ったらヘンリーも行きたがるってことだよ」マットが言った。

「ああ、トーマスは気にしないよ。よし、サマーたちに用意させて出かけよう」

トーマスとマットが目を見合わせ、首を振った。でもひとたびこうと決めたジョナサンになにを言っても無駄なのは、ぼくもふたりも知っている。

ぼくは悩んだ。ビーチに行ってパドルボードをするアレクセイたちを見たい。脚のないアイロン台のような平らなものを海に浮かべ、上に立ってパドルという棒みたいなもので漕《こ》ぐのだ。でもジョナサンたちとアンドレアの家に行くべきなのも重々承知しているし、ジョージもシャネルに会えるのを期待して行きたがるはずだ。パドルボードを見るのはまたの機会にするしかない。ぼくはトビーとヘンリーと手を繋いだトーマスが、ウェットスーツを着たアレクセイとトミーと出かけていくのを見送った。

ジョナサンとマットがサマーとマーサを連れて隣へ向かったので、ぼくはジョージがいるはずの生垣に潜りこんだ。近道があるのにわざわざ遠回りするなんてばかばかしいと思う。玄関でジョナサンたちに合流したが、ジョージの姿がない。意外にも、ジョナサンが撫でてくれた。

「一緒に来てくれて嬉しいよ、おまえならいいアイデアだと認めてくれると思ってた」

「ミャオ」そんなこと思ってない。

玄関を開けたアンドレアの顔に一瞬苛立ちがよぎったが、すぐに笑顔をつくろった。

「まあ、嬉しいわ」アンドレアが挨拶した。シャネルは意地悪くシャーッと言っている。時間を無駄にしない猫だ。ジョージがいなくてよかったかも。

「あのですね、アンドレア」ジョナサンが口を開いた。マットはじっとぼくを見ている。考えていることはよくわかる。「誤解を解いたほうがいいかと思いまして。いくつか問題があるようなので」

「そうなの？　問題があるなんて知らなかったわ」アンドレアが迎え撃った。澄ました顔で露骨に嘘をつくところは感心してしまう。

「うちの別荘を欲しいとおっしゃってるようですが、先日こちらのお嬢さんがトビーを動揺させたと聞いたので、きちんと話し合って解決するべきだと思ったんです」

「あたしも」サマーが口をはさんだ。「あたしも解決したい」意味もわからず言っている。

マーサがつづいた。マットが首を振っている。

「あたしも」アンドレアが肩をすくめた。「娘たちは出かけていますけど、お入りになって。キッチンにつくりたてのレモネードがあるので、座ってお話ししましょう。玄関先で立ち話なんて、ちょっとはしたないわ」

「ありがとう、お邪魔します」ジョナサンが言った。アンドレアが脇に寄ると、マーサとサマーが勢いこんでなかに入り、ジョナサンがつづいてマットがしぶしぶしんがりを務めた。

「あら」アンドレアが足を止めた。「猫は遠慮していただくわね、シャネルが取り乱すので」バタンと玄関が閉まり、危うく前足をはさまれそうになった。

キッチンが裏にあるのは知っていたので、会話が聞こえるか確かめに行くことにした。やった、キッチンの窓がひとつあいている。追い払われるだろうから窓枠に飛び乗るのはやめておいたが、室内は見えなくても話し声はすべて聞き取れる場所がすぐそばにあった。

アンドレアがしゃべっている。「トビーのことは本当にごめんなさい。ちょっとした誤解なのよ。うちの子はとてもいい子なのに、町の子どもたちのなかにはひどい子がいて、おたくのお子さんとの遊びに娘たちを混ぜてくれなかったものだから、おわかりいただけると思うけれど、あの子たちは珍しく腹を立ててしまったの。うっかりトビーに砂を投げたのはサバンナが悪いけれど、あのときは感情的になってしまったみたい。子どもって、そういうものでしょう?」

「うっかり誰かに砂を投げるなんてこと、あります?」マットが訊いた。ぼくもまさにそう思っていた。

「それでも悪意はなかったのよ。娘たちには、ひどいことをされても気にしないで無視しなさいと言っておいたわ」

「でも、うちの子はひどいことなんかしませんよ。それだけは断言できます」

「そうね、たぶんそんなことをするつもりはないんでしょうけど、仲間外れにされると傷つくものよ」アンドレアがたたみかけた。ジョナサンとマットの顔が見えないのが残念だ。こんな戯言《たわごと》を真に受けることはないと思うけど、ありえないとは言いきれない。

「うちの子にはお嬢さんたちと仲良くするように言っておきますから、あなたもそうしてもらえませんか?」ジョナサンが持ちかけた。

え?　それだけ?　たまに家族のことがわからなくなる。

「あたしは大丈夫だよ。あたしには言わなくていいよ」サマーが言った。

「かわいらしいこと」アンドレアが笑っている。「それにとっても美人さんだわ、ふたりとも」

「ありがとうございます」マットが応えた。まずい、だまされかけてる。「でも、家の問題は?」マットがすかさずつけ加えた。やれやれ、よかった。「なにがなんでも手に入れるとおっしゃっているようですが」

「ええ、言ったわ。でも、それはお金の面でのこと。奥さまたちとは理性的に話し合おうとしたのよ。女性に偏見があるわけではないけれど、こういう問題では男性と話すほうがはるかに簡単のようね」陽気な話し声。ジョナサンとマットの気を引くような口ぶりが腹立たしい。「わたしはあの家がとても気に入ってるの。この町はわたしにとっても家族にとっても大切だから、あの家が休日しか使われないと思うとたまらないのよ。町から活気がなくなってしまうし、わたしは地元の役に立ちたい。だからぜひ〈海風荘〉を手に入れたいの」もっともな話に聞こえなくもないが、信用できない。

「そうですね。でもあの家は三軒で共有することになるので、しょっちゅう使うはずです。それにぼくたちはこの町が気に入って、地元でお金を使うはずですから、町のためになるんじゃないですか？」ジョナサンが尋ねた。

「ええ、もちろん。奥さまたちもそんなふうに簡潔に説明してくだされば、わたしも大喜びしていたと思うわ。とにかくこれだけはわかってほしいの。あなたたちのことは大歓迎だし、新しく来た人を真っ先に歓迎するのはいつだってわたしなのよ。でももし気が変わったら教えていただきたいわ」

「お話はよくわかりました」ジョナサンが言った。「ご主人はこちらに？　よろしかったら、そのうち一緒に一杯やりにいらっしゃいませんか？」

「ご親切にどうも。ただ夫はいま仕事であちこち移動していて、ほとんどここにはいませんの。でも夏の終わりなら伺えるかもしれないわ。みなさんがロンドンにお帰りになる前にでも」

「ちょっと」その声で盗み聞きがさえぎられた。顔をあげると、窓の向こうにシャネルがいた。「もうじゅうぶん聞いたでしょ、帰って」

それだけ言って立ち去った。

ジョージを探そう。シャネルに会いそこねたと知ったらへそを曲げるだろうが、会わなくてよかった気がする。どうやら冷たくされればされるほど好きになるらしい。別荘を探しても見当たらないので、車のボンネットに座った。そこからだとビーチにいるみんなが見え、ジョージも一緒だとわかった。アレクセイとトミーはパドルボードをしていて、それをビーチで見ているトーマスたちの隣にジョージが立っている。ぼくはビーチに座る大勢の家族連れをよけて駆け抜け、波打ち際にいるみんなに挨拶した。トミーがパドルを漕いできてボードから飛び降り、こちらへやってきた。

「アルフィー、見てた？　うまくなっただろ？」

「アレクセイほどじゃないよ」ヘンリーの屈託ない言葉にむっとしている。

「ぼくだって、同じぐらいうまくできるよ」トミーが胸を張った。兄弟のなかではトミーのほうが負けず嫌いで、アレクセイは感受性が強い。アレクセイがパドルボードがうまいことにみんな驚いているが、たいていのスポーツでは弟の陰に隠れて目立たなくなりがちなので、いいことだ。

「おいおい、べつに競争してるわけじゃないだろ」トーマスが言った。

「いいから見ててよ。上手にできるとこ見せてあげる」トミーがぷりぷりしながらボードを抱えて波打ち際に置いた。そしてぼくがトビーの脚に体をこすりつけているあいだに、海にボードを浮かべた。

「見て、ジョージが乗ってる！」トビーが叫んだ。

「ミャオ」どういうつもりだ？　ボードに飛び乗ったに違いない。トミーはボードを沖に押しながら、こっちを向いて見てるように言っていたので気づかなかったのだ。この数日で神経がぼろぼろになっているのに、あんまりだ。声を限りに鳴きわめくと、ようやくトミーが振り向いてジョージに気づいた。

「トミー、ジョージを連れてこい」トーマスが怒鳴った。でもトミーは向きを変えない。それどころかボードに乗って膝をつき、漕ぎはじめた。ボードが左右に揺れている。ジョージはボードの先端に立っていて、もしぼくがばかだったら楽しんでいると思ったかもしれない。立ったまま海を見つめ、トミーにしがみついてもいない。ぼくならきっとそうしている。トミーは明らかにあまり上手じゃなくて、ボードが激しく左右に揺れた直後、大きな水しぶきがあがった。

「ミャオ！」思わず悲鳴が出た。ジョージはどうなった？　よかった、まだボードの上にいる。トミーの頭が海面に出てきた。

「バランスを取るのがうまいね」ヘンリーが言った。

「ああ、猫はもともとバランス感覚がいいが、それにしてもたいしたもんだ」トーマスも認めている。

背筋が凍る思いで見つめるぼくの前でアレクセイがパドルボードを漕いで弟に近づき、それに気づいたジョージがそちらのボードへ飛び移った。アレクセイがボードの向きを変えてこちらへ戻ってくる。風にかき消されているが、兄弟の笑い声が聞こえた。ジョージがアレクセイのボードに移動してよかった。いくらか安心できる。

無事に波打ち際に戻ってきたジョージをトーマスが軽くタオルで拭き、そのあとみんなで帰ることになった。

「ジョージ、あんなことしたらだめじゃないか」まわりにみんながいなくなったとたん、ぼくは叱りつけた。「猫は水に近づいちゃいけないんだぞ」

「ぼくは水が好きだよ」ジョージが明るく応えた。

なんだって？　水が好きな猫なんて聞いたことがない。

「それにパドルボードも好き」ジョージがつづけた。「すごく楽しかった。パパもやってごらんよ」

「乾いた地面の上でなきゃやらない」これ以上言っても無駄だ。ジョージは頑固で、よりによってシャネルを好きになったと思ったら、今度はもっとんでもないものを好きになったらしい。もうお手上げだ。

人間にもぼくぐらい分別があればいいのに。トーマスとマットは正しかった。ぼくも。ジョナサンたちがアンドレアに会いに行ったことにクレアたちは激怒し、とうぜんと言えばとうぜんだが、アンドレアの理性的な態度を信じようとしなかった。

「娘と話してもう意地悪させないようにするが、あの子たちは仲間外れにされて腹を立てただけだって言ってたぞ」ジョナサンが説明した。

「そんなの嘘よ」フランチェスカが怒っている。「あの子たちになにを言われたかアレクセイに聞いたわ。意地悪で、地元の子と遊ばせないようにしたのよ」

「母親をだましてるのかもしれないな」マットが言った。

「信じられない、どこまでお人好《ひとよ》しなの？」ポリーが声を荒らげた。

「どういうつもり？　会いに行くなんて」クレアの声はほとんど金切り声だ。子どもたちもジョージも寝たあとでよかった。

「ぼくはただ、関係をよくできるんじゃないかと思っただけだよ」ジョナサンが少なくともおどおどするだけの気遣いを見せた。

「アンドレアがこの家を欲しがってるのは、空き家になる時間が長いことに耐えられないからだそうだ。でもそんなことにはならないと説明したら、ぼくたちが隣に来るのは大歓迎だと言ってくれた」マットが言い訳している。

「それに、リフォームも見事だと褒めてたぞ」ジョナサンが言い添えた。

「で、それを鵜呑《うの》みにしたの？」ポリーが問い詰めた。

「いけないのか？」マットもジョナサンもだんだんきまりが悪そうにしている。

「美人が相手だと、なんでも信じるのね」

「彼女が美人だなんて気づかなかったよ」すかさずマットが言った。

「あらそう」とポリー。

「まあ、髪はたしかにきれいだな」ジョナサンがつぶやき、クレアに叩かれた。

「本気で彼女が理性的だと思ってるなら、だまされてるのよ。いい人ぶってるだけなのに、あっさりだまされるなんてあきれるわ」

「なあ、とりあえず彼女を信じてみないか？　頼むよ」ジョナサンは顔が真っ赤で、クレアに思いのほか強くぶたれた腕をさすっている。

「そこまで言うなら好きにすれば？　でももしまたなにかあったら、わたしたちの言い分を信じてもらうわよ」ポリーが言った。「わたしたちは嘘をついてないし、子どもたちも嘘をついてない。アンドレアは意地悪女で、娘も意地悪になるように育ててるのよ」

「わかったよ。なあ、この話はもう終わりにしよう。週末しかここにいられないのに、喧嘩はしたくない」マットがもっともなことを言った。「その代わり、もしまたなにかあったら、きみたちの肩を持つと約束する」

「そうね、すてきな髪のレディを見ても、のぼせあがらずにいられればね」クレアが言い返した。

それからしばらくたって張り詰めた雰囲気を感じた直後、トーマスが咳払《せきばら》いした。

「みんな、聞いてくれ。こんなときに話すのもどうかと思って先延ばしにしていたが、問題が起きた」ぼくは聞くのがいたたまれなかった。

「なにかあったのか？」ジョナサンが訊いた。フランチェスカはうつむいて、物問いたげなみんなと目を合わすのを避けている。

「店の水道管が破裂して水浸しになった。状況はかんばしくない。営業中止にするしかなくて、再開まで少なくともまだ二週間はかかるうえに保険会社は支払いをぐずぐず引き延ばしてる」すごく辛そうで、気の毒でならない。

「トーマス、たいへんなことになったわね。ぜんぜん知らなかったわ。フランチェスカ、どうして話してくれなかったの？」ポリーが言った。

「これ以上問題を増やしたくなかったの」

「どういう意味？」クレアが訊いた。

「この別荘に払うつもりだった、うちの貯金。このままだと必要になりそうなんだ。本当にすまないが、給料を払わなきゃいけないし、法人口座は投資にまわしてあってしばらく動かせないから、現金を調達する必要がある。それもすぐに」トーマスが不安そうに頭をさすっている。

「でも保険がおりるはずだろ？」マットが言った。

「ああ、いずれはおりる。だがぼくもパートナーも保険会社ともめてる状態だ。うちの家族はここをすごく気に入ってるし、子どもたちはパドルボードに夢中だから失いたくはない。ただ一時的な資金繰りの問題が起きて、解決策が見つからないんだ」

「保険がおりるまで貸してあげられない？」クレアがジョナサンに尋ねた。

「借金しなきゃいけないし、それには時間がかかる。消費者金融へ行けば別だが、それはやめたほうがいい気がする。トーマス、いつまでにいくら必要なんだ？」

　フランチェスカが告げた金額がどのぐらいのものなのかぼくにはわからなかったが、みんな息をのんだ。泣きだしたフランチェスカの肩にトーマスが腕をまわした。

「ほかに方法があればいいんだが」トーマスが言った。「だが、大げさでなくあと二週間でまずいことになる」

「そんな、いまさらここをあきらめるなんて無理よ」クレアの目に涙が浮かんでいる。

「本当にごめんなさい」フランチェスカが言った。でも誰も大丈夫だとは言わず、話し合いの席はそのあとすぐお開きになった。

気がもめてたまらず、ギルバートが現れてくれないかと淡い期待を抱いてぐずぐずしていると、本当に現れた。

「みんなにきみを紹介したかったんだ」ぼくは言った。「今夜はタイミングが悪かったけど」みんなが絶好調のときに会わせたいし、それがいまじゃないのは明らかだ。

「わかってるが、怖じ気づいた。人間のそばにいると落ち着かないし、おまえの家族はきっといい人間なんだろうが、まだ信じる気になれない」誰だって生きていれば辛い思いをするものだけど、ギルバートが経験してきたことを思うと気の毒になった。

「いずれにしても、どうするか決めるのはきみだし、ぼくはそれを尊重するよ。でもいまは、みんなのことが心配なんだ」ぼくはさっきの出来事を話して聞かせた。

「隣の人間が例の若い作業員と話してるのを見た。おまえが嫌ってるやつと」

「リーアム？」

「ああ、そういう名前だったな。さっきアンドレアが庭に立って電話でリーアムと話してた。さかんにきょろきょろして、近くに誰もいないのを確認してたが、『ちょっとした妨害行為』じゃ手ぬるいから、『もっと拍車をかけろ』と言ってるのが聞こえた」

「どういう意味だろう」

「さあな。リーアムがあんなことをしたのに、おまえの家族はまだこの家を売る気になってない」

「拍車をかけろって、どういう意味かな」

「謎は深まるばかりだ」

「つまり、これからはいつもリーアムに張りついて、なにをたくらんでるか確認しないと。初恋に夢中のジョージと子どもたちと大人にも目を配らなきゃいけないのに、やり遂げる自信がないよ」

「アルフィー、おれが力を貸す。隠れるのは得意だからリーアムから目を離さずにいる。少なくともしばらくのあいだ、特にあいつがひとりのときは。なんらかの事情で見張れないときは知らせるから、交代してくれ」

「ギルバート、助かるよ、ありがとう。おかげでずいぶん気が楽になった」

「まあ、見つからないように隠れてるのは慣れてるからな、生き延びるためだ」悲しい顔をしている。

「きみがひとりぼっちなんて、考えるだけでぞっとするよ。ぼくが宿無しだったころの話をしただろう？　あのときはほんとに辛かった。家族の一員になるのも悪いことばかりじやないよ。ぼくの家族はいい人ばかりだもの」

「ああ、そのようだな」悲しそうに微笑むギルバートにぼくは顔をこすりつけた。「もうすぐおれも信じる気になると思う」

ギルバートみたいにハンサムでいい猫がここまで辛い経験をしたことに、たまらなく腹が立った。でもいまは友だちになったんだから、現状がよくなるようにできるかぎりのことをしよう。そう、アンドレアとリーアムのことで力になってもらうお返しに、悪い人間ばかりじゃないと思ってもらえるようにするんだ。本当は、いい人間ばかりならどんなにいいかと思うけど、そうじゃないのが現実だ。それにトーマスとフランチェスカが打ち明けた話もあるし、いやな予感で毛がぞくぞくした。すごくいやな予感がする。

# Chapter 16

ジョナサンたちが帰ったあとも、トーマスとフランチェスカの告白以来つづく気づまりな雰囲気は消えなかった。帰り際、トーマスはできることがないか調べると約束し、マットとジョナサンも手を貸すと伝えたが、クレアはジョナサンとふたりになったとき泣いていた。ジョナサンに慰められても、フランチェスカたちが出資を取りやめたら憎たらしいアンドレアに〈海風荘〉を売るしかなくなるかもしれず、夢をあきらめるのは辛すぎると話していた。ジョナサンはできるかぎりの手は打つと誓ったものの、重い空気が垂れこめていた。

大人同士の関係は、明らかにぎくしゃくしている。表立ってトーマスとフランチェスカを責めはしないが、みんなふさぎこみ、気の置けない関係ではなくなってしまった。フランチェスカとクレアはお互いを避けているようで、ひとつ屋根の下で暮らしていると容易ではない。ぼくはこの一件から目を離せなくなった。きっとすべて丸く収まると楽観する一方で、ぼくがひと肌脱ぐべきじゃないかと思いもした。相変わらずやらなきゃいけないことが山積みで、ギルバートとジョージが手伝ってくれるとはいえ、そもそも恋にうつつをぬかすジョージがどれほど役に立つかわからないから、やっぱり解決しなきゃいけない問題がどんどん増える気がしてならなかった。

一昨日からずっと雨が降り、子どもたちもぼくもほとんど家に引きこもっていた。ジョージは懲りずに生垣の下でうずくまっているが、シャネルをちらりと見ることもできずにびしょ濡れの見る影もない姿で頻繁に戻ってくる。今日はようやく子どもたちと広いほうのリビングで過ごすように説得できた。クレアたちが映画をいくつか用意してくれたので、みんなでソファに座ってポップコーンを食べながら観るのだ。朝食を終えたばかりだからポップコーンは特別だ。子どもたちは楽しそうにおやつを食べながらのんびり映画を観ている。いま観ているのは『怪盗グルーの月泥棒』で、子ども向けという理由で選ばれたものだが、もちろんぼくたち猫にも向いていた。すごくおもしろいのに、ジョージはまだ元気がない。

大切なのは、こんなことロンドンではしないから、外に出られなくても旅行気分を味わえることだ。〈海風荘〉にいると、みんなそういう気分になる。すべてを旅行気分にしてくれる。ポップコーンを頬張る子どもたちもすごく楽しそうだ。ぼくはゆったり寝そべり、旅行にはいろんなかたちがあるんだなと思った。

それなのに外の雨雲だけでなく、居心地のいい別荘にはいま、どんよりと灰色の雲が垂れこめている。クレアたちの態度がぎこちない。出会った瞬間から固い絆で結ばれていたように思える友情が、危機に瀕《ひん》している。フランチェスカは自分の部屋にこもっていて、ひとりになりたいのが伝わってくる。クレアとポリーは家具を注文するつもりでいたが、共有の別荘がどうなるかわからないのにやるべきか判断できずにいる。フランチェスカは自分に落ち度がないのに罪悪感にさいなまれ、クレアはこの家を失いかねない可能性に取り乱すあまりどんな態度を取ればいいのかわからないらしい。ポリーはいままでどおり仲良くしようとしているが、口論もなければ互いに怒りをぶつけることもないのに、三人とも口数が少なくて沈みがちだ。〈海風荘〉の雰囲気と天気は似たり寄ったりなので、ぼくはどちらからも距離を置いて子どもたちと家にこもっていた。

「さっきのママ、ちょっと悲しそうじゃなかった？」アレクセイが小声で弟に話しかけた。

「うん」トミーが答えた。「クレアも」

「ママたちが元気になるように、劇でもやらない？」

ミャオ！　名案だ。

「みんな」トミーが声をかけた。「ママたちのために劇をやるよ」

「うん！」とトビー。

「宇宙飛行士になってもいい？」ヘンリーが尋ねた。

「あたしはお姫さまになりたい」すかさずマーサが言った。

「あたしも」とサマー。

「アルフィーとジョージも出していい？」トビーが訊いた。

「もちろん」アレクセイが答えた。

どうやら俳優デビューをするらしい。

「出かけてもいい？」ランチのあとジョージに訊かれた。子どもたちは劇のリハーサルをするためにリビングへ向かっている。ぼくとジョージも出演するが、どうやら実際の出番はほとんどないようだから、リハーサルに参加しなくても問題はなさそうだ。でも外は雨が降りつづいていて、悲惨な状態に変わりはない。

「どうかな、まだかなり降ってる」ぼくは晴れ好きの猫だ。

「でも、シャネルを探しに生垣まで行くだけならいいでしょ？」ジョージが食い下がった。

「わかったよ。でも、ぼくも行く。こんな天気のときにひとりで行かせるのは気が進まない」ジョージがびしょ濡れになったら、引きずってでも連れて帰ればいい。もちろん実際に引きずりはしないけど。できれば家のなかでぬくぬくしていたいが、ひどい親にはなりたくない。

みんながいなくなってから、ジョージを追って外に出た。生垣まで走って潜りこみ、アンドレアの家を見た。シャネルは家のなかにいるはずだ。どう見ても晴れ好きの猫で、その点はぼくに似ていなくもない。

「会えればいいのに」ジョージが言った。

「そうだね。でも、こんなひどい天気だから出てくるかわからないぞ」気の毒になるほどしょげきっているジョージを見て、なんとか元気づけてやろうと思った。「こうしよう。いますぐ家のなかに戻ったら、かくれんぼをしてあげてもいい」

ジョージが勢いよく走りだしたので、ぼくもあとを追った。うまくいったらしい。

家に戻るとさっそく隠れるようにジョージに言われたので、二階へ行ったらまた騒ぎが起きていた。大人用バスルームの戸口でリーアムがうなだれている。床一面ガラスの破片だらけだ。

「なにをやってくれたんだ?」配管工が問いただした。「どうすればレンチで窓を割れるんだ?」

コリンがやってきた。苛立っている。

「リーアム、またおまえか」

「手が滑って」子どもみたいな情けない声だ。「そしたらレンチが窓にぶつかったんだ。でも、どうせガラスを交換するんでしょう?」

床がガラスの破片だらけでなかったら、リーアムに駆け寄って鋭くしっぽを振るかなにかしていたところだ。

「そうだが、それは夏の終わりの話だ。最後に外壁を塗る前にやる。はっきり言って、おまえはお荷物だ」コリンはずっと首を振っている。

「どうする？　今日じゅうに配管をすませなきゃいけないのに」配管工が言った。

「ヴァンにガラスが何枚かある。リーアム、取ってきて居残って直せ。でもまずは破片を片づけろ、子どもや猫が怪我でもしたら、ただじゃおかないぞ」

コリンを追って一階に戻ると、ポリーが狭いほうのリビングで布の見本帳を見ていた。

「ちょっといいですか？」コリンが声をかけた。

「ええ」ポリーが笑顔で答えた。

「実は言いにくいんですが、リーアムが手を滑らせてバスルームの窓を割りまして」

「なんですって？」

「ミャア！」たぶんわざとだと伝えようとしたのに、ふたりの耳には届かないらしい。

「あいつはたしかに疫病神ですが、ちゃんと直しますから二重ガラスをはめるまで問題はありません。幸いバスルームに窓はふたつある。ただしばらく片方しか開きません。本当に申し訳ない」気の毒になるほど落ちこんでいる。まさか部下のひとりが工事を邪魔しようとしているとは夢にも思っていないから、そのせいで本格的に悪影響を受けているんじゃないだろうか。

「コリン、リーアムのせいでなにかがだめになったり、遅れが出たり工事全体に問題が及んだりするのは、これで何度め？　どうしてクビにしないの？　ほかの人はきちんとやってるのに、トラブルばかり起こす人を雇っていても意味がないわ。工事を延期する余裕はないのよ。数週間後には学校が始まるし、それまでにやることは山ほどあるのはわかってるでしょう」穏やかに話している。ポリーはアンドレアみたいに意地悪じゃないし、怒鳴ることもないけれど、うんざりしているのが聞き取れる。

「ごもっともです。それにリーアムでなければクビにしています。実は、あなたに関係ないのはわかっていますが、リーアムは兄貴の息子でして、兄はずっと具合が悪くて働けないのでリーアムの稼ぎで暮らしてるんです。あいつの勤務時間を減らすならともかく、クビにだけはできないんです。あいつのことはわたしがすべて責任を持ちます。兄貴夫婦にこれ以上辛い思いをさせたくないんです」

「わかったわ。でも、あの子にこの家をめちゃくちゃにさせないでね」ポリーが悲しげに微笑み、コリンの腕に触れた。「お兄さんはお気の毒だけど、リーアムにはもっと楽な場所で働かせたほうがいいかもしれない」

「そうですね。ヘンリーやトビーが持ってるようなおもちゃの工具を使わせる手もある」

「それもそうね、貸してあげてもいいわよ」ポリーが笑っている。

「わかってくださって、ありがとうございます。本当に助かります」コリンの口元が悲しそうに下がった。ふいにリーアムが気の毒になってきた。好感は持てないが、たまに核心をつくジョージが言うように、物事はいつも見た目どおりとは限らないのだ。


その日のお茶の時間のあと、みんなで劇を披露した。監督はアレクセイで、薄っぺらい筋書きのナレーターも務めた。ビーチを訪れた王族の話だ。いくぶん不自然で筋がとおらないところもあったけれど、それを言うなら日々の暮らしだって似たようなものだ。

「あたしはお姫さまよ」がサマーの唯一のせりふらしく、何度もくり返した。

「ぼくは王子さまだよ」トビーが言い添えた。トミーが王さまで、ジョージとのパドルボード事件をパドルボード抜きで再現した。ヘンリーは王族に仕える宇宙飛行士だ。ずいぶんへんてこな話でクレアたちは拍手喝采だったけど、胸の奥に抱える気持ちを押し隠しているのがわかった。ぼくは王族の猫の役を楽しく演じ、アレクセイが王さまのマントみたいにタオルまで巻いてくれた。最後の場面になるころにはクレアたちも笑顔になっていたから嬉しかった。たとえぎこちない雰囲気は残っていても、ふたたび歓声があがったときはみんな以前より明るくなり、拍手するクレアたちも一時的にせよ仲良くなっていた。

俳優デビューを終えた日の夜、ぼくはギルバートを探した。むかし本能を信じる大切さを学んだから、毛並みになにかを感じたときは、その感覚を信じることにしている。

「よお、アルフィー」ギルバートのぶっきらぼうな挨拶は、会うたびに穏やかになっている。

「今日リーアムが窓を割ったのを見た？」世間話をしている暇はない。

「ああ、あいつを見張る格好の場所を見つけたんだ。あれはわざとだが、話はそれで終わりじゃない。あの一件の前リーアムをつけてたら電話が鳴って、本人は誰にも聞こえないところへ行ったつもりでいたが、もちろんおれには聞こえてた。とにかくリーアムはアンドレアの名前を口に出していた。どうやら怒鳴られたらしくて、かなりひるんでいた。それどころか怯えてる感じなのに、今夜の食事に誘ってた。まあ、いずれにしても、アンドレアは誘いに応じたようだな。リーアムはにやにやしていて、そのあと窓ガラスを割ったんだ」

「もしかしたらいま隣にいるかもしれない！」

「かもな」

「じゃあすぐ行こう」ぼくは裏口へ走った。

「ジョージは？」

「ぐっすり眠ってる。朝までトビーと一緒だし、どうせそんなに時間はかからないよ」

「わかった。行こう」

裏へまわったとたん、予感的中だとわかった。床まで届く両開きドアがあり、カーテンが完全に閉まっていないのでなかが見えた。こっそりのぞくと、座り心地のよさそうなソファにグラスを持ったアンドレアが腰かけていた。肘掛にシャネルが座り、向かいのソファに座るリーアムは見たことがないほどおしゃれな服を着ている。髪をきれいに整え、こざっぱりした姿はかなり魅力的だ。

ただ、ドアにさえぎられて話し声が聞こえず、アンドレアの唇がさかんに動いているのはわかるのにリーアムはぼうっとした顔で黙っている。

シャネルが異変に気づいたらしくこちらへ近づいてきたので、ぼくたちはあわてて見つからないところまで逃げた。シャネルは少しのあいだふんふんにおいを嗅いでから、歯をむきだして去っていった。

「アンドレアにはリーアムはちょっと若くないか？　猫のおれでもアンドレアのほうがかなり年上の気がする」帰る途中でギルバートが言った。

「そうだね」ぼくは専門家じゃないけど、アンドレアはぼくたちを困らせるためにリーアムを利用していて、リーアムはシャネルに夢中なジョージみたいにアンドレアに夢中らしい。「でもそれを言うなら、シャネルだってジョージとは年の差がありすぎるのに、ジョージは夢中になりすぎてぼくの話に耳を貸そうとしない」

「リーアムにも同じことが言えそうだな」

「うん。でももしぼくたちを追いだそうとしてるアンドレアがリーアムと手を組んでるなら、どうやって阻止すればいいんだろう」アンドレアがいろんな面でぼくたちの暮らしを左右している気がする。

「わからないが、リーアムにぴったりくっついていれば、あまりひどいことはさせないようにできる。窓を割ったときはまさかそんなことをするとは思ってなかったが、わかっていれば足をすくうかなにかできたはずだ」

「打つ手がないときは、できるだけぼくを呼びに来てよ。それも無理なら大声で鳴けば、きっとクレアたちが駆けつけてくれる」

「でも、そうなったらおれが見つかってしまう」まだ決心がつかないのだ。

「どうせいずれ顔を合わせることになるよ」

「ふん」その返事で、勝利は近いと実感した。少なくともギルバートに関しては。

またしても問題が増えつづけている気がして、本格的にエドガー・ロードが恋しくなった。タイガーや仲間に会いたい。誰にもアドバイスをもらえないのが残念だ。ギルバートがいても、いつもの仲間がいるときと同じとは言えない。なんだかいろんなことが手に負えなくなりそうで、のどかな田舎の別荘が脅威にさらされている気がしてならない。

最悪なのはクレアたちがいまだにそれに気づいていないことだ。別荘の維持を脅かすのはフランチェスカとトーマスだけだと思っている。アンドレアがこの家を欲しがっていることや娘たちが意地悪なのは知っているし、リーアムほど使えない作業員に会ったことはないと思っているだろうけど、進行中のたくらみがあるのを知らないばかりか、そのたくらみのせいで今回の旅行がめちゃくちゃに引っかきまわされているとは夢にも思っていない。

ここに来てからまだほんの数週間なのが嘘のようで、いろんな意味でここがわが家の気がする。クレアの希望をかなえたい。このすばらしい別荘が、これからもずっと家族のものであってほしい。ぼくがいなくなったあとも。みんなのためになんとしてもここを手に入れたいから、それを実現するためにぼくが大役を果たすしかなさそうだ。

# Chapter 17

フランチェスカが車から荷物をおろしているのに、ジョージが足元をうろうろして邪魔している。やめさせようとしたら、なぜかぼくまで一緒に足元をうろうろするはめになってしまった。

「ジョージ、アルフィー、転んでしまうわ」フランチェスカにたしなめられた。とりあえず太陽がふたたび顔を出し、フランチェスカとクレアの関係はまだ元どおりとは言えないものの、ふたりとも状況がはっきりするまで心配するのはやめると決めたのでいくらか緊張が解けた。

「ミャオ」なぜかジョージは得意げだ。

フランチェスカが最後の荷物をトランクから出して地面に置いた。「アレクセイたちを呼んで荷物を運ぶのを手伝ってもらうわ。ここで待っててね」

どうして待つ必要があるのかわからなかったが、言われたとおりにした。アレクセイとトミーが走ってきて荷物を抱え、また走って戻っていく。ぼくたちに目もくれない。

「ミャオ！」ぼくは声をかけた。

「ごめん、アルフィー。でも荷物を運んだらビーチに行ってもいいって言われたんだ」アレクセイはいてもたってもいられないらしい。

ぼくたちでもビーチにはかなわないのだ。

フランチェスカが戻ってきた。「さあ、ランチにしましょうか。おなか空いた？」

「ミャオ！」空いている。家のなかに戻ろうとしたとき、こちらへ来るアンドレアとシャネルが見えた。

「シャネルだ」ジョージは大喜びでぴょんぴょん跳ねている。アンドレアが立ち止まり、シャネルが今度も感じ悪くにらんできた。ジョージはあれを愛情表現だと思っている。

「あら、ポーランドの方ね」アンドレアがぞんざいに声をかけた。振り向いたフランチェスカの顔に戸惑いが、つづいて怒りが浮かんだ。

「名前があるわ、フランチェスカよ」声が少し震えている。

「そりゃあるでしょうけど、どうでもいいわ。それより会えてよかった、話があるの。みなさんに」

「みなさん？」

「あなたとほかのふたりよ。座ってゆっくり話したいの。はっきりさせないと」鮮やかなピンク色のワンピースにじゃらじゃらアクセサリーをつけ、ハイヒールを履いている。例によってきれいにセットされた髪は風を受けてもぴくりともせず、片腕で抱かれたシャネルが歯をむいている。ぼくはすぐさま警戒態勢に入った。ジョージはかわいくしてシャネルの気を引こうとしているが、露骨に無視されていた。

「はっきりさせる？」フランチェスカが誰か助けに来るのを期待するように家を見た。

「ええ。この家の問題をはっきりさせたいの」

「問題があるとは知らなかったわ。あなたはこの家を買いたいと言い、こちらは断った。これ以上話すことはないわ」フランチェスカの顔が赤い。デリケートな性格なのに、頑張ってもちこたえている。

「あるわ。ご主人たちが会いにいらしたときは、話し合う余地があるのは明らかだったもの。自分じゃ問題を解決できない女が夫に泣きつくのって、ほんとに不愉快」

「違うわ。あのときは子どもたちの話をしに行ったのよ。いずれにしても、あなたとこれ以上話す必要はないわ。この家を売るつもりはないし、これ以上もめるつもりもない。問題があれば夫ではなく、あなたに直接話す。現にクレアとポリーはジョナサンたちがあなたに会いに行ったことに腹を立てていたのよ。だからもう話すことはないわ」

「つまり、わたしに売るつもりはないと言いたいの？」アンドレアが目を細めた。

「ずっとそう言ってるでしょう。リフォームは順調に進んでるし、夏休みが終わるまで数週間しかないから、せいぜい楽しむつもりよ」

「そんなこと言ってられるのもいまのうちよ」くるりと踵《きびす》を返したアンドレアがハイヒールの音を響かせて歩き去ったあとも、最後の脅し文句がしばらくあたりに漂っていた。

フランチェスカは家のなかに戻ったが、ぼくは名残惜しそうにシャネルを見送るジョージとそのまま待っていた。玄関からアレクセイとトミーが飛びだしてきて、ぼくたちを撫でてくれた。

「ビーチに行くよ」とアレクセイ。

「一緒に来る?」トミーが訊いた。

「ミャオ」行ってもいいけど。

「大丈夫、ぼくたちがいるから心配ない」アレクセイが弟と目を見合わせ、トミーがジョージを、アレクセイがぼくを抱きあげて歩きだした。

砂丘におろされた。砂にはかなり慣れたので、ここに来たころより歩くのがうまくなった。夏休みが終わるころには砂に詳しくなりそうだ。腰をおろしてサンダルを蹴り脱ぐアレクセイたちの横で、ジョージが砂に沈み始めた。かわいいが、足で砂を押しているからわざとやっているのがわかる。

「ジョージ、だめだよ」トミーが抱きあげて砂を払ってやった。そしてつかのまみんなで穏やかな風に吹かれながら、日差しと砂丘に生える草のくすぐったさを満喫した。これからどうするか相談していたアレクセイたちが立ちあがろうとしたとき、サバンナとセラフイナが現れた。まずい。今日はもう母親と対決したのに、今度は娘だ。

「なにをしてるの？」姉妹が尋ねた。

「べつに。ぶらぶらしてるだけだよ。見ればわかるだろ」アレクセイが答えた。

「さぞ楽しいでしょうね。まあいいわ、これだけ言っておきたかったの。ほかの子に会えると思わないほうがいいわよ。みんなうちに来ることになってるから。ママの計画で、あなたたちはぜったい呼ばれないわ」

「呼ばれても行かないよ」トミーが言い返した。舌を突きだしたのはちょっと子どもっぽい気がするけど、考えてみればまだ子どもだ。ぼくが黙っているように合図したのに、伝わらなかったらしい。

「トミー、こんな子たちと話して時間を無駄にするな」アレクセイがジョージを抱きあげて撫でた。

「あなたたちには、ほんとにうんざりするわ」サバンナが蹴飛ばした砂がぼくとトミーにかかった。

「うわっ！」トミーが声をあげた。

「ミャッ！」ぼくも思わず声が出た。ザラザラする。サバンナたちが笑いながら去っていった。

「ほんとにいやな子たちだな」アレクセイが言った。

「うん、でも気にすることないよ」

そのあともビーチで楽しく過ごした。ジョージとぼくは日向ぼっこをしたりしてふたりと大いに楽しんだが、そんな時間はあっという間に過ぎ、塀のところに現れたフランチェスカにお茶の時間だと声をかけられた。

別荘に帰ると家のなかは静まり返っていた。

「みんなは？」アレクセイが訊いた。

「サマーたちの元気があり余ってるから、クレアとポリーが散歩に連れていったのよ」つまり、まだお互いを避けているのだ。

ジョージは毛づくろいと日陰を求めてサンドルームへ行き、ぼくはたっぷり水を飲んだ。ずっと日向にいたので喉が渇いてしまった。アレクセイはサバンナたちに会った話をフランチェスカにしたが、無視するように言われていた。言うほど簡単なことじゃない。コリンが現れ、フランチェスカにお茶を淹れてもらうあいだに今日の作業について説明した。

「いまのところ無事に進んでます」コリンが言った。「とはいえ、まだやることが山ほどあるから、このまま何事もないといいんですが」

「わたしたちがいるあいだに終わりそう？」フランチェスカは不安そうで、トーマスとどんな結論を出したのか気になる。

「だいたい終わるはずです。ご存知のように一階が終わるのはみなさんが帰ってからになりますがね。なにしろ新しいキッチンは壁をぶち抜くのでかなりの大仕事になりますが、そのあとは窓の取り付けと塗装だけなので、今度来るまでにはすべて終わってます」笑みを浮かべている。

「そう」フランチェスカは思案顔だ。

「まあ、完成した家にはご満足いただけると思いますよ。すでに終わった屋根裏と二階のリフォームで、この家は本当に見事になった。町じゅうがそのうわさでもちきりです」

「直接言ってもらえたらいいのにね。町のお店やビーチへ行くと、みんなわたしたちに話しかけるのを怖がってる感じだもの」

「ああ、原因はアンドレアかもしれません」コリンが言った。

「そうなの？　町の人たちにわたしたちの悪口を言ってるから？」

「わたしはあんなの全部でたらめだってわかってます。よかったら、夕方子どもたちを連れてパブにお茶を飲みに来ませんか？　六時ごろ。わたしも妻と行って、知り合いに紹介しますよ。町に友だちがいたほうがいい」

「そうしてくれる？　ありがとう。町の人と仲良くできたら嬉しいわ」

「本当は、みんながみんなアンドレアに好意を持ってるわけじゃないんです。みなさんもこっちに来てからしばらくたつことだし、そろそろ自分で確かめたほうがいい。ただ、ここは小さな町だから、なんと言うか、よそ者には普段より慎重になるんですよ。とにかくあとでパブに来てください、お子さんたちを連れて。そうすればわかります」

「ありがとう、コリン。きっといい機会になるし、子どもたちはパブにお茶を飲みに行くのが大好きなの」嬉しそうなフランチェスカを見て、賢明な判断だと思った。別荘を出て知らない人に会うことが、まさにみんなに必要なことかもしれない。子どもたちのように、大人もそろそろ友だちをつくったほうがいい気がする。

「どうすればみんなとうまくいくか、おわかりですか？」仕事に戻ろうとしたコリンが足を止め、フランチェスカを見た。

「どうすればいいの？」

「リフォームがほぼ終わったら、町の人間を何人か家に招待するんです。みんな興味津々ですから、打ち解けて探りを入れさせるもってこいの方法になると思います」

「いいわね！　お茶とケーキを用意して、誰でも参加できるパーティをしてもいい。コリン、まさに名案だわ。わたしたちがどれほど〈海風荘〉とリンストーに愛着を抱いているか伝われば、もっと歓迎してもらえるわね」

「そういうことです」コリンが仕事に戻った。ぼくは改めてコリンの脚に体をこすりつけた。間違いなくいい人間だと断言できる。

子どもたちは外食できると知って大喜びだが、ジョージとぼくにはお声がかからず、アレクセイたちもぼくたちをこっそり連れていってはだめだときつく注意された。べつにかまわない。家でゆっくり過ごすのも悪くない。たとえジョージに別の考えがあろうと。

「シャネルを待ちに行ってもいい？」ジョージが言った。はっきり言ってこの子は、ちらりとでもシャネルの姿が見えないかと期待しながら生垣に潜っているか、隣の裏口横の植え込みに隠れているばかりで、たいていはシャネルを見もしないうちに眠りこけている。要するにどちらの作戦もあまりうまくいっていない。出かけるのは気が進まないし、ジョージももう子どもじゃないから付き添う必要はないだろう。

「暗くなる前に戻ると約束するなら行ってもいいよ。でないと探しに行くぞ」ぼくは釘を刺した。

「わかった」ジョージがひげを立て、顔をこすりつけて感謝を伝えてから出かけていった。ぼくは広いほうのリビングにあるソファの寝心地のいい場所に寝そべった。ぬくぬくと気持ちがよくて、いつのまにか眠ってしまった。

しっぽでくすぐられて目を覚ますと、目の前にジョージがいた。

「いい子だ。ちゃんと暗くなる前に帰ってきたんだね」窓に目をやると、空が暗くなりかけていた。

「うん、それにだめだったんだ。シャネルは見かけなかったけど、アンドレアは見たよ。

行ったり来たりしながら電話の相手を怒鳴りつけてた」

「誰と話してたかわかる？　リーアムだった？」

「わかんない。でも一刻を争う状況だって話してて、怯えてた」

「あの人が怯えるようには見えないけどな」つい思いが口に出た。

「人間はいろんな理由でいろんな振る舞いをするって、パパが教えてくれたじゃない」利口な息子が言った。

ジョージにはいろいろ教えてきた。初恋の相手のスノーボールがエドガー・ロードの隣に越してきたとき、スノーボールだけでなく家族全員の態度がちょっと失礼で、ぼくたちに話しかけようともしなかった。たまに話してもぼくたちと関わりたくないのは一目瞭然で、いかにもなにか隠していそうだった。その後、辛い経験をしたせいで友だちをつくるのを怖がっていたとわかったが、ひょっとしたらアンドレアも同じかもしれない。意地悪なのは怯えているからかもしれない。ぼくは性急に判断しがちなところがある。これからはもっとジョージの話に耳を傾けよう。もしアンドレアがあんなことをするのが怯えているせいなら、ひどい人間とは言いきれず、いい面を引きだせるかもしれない。ただ、その方法がわからない。今回は、スノーボールのときみたいにシャネルを介してやるのは無理だ。シャネルは怯えてなんかいない。とことん無礼なだけだ。

どうすればいいかジョージと考えていると、玄関が開いて子どもたちが元気に飛びこんできて平穏が破られた。少なくともぼくの平穏は。ジョージは階段を駆けおり、みんなに向かって嬉しそうにミャーミャー鳴いている。

「まだ疲れてないもん」サマーが言い張った。疲れている証拠だ。

「あたしも」マーサが口をそろえた。自分のほうが年上なのに、サマーにリーダーシップを取らせることが多い。マーサは割合のんびりした性格なのに対し、サマーはぼくが知るかぎり誰よりも威張り散らす。

「寝るのよ、ふたりとも」クレアが現れた。「トビーとヘンリーも。上に行きなさい、怒られないうちに」話しながら笑いをこらえているのは、怒っていない証拠だ。

年下の子たちが寝室へ追い立てられ、アレクセイとトミーは狭いほうのリビングでしばらくテレビを見るのを許された。

フランチェスカがワインとグラスを三つ持ってきた。どさりと隣に座り、ぼんやりぼくを撫でている。なんだか嬉しそうで、パブでどんな成果をあげたのか聞くのが楽しみだ。

間もなくクレアとポリーもやってきた。

「ずいぶん早かったわね」フランチェスカが笑顔で声をかけた。

「ええ、お風呂に入れるのが億劫《おっくう》だったから、そのままパジャマに着替えさせて寝かせてきたの」ポリーも笑顔だ。「みんな抵抗する元気もないほど疲れてたから、あっという間に寝てしまったわ」

「子どもたちの前で飲むわけにいかないものね」クレアが笑いながら、ワインをたっぷり注いだグラスをフランチェスカから受け取った。

「ねえ、うちのお店のせいで計画を台無しにしてごめんなさい。トーマスはいまもなんとかしようと頑張ってるし、わたしもこの家を手放したくない。でもふたりにはきちんと謝りたいの、すべてだめにならなければいいと願ってる」フランチェスカがふいに涙ぐんだ。

「ここを手放さずにすむように、わたしたちもできるかぎりのことをしてるってわかってほしいの」

「フランチェスカ、わたしこそごめんなさい」クレアが言った。「あなたはなにも悪くないわ、トーマスも。わたしは〈海風荘〉への愛着が強すぎて、失うんじゃないかと気が気じゃなかったの。でも今夜のことがあって、いまはなんとかなりそうな気がしてきたわ。きっと手放さずにすむわよ」クレアがフランチェスカを抱きしめた。「よそよそしい態度を取ってごめんなさい。つい感情的になってしまったの。でもあなたとの友情がいちばん大事だわ」

「わたしもよ」フランチェスカの目が涙できらめいている。

「それに、さっきはすごく楽しかった。地元の人と知り合いになるなんて、フランチェスカ、あなた天才よ」ポリーが明るい話題に舵《かじ》を切った。安堵がこみあげた。どうやら三人ともひとまず峠を越えたらしい。

「コリンのアイデアだったの」フランチェスカが笑みを浮かべた。「地元の人はいい人ばかりだと言ってたわ」

「たしかにそうだったし、リフォームがほぼ終わったらパーティをやるのもいい考えよ。みんな見に来たくてうずうずしてる感じだった」

「それもコリンのアイデアよ。でももっともだわ。アンドレアのことを考えると、地元の人を味方につけるのは得策かもしれない」

「コリンって親切な人ね」クレアが言った。「状況はよくなってる気がするわ。ここにはしょっちゅう来るつもりだと言ったらみんな安心したみたいだったし、ポリーが地元で管理人みたいな人を探すつもりだと言ったときは、あそこにいた全員が名乗りをあげそうな勢いだったもの」

「たしかに管理人がいるわね。そうすればこっちへ来るときベッドを整えておいてもらえるし、いないあいだも誰かが毎週掃除をしてくれていると思えると安心だわ」フランチェスカがつけ加えた。

「理にかなってるわ。もしかしたら、コリンの義理のお姉さんがやりたがるかもしれない」ポリーが言った。

「リーアムのお母さん？」クレアはちょっとぞっとするらしい。

「息子ほど役立たずじゃないかもしれないし、臨時収入を得ようと必死だってコリンに聞いたから、あなたたちに話してみると言っておいたの」ポリーはコリンといろんな話をしたらしい。

「それならその人に会ってみましょうよ、コリンが人柄を保証してくれるなら」クレアは上機嫌だ。ワインのせいのような気がしてならない。

「それと、リーアムをここでひとりにしないと約束するならね」ポリーが笑った。

「それにしても、地元の女の人たちに会えてよかったわね」クレアが言った。「アンバーには会ったことがあるけど、ほかの人……みんな明らかにアンドレアを怖がってるのに、いい人ばかりで、わたしたちと親しくするのは大歓迎って感じだったわ」

「あの人の前でも同じかはわからないわよ」フランチェスカが言った。「ねえ、仲直りできてよかったけれど、やっぱり謝らせて。営業をつづけるために出資を撤回しなきゃいけなくなるかもしれないと思うと、怖くてたまらなかったの。そんなの耐えられない」

「フランチェスカ、もういいわ。そのことはしばらく忘れましょう。わたしだってあなたにちょっと不機嫌な態度を取ったこと、すごく反省してるんだから」クレアが言った。

「すっかり夢中になって、この家を手に入れるためにぎりぎりまでお金を捻出したのはみんな同じだもの。だからもう気にしないで」

「ここはもうわたしたちの家になってるわ」ポリーが言った。「一カ月過ごすあいだに、みんなにとってわが家みたいな存在になってる。だから力を合わせればきっと解決できるわよ、レストランのことも、アンドレアのことも、すべて。必ずできる」

「乾杯しましょう」クレアがグラスを掲げた。「〈海風荘〉とリンストーと、これからここで過ごすたくさんの楽しい日々に」

# Chapter 18

「そうか、こういうことだったんだね」ジョージが興奮した口ぶりで言った。頭を突っこんだ空き箱を押してキッチンを動きまわり、サマーとトビーを大喜びさせている最中だ。

「なにが?」ぼくはみんなに聞こえないように尋ねた。

「旅行、〈海風荘〉、みんなすごく楽しんでる」

「子どもなのによくわかったね」やっぱりぼくの教育は間違っていなかった。

今日は食べ物と飲み物を用意して町の住民の半分を――少なくともぼくにはそんな気がする――〈海風荘〉に招待した日だ。エドガー・ロードに戻るまでまだ数週間ある。クレアたちがパブへ行ったあと、人数が倍になった作業員はことさら仕事に精を出し、ジョナサンたちも休みを取って木曜日の夜に到着した。別荘は活気にあふれ、クレアたちはアンドレアのことばかり心配するのはやめて町に溶けこむべきだと決めた。ぼくとしたことが、なんでもっと早く思いつかなかったんだろう。

ジョージがテーブルの脚にぶつかり、トビーを笑わせた。

「ジョージ、箱から出なさい。アルフィー、今日は踏まれないように気をつけるのよ」食べ物を山のようにつくっているフランチェスカがたしなめた。

「そうよ、アルフィー」クレアまで。なんでいつもジョージでなくぼくが叱られるんだろう？「用意ができるように、午前中はジョナサンたちが子どもたちを外に連れだしてくれることになってるの。アルフィーもジョージを連れだしてくれる？」

「生垣に行ってもいい？」鼻でつついて箱から出そうとしたぼくにジョージがささやいた。

「いいよ」そもそも踏まれずに時間をつぶすもっとましな方法を思いつかない。不機嫌になるのはやめよう、みんなにとって今日がどれほど大事かよくわかっている。

男性陣はかなりいいニュースを持ってきた。ジョナサンが法律に詳しい友人をトーマスに紹介し、その人が保険会社に脅しをかけてくれたのだ。多少もめたり話が前進と後退をくり返したりしたようだが、最終的に保険会社は今回の事故でトーマスがこうむった損失をすべて補償することに同意した。トーマスは店長と銀行へ行き、経費をカバーする一時貸付とやらを受けたので、〈海風荘〉用の資金は守られた。お祝いムードが戻り、アンドレアとリーアムの件がなければぼくも嬉しくて小躍りしていただろう。

ジョナサンとマットとトーマスは別荘の変貌ぶりに目を見張り、大喜びしていた。二階はリフォームが終わり、広い寝室三つと広げて一新したバスルーム、シャワールームつきの主寝室がある。まだ届いていない家具がいくつかあるものの、みんな気にしていない。少しずつここはわが家になっていて、しかもそれぞれの家族を思い描けるわが家だ。子ども部屋は見事な出来栄えで、完成したほかの寝室も同じだ。クレアとジョナサンの部屋はふたりが好きな青に塗られ、カーテンや小物も色を合わせてある。ポリーとマットの部屋はモダンな感じだが、フランチェスカとトーマスの部屋は正反対で海辺の雰囲気になった。この土地ストライプの壁紙に流木や貝殻のある部屋は、たしかに浜辺の小屋を思わせる。この土地に馴染《なじ》んでいる感じで、ぼくはいちばん好きだ。でもどの部屋も大好きな家族の一面をよく表しているのが嬉しい。それはここをもうひとつのわが家にしようとしている証拠で、すでにそうなっている気がする。

それにギルバートもよくやってくれている。リーアムの監視はつづけてくれているが、リーアムにはもう新たな妨害をするチャンスがない。ギルバートによると、リーアムはアンドレアと思われる相手に電話で、ひとりになる時間が短くてなにもできないと話していたらしい。ぼくたちの計画がうまくいったのだ、まあ一応は。それにギルバートは日に日に家族に会ってもいい気になっているから、そのときが来るのも時間の問題だと思う。

ぼくはジョージと外に出た。やさしく毛をかすめるさわやかな海風のおかげで暑くはない。やっとこの家の名前の意味がわかった。生垣をくぐり抜け、地面が柔らかくて葉が日差しをさえぎってくれるお気に入りの場所へ行った。ジョージは見つからない限界までシャネルの庭に近づいている。例によって特に見るものはないのに、あんまり期待に満ちた顔をしているので、長期戦を覚悟した。少なくとも雨は降っていないし、猫の時間の過ごし方としては悪いほうじゃない。

ついうとうとしかけたとき、ジョージがぱっと立ちあがって興奮の面持ちで伸びをした。

「来たよ、パパ。シャネルが来た」それだけ言うと、ぼくがまだ両目をしっかり開けないうちに芝生を駆け抜け、にらみつけるシャネルのところへ向かった。ぼくも行ったほうがよさそうだ。

「やあ！」ジョージが勢いこんで挨拶した。珍しくアンドレアの姿はなく、シャネルだけだ。

「わたしの生垣に潜ってなにしてるの？」シャネルが怒りもあらわにしっぽを振り、緑色の瞳でにらんできた。たしかに見た目は洗練されているが、こんなに意地が悪そうな目は見たことがない。サーモンにも負けていない。

「厳密にはぼくたちの生垣でもある」ぼくは言った。怖じ気づくつもりはない。少なくともシャネルがじりじり近寄ってきても、ちょっとしか怖じ気づかなかった。

「どうせいまだけよ」シャネルが背中を丸めた。

「相変わらずきれいだね」ジョージが思いを口にした。余計なことを言わないようつついてみたが無駄だった。

「消えて」シャネルがシャーッと言った。

「帰るけど、その前にきみの飼い主がぼくたちの家をここまで欲しがってる理由を教えてくれないか」

「なんで教えなきゃいけないの？」

「ねえ、シャネル」ぼくは戦う覚悟を決めた。暴力ではなにも解決しないし、暴力は嫌いで狩りも満足にできないくらいだから、なにもするつもりはないけれど。それをシャネルに教える必要はない。「知りたいだけなんだ。リーアムのことはもう知ってるし、アンドレアが行き詰まっていて、いますぐどうにかしなきゃいけない状況なのもわかってる。だから具体的になにが起きてるのか知りたいんだ」ついでに歯をむきだしてやった。

「すっごくきれいだ」ジョージは首を傾げている。

「なんでそこまで知ってるの？」シャネルには予想外だったらしい。

「理由はどうでもいい。きみたちのことはお見通しだ。だから事情を話すか話さないかはきみの自由だけど、いずれ突き止める」

「それにそんなにきれいな毛並み、見たことないよ」ジョージがつづけた。ぼくもシャネルもジョージを見た。

「あなたには関係ないでしょ。これはわたしの家族の問題よ。たしかにあなたたちの家が必要で、それには立派な理由があるけど、わたしの口からは話せない。他人の問題に鼻を突っこまないほうが身のためよ。ついでに、そのうっとうしい子を連れて帰って」くるりと背を向け、走り去った。

「行くよ、ジョージ。帰ったほうがよさそうだ」

「シャネルはぜったいぼくを好きだと思うな」まだ言っている。「しかも最初に会ったときより好きになってる！」

もうどうしようもない。

前庭はすっかり一変していた。ダイニングテーブルを外に運ぶときは、ジョナサンとマットとトーマスがどうやって玄関から出すかでああだこうだともめていた。でも芝生に置かれたテーブルは、いま食べ物でいっぱいだ。ほかのテーブルはコリンがありったけの椅子と一緒に運びだし、それにコリンが持ってきた椅子もいくつか加わって芝生のあちこちに置かれ、ピクニック用のブランケットも何カ所かに敷いてある。子どもたちは外で遊び、〈海風荘〉のパーティとやらが始まった。

コリンとやさしそうな奥さんはもう来ていて、お茶を飲みながらおしゃべりに花を咲かせている。

「旅行に猫を連れてくるなんて、おもしろいわね」猫好きで感じのいいコリンの奥さんが言った。

「家族みたいなものだから、置いてこれなかったの。それに二匹ともすごくいい子だから、逃げたりトラブルを起こしたりすることもないのよ」クレアがかがんでぼくを撫でた。真実とは言いきれないが、喉を鳴らしておいた。

「それはすてきね。ああ、シェリーが来たわ」またお客さんだ。「お留守のあいだ任せるにはもってこいの人よ」

「ええ、お会いするのを楽しみにしてたの」クレアが応え、ジョナサンと笑顔で挨拶した。

猫がすべてを把握するのはなかなかたいへんだった。庭は芝生が見えないほど人間であふれている。コリンの家族のほかにも初めて見る人が大勢いて、年齢もさまざまだ。アンドレアの態度を謝りに来たアンバーは、ぼくたちに会わずにいたことをまた謝った。どうやらお母さんの看病をしていたようだが、元気になったので一緒にランチをすることになった。もうアンドレアになにを言われようがかまわないと話していた。ジェスたちとその親も来て、アンドレアの言いなりになるのをやめたいまはいい人ばかりだった。

「アンドレアにも来るように声をかけたほうがいいと思います?」マットが尋ねた。

「やめたほうがいいわ」隣にいる女の人が答えた。「わたしたちがここにいるのはわかってるはずだもの。きっといまも家のなかから見てるわ」全員の視線が隣の家に向いたが、人の気配はない。

「それに玄関に招待状をはさんでおいたわ」ポリーが言った。「フランチェスカにあんなことを言った人を招待する義理はないけど、ご近所づき合いは大切にしたいから」

「実はね、最初からちょっと半信半疑だったの、これだけお金をかけてリフォームするのにほとんど使わないなんて」ケイトという別の住人が言った。

「それこそアンドレアがわたしたちに吹きこもうとしてた嘘だったのよ」アンバーが説明した。

「心配しないで、うんざりするほどわたしたちを見かけることになるから」ポリーが笑った。

「勝手に決めつけないでくれ。ぼくにうんざりする人なんかいるはずがない」マットが冗談を返し、みんなを笑顔にした。

「そういえば、リフォームが終わったら庭師を探したいの」ポリーがすかさず話題を変えた。「庭の端にぐるりと植物を植える計画で、そのあとテーブルや椅子をそろえようと思って」

「あら、探す必要はないわ」ケイトが若い女性に声をかけた。「クリシー、ちょっと来て」クリシーがやってきた。「妹なの。造園の仕事をしていて、この町に住んでるのよ」ポリーはクリシーに庭を案内し、希望を伝えた。

うちの庭で一気に町が活気づいたようで、パーティが進むにつれて満ち足りた気持ちになった。みんな食べたり飲んだりしながら談笑している。ジョナサンは地元のサッカーチームのメンバーに出会ってサッカー話に花を咲かせているし、アレクセイとトミーのパドルボードのインストラクターもひょっこり現れた。リーアムの両親にも会った。母親のシエリーはすごく感じのいい人で、留守中の管理人になることにかなり乗り気のようだったし、杖《つえ》をついている父親も同じだった。コリンに付き添われて家のなかを見た父親は、気まずそうにしている息子の横で見事なリフォームだとしきりに褒めていた。誰もが褒め言葉を口にした。

子どもたちは仲良く遊んでいる。ベンとジェスとミリーだけでなく、初めて見る子も何人かいる。年下の子はサマーとマーサと遊び、まだベビーカーの子もふたりいた。サマーは赤ちゃんのひとりに夢中で、マーサはミリーを追いかけまわして髪を三つ編みにしてとねだっている。

男性陣は軽口を飛ばしては笑い声をあげ、ジョナサンは一時コリンからボートを買いそうになったが、幸いクレアに止められた。

「買うのは来年の夏かな」ジョナサンが言った。ぜったいやめてほしい。トラブルのもとになるだけだ。

家族全員がふたたび華やぎだしている。ポリーとクレアとフランチェスカが感じていた張り詰めた雰囲気が日差しを浴びて解けていくようで、その場にいるみんなが親しくなるにつれて、ようやくリンストーの一員になった気がした。まるでそうなる運命だったように。

くたくたに疲れたけれど楽しい午後で、ギルバートが見つからなかったことだけが残念だった。今度こそみんながそろっているときに紹介したいと思っていたのに。今夜はぜったい家族に会うように言おう。そろそろ強く言ったほうがいい。ぼくたちがロンドンに帰ったあとここにいても、シェリーならきちんと食べ物を用意してくれるだろうし、そうなればまぎれもなく家族の一員になる。ギルバートが何を望んでいるかぼくとジョージにわかるんだから、家族もきっとわかってくれるはずだ。あとはどうやってギルバートを説得するかだ。

それにパーティではリーアムから目を離せなかった。ギルバートは隠れているだけだったのかもしれないが、気配がなかったのでいなかった気がする。ただリーアムはおとなしくしていたし、仲間の作業員だけでなく家族もいたのでひとりになれなかった。一度だけこっそり席をはずしたのであとをつけたけれど、一階のトイレに行っただけだった。それでもぼくは外で待ちかまえていた。おまえのことなんかお見通しだと伝わっても痛くもかゆくもないし、ぼくを見てちょっとびくついていたから、こっちの気持ちは伝わったと思う。

夏休みが終わって〈海風荘〉を去るまでにやることは山ほどある。ギルバートが無事に暮らせるようにして、アンドレアにこの家を奪うのをあきらめさせ、リーアムが隙をついてここを壊さないようにしないといけない。考えると気が遠くなるが、必ずやり遂げてみせる。

「パパ、ぼく、なかに戻るね」玄関先に座って楽しそうなみんなをながめているぼくのところに、ジョージがやってきた。

「どうかしたのか?」不安になった。くたくたに疲れた顔をしている。

「ちょっと暑いのもあるけど、おすまししてるのに疲れちゃった」

「だろうね」ぼくは顔をほころばせ、ジョージを休ませに家のなかに連れていった。

# Chapter 19

翌日は、片づけ作業で大半が終わってしまった。なにしろ昨日はパーティのお客さん数人が夜まで留まり、子どもたちは服のまま寝たも同然で、大人は浴びるほどお酒を楽しみ、ぼくとジョージはみんなの世話をするために頑張って起きていたのだ。ジョージはぼくがベッドへ連れていこうとしてもトビーが寝るまでいやだと言い張ったので、疲れ果てている。まあ、それを言うなら全員ぐったりだ。

今回の計画のマイナス面は、大人は起きたときちょっと二日酔いで、寝不足の子どもたちは機嫌が悪く、家が散らかり放題になったことだ。でも猫が心配することじゃないので、ぼくは肉球をきれいにしてからジョージにもしっかり毛づくろいをさせ、のんびりくつろいだ。

ゆうべ、ようやくみんなが寝たあとギルバートが現れ、一緒に残り物を堪能した。おそらくイワシの効果でなんとかギルバートから約束を取りつけ、今日の日没前、ついにみんなに会わせることになった。ジョナサンたちは月曜日にロンドンに帰って次の週末まで来ないから、ギルバートには今夜会ってもらう必要がある。いまはみんな上機嫌だからなおさらだ。大人にはたくさん友だちができ、子どもたちにはそれを上回る友だちができた。現にクレアたちは今週アンバーたちとランチの約束をしている。ずいぶん仲良くなったらしい。アンドレアの気配がないのはどんなときでも歓迎だけど、ジョージがシャネルに恋い焦がれているのは歓迎できない。

「いやあ、つくづく確信したよ」ようやく片づけが終わったところでジョナサンが言った。

「なにを確信したの？」クレアが訊いた。

「この家、この町、週末や長い休みを、少なくともその大半をここで過ごすことがどれだけいいか。やっとわかった」

「ぼくもだ」トーマスが言った。「最初はいい考えなのか確信が持てなかった。おまけにレストランの問題まで起きて。でも子どもたちはロンドンでは経験できないすばらしい時間を過ごしている。アレクセイはパドルボードがずいぶんうまくなったしね」以前の笑顔が戻っていて嬉しい。「できるだけここで過ごしたいと思ってる」

「ええ、トミーは初めてスポーツで負けて不機嫌になってるわ」フランチェスカが笑った。

「それに、もうこの家の価値があがってるもの。ここにかかるお金をこれから過ごす休暇にかかるお金だと考えれば、じゅうぶんやる価値があるわ」

「じゅうぶんどころじゃないわ」ポリーがほっと息をついた。「ここにいるとすごく心が休まるの。みんな働き詰めでいくらかストレスを感じることもあったけど、朝起きて窓から海を見ると気持ちが穏やかになるわ」

「つまり、ぼくたち全員〈海風荘〉に心を奪われたってことだな」マットが笑い声をあげた。

「ミャオ」そう、ぼくたち全員。

みんなで芝生に広げた大きなピクニック用のブランケットに座っていた。正確に言うとぼくは座っているけどジョナサンは横になっていて、その隣にクレアが座り、向かいにいるマットは子どもたちにクリケットの指導をしている。アレクセイとトミーは新しい友だちとビーチへ行った。ポリーは大きなクッションにもたれ、フランチェスカはトーマスによりかかっている。ジョージはクリケットの試合に参戦しようとしているが、加勢するどころかボールにあたってばかりいるので逆効果だ。遊びだと思っているらしい。幸いボールは柔らかい。とりあえず気絶する心配はないが、あのボールがシャネルに関する分別をジョージの頭に叩きこんでくれると期待するのは虫がよすぎるというものだろう。

噂をすれば影だ。門が開いてアンドレアが入ってきた。あつらえたように体形にフィットしたターコイズブルーのワンピースとハイヒールであでやかに装い、金髪をきらめかせて不機嫌丸出しのシャネルを抱いている。ジョージがぴたりと動きを止めてぽかんと口を開けた。そのせいでまたボールがぶつかったのは言うまでもない。シャネルに見られてちょっと恥ずかしそうだが、どうにかブランケットに寝そべるぼくのところまでやってきた。ぼくたちはアンドレアとシャネルを待ちかまえた。

「こんにちは」ジョナサンが愛想よく挨拶した。クレアは懸命にしかめ面になるのをこらえている。

「こんにちは、お邪魔してごめんなさい」アンドレアが感じよく応えた。少なくともいつもより感じがいい。クレアたちも目くばせし合っているから、意外に思っているのだろう。

「かまいませんよ。どうぞおかけくださいと言いたいところですが、あいにく椅子がない」マットが笑った。夫たちがどことなくほれぼれした顔でアンドレアを見ているのがポリーは気に入らないらしい。シャネルを見るときのジョージにちょっと似ている。どうか三人がアンドレアに心を奪われていませんように。

「ええ、できればブランケットに座りたいけれど、この服では……」ジョナサンが赤面している。ぼくはむっとしてしっぽをひと振りした。「いずれにしてもお時間は取らせないわ。謝りたかっただけなの、昨日こちらの……集まりに来られなかったことを。わたしはばたばたしていたし娘たちもあまり機嫌がよくなかったからお邪魔しないほうがいいと思ったのよ。埋め合わせに今度の週末うちにいらっしゃらない？　土曜日に。盛大にピクニックランチをするつもりなの。お友だちも何人か来るから、きっと楽しいわ」ぼくたちと過ごしたがっているみたいに聞こえる。信じていいんだろうか。いいのかな？

「それは楽しみだ」トーマスが言った。そのあとすぐ、ふさわしくない言葉を口にしたことに気づいたようにうつむいている。

「わたしがこの家を買い取ろうとしていたことはご存知のとおりだけど、みなさんがここを見事な別荘にしたのは明らかだから、そろそろご近所づき合いをしようと思うの」

「伺ってもかまわないけど、もしお嬢さんたちがうちの子にひどいことをしたら――」ポリーが釘を刺そうとした。

「誓ってそんなことはさせないわ。ハンサムなだけでなく話のわかるご主人たちにはもう説明したけれど、娘たちはちょっとやきもちをやいていたのよ。ともあれ、もう蒸し返すのはやめましょう」アンドレアがにっこり微笑んだ。やっぱり本心じゃない。間違いない。爪の先で感じる。

「そうね、やめましょう」クレアが歯を食いしばって応えた。

「では、みなさんで土曜日にいらして。一時でいかが？」いい返事を待っている。みんなアンドレアが本気で埋め合わせをしたがっていると思っているんだろうか。ジョナサンたちは思っているが、クレアたちは違う。もっと正確に言えば、ジョナサンたちは本気であってほしいんだろう。

「もちろん大丈夫です、楽しみにしていますよ」ジョナサンが答えた。クレアたちは満面の笑みだが、『あら、わたしたちはぜんぜん楽しみじゃないわ』と顔に書いてある。

ジョージが門までアンドレアを見送ってシャネルにかわいい顔をしてみせたのに、シャネルは頑として無視していた。鼻先でぴしゃりと門を閉められたジョージがしょんぼりして寝そべっている。

ぼくはジョージを鼻でつついた。

「なんであの人はシャネルを連れてっちゃったの？」前足に顔を乗せて悲しそうにしている。「シャネルはぼくと一緒にいたがってたのに、いつもあの人が邪魔するんだ」

「そうだね」ほかにどう言えばいいのかわからない。ぼくはクレアたちがアンドレアに見せたのと同じ笑みを浮かべてみせた。

ギルバートは裏口で落ち着きなく毛づくろいしていた。みんなはキッチンにいて、子どもたちはダイニングテーブルを囲み、大人はあちこちでいろんなことをしている。

「まだ決心がつかない」ギルバートが言った。

「ぼくはついてる。いまが絶好のタイミングだよ。さあ、勇気を出して」アレクセイたちがしょっちゅう言っているせりふだ。ジョージはぼくに言われたとおり、キッチンとサンドルームのあいだの戸口で待っていた。ぼくは深呼吸し、ギルバートが隣にいるのを確認してから戸口を抜けた。そしてジョージと三匹で横に並び、大きく息を吸った。

「ミャオ！」精一杯大声を出した。みんなが手を止め、こちらを見た。

「あら、だあれ？」フランチェスカが駆け寄ってギルバートを抱きあげた。ギルバートは少し驚いたようでもがいていたが、しばらくするとおとなしく頭を撫でられていた。よかった。みんなも集まってくる。

「ママ、豹みたいだね」トミーが言った。ギルバートはみんなにちやほやされるのが意外らしく、こんな扱いに慣れていないのがちょっと気の毒になった。どんな猫もこういう扱いを受けるべきだ。

「アルフィー、友だちなのか？」ジョナサンが訊いた。「おまえには猫の友だちがたくさんいるんだな」

「猫は孤独が好きなんだと思ってたが、アルフィーは違う。いつもほかの猫を引き連れてる」マットが言った。

「ミャオ」ぼくはそのとおりだと答えた。ギルバートは友だちだ。

「ご近所の猫かしら」クレアが言った。「首輪をしてないわ」

「アンドレアの猫じゃないことはたしかね」とポリー。

ギルバートの素性とここにいる理由を説明するのが容易じゃないのは百も承知だが、やるしかない。

「ミャオ」ぼくはサンドルームへ走った。そしてぐるぐる駆けまわって説明を試みた。

「この子はサンドルームに住んでるの？」フランチェスカが尋ねた。そのとおり！

「初めてこの家に来たとき、そこに猫の毛が落ちていて不思議に思ったのよ」クレアが言った。「ちょっと猫のにおいもする気がしたけど、一度も姿を見かけなかったわ」首筋を撫でられてギルバートが喉を鳴らしている。

「つまり、この猫はこの家に住んでるって言うのか？」マットが訊いた。

「ミャオ」やっぱり簡単にはいきそうにない。

「でもこの家は何年も空き家だったんだから、この子はずっとひとりで暮らしてたのね」

ポリーが言った。

みんなでギルバートについて話し始めた。どこに住んでいる可能性があるか、可能性のない場所はどこか。ギルバートがサンドルームへ戻ろうとしたので、ぼくはあわてて追いかけた。

「思ったとおりだ」ギルバートが悲しそうだ。「おれの持ち主を知りたがってる。猫の持ち主は猫だってことを、人間はわかってない。やっぱり来るんじゃなかった」

「そんなことないよ」ぼくは断言した。「みんな話し合いはするだろうけど、夜にはここがきみの家になってるし、みんなもそうだと気づくよ。ぼくたちで気づかせるんだ。ぼくを信じて。リーアムやいろんなことできみにはすごく力になってもらったから、みんなもきっときみの居場所はここで、〈海風荘〉で暮らすべきだってわかってくれるよ」わからないことはいろいろあるが、これだけはわかる。

しばらく説得をつづけた結果、戻るように口説き落とせた。

「たしかに首輪をしてないし、姿も見かけなかった。たぶんいつもぼくたちが寝たあと来てたんだろう」ジョナサンが口を開いた。「だからぼくが思うに、この子はひとりでこの家にいることに馴染んでるんだ。ここは田舎だから、キャットフードなしで暮らしてる猫もたくさんいる」

ぼくはジョナサンの膝に飛び乗り、顔をこすりつけてそのとおりだと伝えた。

「それはそうだけど、かわいがってくれる家族がいないと思うと、いたたまれないわ」クレアが言った。

「でもクレア。うちのごみばこを思いだして。あの子は裏庭暮らしが気に入ってるわ。家のなかに入れようとしても、きっといやがると思う」フランチェスカが指摘した。

「やっぱり、この子はここに住んでる可能性が高いのね」クレアはまだ半信半疑だ。

「ミャオ、ミャオ、ミャオ」そうそう、ここがギルバートの家だ。

「ロンドンに連れて帰ったらどうなるかな」マットがほのめかした。

「ミャーッ！」ぼくは叫んだ。だめ、という意味だ。

「この子は田舎暮らしに慣れてて都会には向かないかもしれない」ジョナサンが言った。

「見ろよ、がりがりに痩せてもいないし、栄養が足りないようにも見えない。健康そうだ。獣医で検査して問題ないことを確認してから必要な予防接種を受けさせたら、ここに住まわせてやればいいよ。ここにはぼくたちのだれかがしょっちゅう来るだろうし、管理人のシェリーはすぐ近所に住んでるからこの子の面倒も見てくれるさ。こんなにくつろいでるのに、ここに住まわせてやらないのはあんまりだ」

「獣医？」ギルバートがささやいた。

「必要悪だよ」ぼくはささやき返した。たしかに、それには思い至らなかった。事実だが、ギルバートにちょっと同情した。「こう考えてよ。簡単な検査を受ければ、ぼくたちがいないあいだも〈海風荘〉に自由に出入りできるんだよ。それに一緒に楽しい時間も過ごせるし」

「たしかにそうだな。でも獣医の問題は残ってる。あいつらがどれだけさしでがましいことをしてくるか、さすがに覚えてる」

それでもキッチンに戻ったギルバートがおとなしくトーマスに抱きあげられて膝に乗ったとき、ぼくは自分の勝利を悟った。ギルバートはぼくの家族を気に入っている。ぜったいそうなると思っていた。だれだってそうなる。

「名前はどうする？」ギルバートを撫でながらトーマスが訊いた。ああ、これもうっかりしていた。

「わたしが子どものころ、大おばさんが大きなしょうが色の猫をこの家で飼ってたの。ギルバートっていう名前だったわ。そう呼びましょうよ」

クレアの言葉に、ぼくは驚きのあまり声も出なかった。

「だから大丈夫だって言ったでしょ」しばらくしてぼくたちだけになった。「でも、さっきの名前の話はどういうこと？」まだ驚きが収まらない。

「偶然だろ」ギルバートが言った。ぼくはぶるっと毛を振った。しょうが色のギルバートはしょうが色だったし、いまも生きていたら相当高齢のはずだから、目の前のギルバートと同じ猫じゃないのは明らかだけど、こんな偶然があるだろうか。

「それでも不思議だよ。なんだかきみはこの家の猫みたいだ、むかしいた猫みたいに。まるで〈海風荘〉にはギルバートっていう猫がいなきゃいけないみたいじゃない？」

ぼくたちは裏庭で月をながめ、ひとときの静けさを楽しんでいた。ジョージはギルバートが晴れてそばにいられるようになったことに大喜びで、寝る前に一緒にビーチへ行こうと言って聞かず、走りまわったせいでぐったり疲れてしまった。ジョージを寝かせたあとキッチンへ行くと、ギルバートが食事をしていた。今回はおおっぴらに。それを見てぼくは胸がいっぱいになった。夕食のあと一緒に庭を散歩した。

「なにもかもうまくいったね」

「ああ、おまえのおかげだ。おまえたちが来たときは、新しい住処を探さなきゃいけないと思った。探さなくてよかった。おれは〈海風荘〉が気に入ってる」

「わかるよ。しっくりくるんでしょ？」

「ここはただの家じゃない。特別なんだ。初めて来たときそう思ったし、いまもそう思ってる」

生垣の向こうで聞こえた物音で、物思いが破られた。生垣に飛びこんだぼくのうしろをギルバートも追ってくる。いつも使う隙間よりくぐるのが難しかったが、なんとかアンドレアの庭が見えるところまで進んだ。アンドレアがお酒を飲みながらテラスに座り、すぐそばにリーアムもいる。

「もっと近づけるかな？」ぼくは尋ねた。

「ついてこい」ギルバートがこっそり近づいたので、話し声が聞こえた。

「もうあきらめたのかと思ってた」リーアムが話している。「ぼくはあの家に手出しできない。ずっと見張られてるんだ」

「あきらめるわけないでしょう。わたしといたければ、言われたとおりにするのよ」

月明かりを浴びたアンドレアはきれいだと認めざるを得ない。珍しくシャネルの姿がない。

「きみを愛してる」リーアムは悲しい顔をしている。「でもこれ以上なにができるかわからない」

「リーアム、わたしがどんな苦境に立たされてるか話したでしょう。しかも状況は悪くなってる。夫に、いえ、もうすぐ元夫になる男にプレッシャーをかけられてるの。この家を売らなきゃいけないけど、行き先が決まるまでは売れないわ。わたしがどれだけ切羽詰まってるかわからない？」声が震えている。

「それでも、なにができるかわからないんだ。ほかにも行き場はあるだろう？」

「いいえ、ないわ。これを受け取って」アンドレアがリーアムになにか渡した。口調も表情もこわばっている。

「マッチ？　なぜマッチをぼくに？　タバコは吸わないのに」

「ええ、でも隣でぼやを起こすときは必要になるわ」アンドレアが静かに言った。

ぞっとしてギルバートに目をやると、同じぐらいぞっとしていた。

「だめだ、そんなことできない」リーアムが首を振るのを見てほっとした。「放火犯になる気はない」

「聞いて。土曜日の午後、隣はみんなうちに来るから空き家になるわ。だからなかに入って火をつけて。あまり時間を置かずに消せばそんなに被害は出ないわよ。匿名で消防団に電話しなさい。まだ工事が終わってないキッチンで火をつければいいわ」そこで自分の言葉をしっかり理解させるように、いったん口をつぐんだ。「ただし、あの人たちがこの町を出ていきたくなる程度の被害にするのよ」

「でもアンドレア、なんで住みたいと思ってる家を燃やすんだ？」もっともな質問だ。

「切羽詰まってるからよ！　聞いてなかったの？　夫に脅されてるのよ。娘たちには住む家が必要で、なるべく生活に変化がないようにしてやりたい。父親が出ていっただけでも辛い思いをしてるのに、これ以上苦しめたくないの。火をつけても怪我人は出ないけど、あの家に住む気はなくすわ。これ以上の解決策はない」

土曜日にみんなを招待したのは、そういうことだったのか。やっぱりアンドレアを信じなくて正解だった。

「正気とは思えない。ぼくはそんなことやるつもりはない。刑務所行きはごめんだ」

アンドレアが身震いしたのが見えた。「リーアム、お願いよ。ほかに方法があればこんなこと頼んでいないわ」涙声になっている。

「それでも無理だよ。こんなことで刑務所行きになるつもりはない」

「大丈夫よ。大きな火事にはならないし、わたしがあなたのアリバイを証明する。あなたがやったとわからないようにするから」

「でも、隣の人たちはみんなここにいると言ったじゃないか」

「あなたはわたしが頼んだ仕事をうちの二階でしてたと言うわ、なにか考える」もう必死だ。「リーアム、細かいことは心配しないで。あなたは隣の人たちがここにいるあいだに家に入る方法だけ考えればいいの。ほかのことはわたしに任せて」アンドレアが前に乗りだし、長々とキスをした。

「どうかな、やっぱり気が進まない。まずいことになりかねないし、隣の人たちにはよくしてもらってるし……」

「でも、わたしのほうがもっとよくしてるでしょ。願いを聞いてくれたら、悪いようにはしないわ」リーアムに微笑みかける姿を見たとたん、毛が逆立った。「わたしたち、公然とつき合えるのよ。あなたがちょっと手を貸してくれさえすれば」

よくわからないが、どうやらアンドレアは口がうまくて、リーアムを意のままに操ってきたらしい。リーアムは明らかにアンドレアに夢中で、暗いなかでも目の表情や座り方でそれが見て取れる。リーアムが気の毒になった。アンドレアは強い女性で、リーアムに勝ち目はない。とはいえぼくも強い猫だから、ふたりに勝ち目はない。少なくともそうであってほしい。もしリーアムがアンドレアの頼みを引き受けたら、ぼくたちの別荘が、ギルバートの住まいが危機にさらされる。

「このまま黙って〈海風荘〉に火をつけさせるなんてできないよ」ギルバートと家に戻ったぼくは、怒りで足が震えていた。

「おれもだ。ここはおれの家だ。別荘じゃなくて、家なんだ」ギルバートも同じぐらい腹を立てている。

「うん。でもどうやって止める?」

具体的なアイデアが浮かばない。みんながアンドレアの家に行くのを止めるのは無理だ。うまくいくとは思えない。となると、別の策を考える必要がある。以前やった方法を考えてみたが、あのときみたいに怪我をしたり木からおりられなくなったりするわけにはいかないし、前回もくろんだ計画のときのようにジョージを行方不明にもできない。だめだ、なにをするにせよ、二度とジョージを危ない目には遭わせない。

「とにかく、ふたりがいつ計画を実行するかはわかってる。リーアムがほんとにやるかどうかはわからないが、土曜日、ここの人間が隣に行ったあと、リーアムがこの家に火をつけるのをおれたちで阻止するしかない」ギルバートはかなり自信がありそうで、気が楽になった。

「そうだね。リーアムは役立たずだから、家を燃やせないかもしれない」物事を楽観的に考えるのは好きだ。

「それでもとにかくおれはこの家を守る。おまえはここと隣を行き来してくれ。ジョージがシャネルのそばにいたがるはずだからな。それでもおれとおまえでやるしかない。リーアムを引っかくか怪我でもさせるしかないなら、やってやる。心配するな、あいつらの思いどおりにはさせない」

「じゃあ、計画ができたね」堅実とは言えないが計画は計画だ。それにギルバートの爪は鋭いし、知恵で日々をしのぐのに慣れているから、ぼくよりずっとタフなはずだ。手を組めば、たぶん——もしかしたら——うまくいくだろう。

「ああ、できた」それにすごくシンプルな計画だから、以前ぼくがやった計画に比べれば安心だ。猫二匹に人間ひとり、火事の恐れ、これしかない。

失敗するはずがない。

# Chapter 20

その週は、うんざりするほど長かった。待てども待てども時間がたたない気がしたころ、ようやく土曜日になった。アンドレアのパーティとリーアムの放火計略の日。緊張で吐き気がするが精一杯冷静を保ち、差し迫る危険をジョージに悟られないようにしないと。少なくとも〈海風荘〉には危険が迫っている。

それどころか放火計略はぼくたち全員に影響を及ぼす。なにしろ子どもたちは忘れられない夏を過ごしているし、〈海風荘〉はそれぞれの暮らしの一画を占めるわが家に変貌しつつあって、みんなすごく幸せそうなのだ。ジョナサンですら、クレアの言うとおりでここを売る気になれないと話していた。アンドレアさえいなければ、ハッピーエンドになっていただろう。それなのに旅行も残りわずか一週間と少しになったいま、みんなの期待と違う結果になりそうで気が気じゃない。

正式に家族の一員になったギルバートはずっとリーアムを監視している。そっとあとをつけるのがすごく上手で、今週の大半をシャネルを探してうろついていたジョージとは大違いだ。さしあたってリーアムに怪しいそぶりはない。いまも工事に携わっているが、ひとりにしてもらえないのでトラブルは起こしていない。チャンスがないのだ。アンドレアには二回会いに行ったが、家のなかで話していたのでギルバートにも話の内容を聞き取れなかった。

ぼくたちが立てた漠然とした計画はそのままだ。ギルバートは家を守り、ぼくはパーティとここを行ったり来たりする。ぼくが必要になったらギルバートはぼくの居場所を知っているし、逆の場合も同じだ。ぼくたちはチームになれる。ただ、やっぱりジョージは巻きこみたくない。こんなことで気をもむにはまだ幼すぎるし、世の中の悪いことから守ってやりたいのは親としてとうぜんだ。悲しいけれど現実的に考えれば永遠に守れないのはわかっているが、子ども時代をできるだけ長く楽しませてやりたい。

幸いトーマスとマットとジョナサンが一週間休みを取ったので、ずっとこっちにいることになった。別荘はちょっと窮屈になりそうだけど楽しみだ。最後の一週間は、何度もビーチへ行ったりフィッシュアンドチップスとアイスクリームを山ほど食べたりするに違いない。

クレアとフランチェスカとポリーはワンピースに着替えてとってもすてきだし、子どもたちもいまのところはきちんとした格好をしている。どうせ長くはつづかないだろうけど。マットとトーマスはショートパンツにTシャツという夏のカジュアルな装いで、ジョナサンは半そでのシャツを着ている。ジョージとぼくも念入りに毛づくろいした。特にジョージは毛並みがきらめくほど念を入れた。シャネルはジョージにふさわしくない――少なくとも年の差がありすぎる――し、ジョージは恋をするにはまだ子どもだが、おとなになったらモテモテになるに違いない。

出発したときは、かなり見栄えのいい集団だったと思う。ぼくたちも生垣をくぐらずにみんなと一緒に行くことにしたが、トミーはいつジョージが逃げだすかわからないと思っているらしく胸に抱いていた。わかってないな。シャネルに会いたいジョージがどこかへ行くはずがない。門を出てアンドレアの庭に入ると、全員に出迎えられた。アンドレア、娘たち、町の子どもたち。すでに友だちになったアンバーたち夫婦もいる。

「あら、今日の主賓が来たわ」アンドレアが高らかに宣言した。クレアが振り向いてほかにお客がいないのを確認している。

「お招きありがとう」ジョナサンがアンドレアの頬にキスし、持ってきた袋を渡した。中身はワインだろう。「どこに置けばいいですか?」

例によってアンドレアはシャネルを抱いている。ジョージがトミーの腕から抜けだしてジョナサンに跳びついた。ジョナサンは危うくワインを落としそうになったが、ジョージはシャネルに近づけた。

「ミャオ」ジョージが甘い声で呼びかけた。シャネルはつんと顔をあげてそっぽを向いた。

それでもジョージは嬉しそうだ。

「しょうがないな」ジョナサンが叱ってジョージを芝生におろした。

「一緒にいらして、持ってきてくださったワインはキッチンに置けばいいわ」アンドレアがにっこり微笑んでジョナサンを家のなかへ案内した。

「なんで生きて戻ってこない気がするのかしら」クレアがポリーにささやき、ふたりで笑い声をあげている。

子どもたちが一気に駆けだしたので、トビーから目を離すなとジョージに念を押した。トビーは緊張気味で、行きたくないとジョージに打ち明けたらしい。サバンナとセラフィナが怖いのだ。シャネルをつけまわしたいジョージは気が進まない顔をしている。

「きちんと子どもたちの世話をしてるところを見せたら、もっとシャネルに好きになってもらえるぞ」改めてひどい猫になった気分だ。でも単にジョージをだまそうとしているわけじゃない。ひたすら冷たい態度を取るシャネルとあまり一緒にいさせたくないし、トビーから本当に目を離してほしくない。ぼくはリーアムを待ちかまえるので手一杯になるだろうから、なおさらだ。

「そう思う？」ジョージが訊いた。

「間違いない」もちろん本心じゃないけど、ジョージはトビーに気を配るために駆けだしたから効果はあった。

これまでいちばん暑い日に匹敵する陽気だった。子どもたちはみんな帽子をかぶっているが、それでもいつもほど走りまわらず、大人はアンドレアが芝生に置いた椅子に腰かけ、汗を流しながらおしゃべりしている。日陰に行きたくてたまらないが、なにも見逃すわけにはいかない。別荘はおろか、ぼくの毛にも火がつきそうだ。それでも走ってギルバートに会いに行ったらいまのところなにもないと言われたので、またパーティに戻ると、ジョージが大勢の子どもたちにちやほやされている。アンドレアと一緒にいるシャネルをちらちら盗み見しているのに、相変わらず無視されていた。かわいそうに。女性たちはみんな仲良くしているが、アンドレアは男性といるほうが居心地がいいようで、ひとりひとりに媚びを売っていた。

「まあ、きれいに日焼けしたのね」そう言われたジョナサンはやけに得意げだ。「マット、お願い、ワインを注いでいただける？　とってもお上手なんですもの」トーマスには「持ってきてくださったディップのレシピをぜひ教えてね。文句なしにこれまでいちばんおいしいわ」赤くなったトーマスをフランチェスカがにらみつけた。ディップをつくったのはフランチェスカなのだ。ほかの夫たちもアンドレア流のもてなしを受けている。

どうしても日陰に行きたくなって、茂みの下でいっとき横たわった。まずいことに暑さと心配で疲れていたらしく、いつのまにか眠ってしまった。

「アルフィー」誰かが小声で呼んでいる。しょぼしょぼする目を開けると、ギルバートがいた。

ぼくは飛び起きた。「たいへんだ、ごめん。寝ちゃうなんて信じられない。なにかあったの？」芝生に目を向けた。パーティはまだたけなわで、問題はないように見える。

「一緒に来てくれ、急いで」

ギルバートを追って別荘に戻った。「どうしたの？」

「トビーとジョージが戻ってきた。トビーは泣いていた。大人は一緒じゃなかったから、あの子がいなくなったことに誰も気づいてないと思う」

「リーアムは？」

「見かけていない」

子ども部屋へ駆けつけると、ベッドで丸まってすすり泣くトビーにジョージが寄り添っていた。

「ミャオ？」ぼくはジョージになにがあったのか尋ねた。ジョージがベッドを飛び降りてついてきたので、トビーに聞こえないところまで離れた。

「あの子たちがまたひどいことをしたんだ。トビーが養子なのをからかったんだよ」ジョージが言った。「でも逃げ帰ってくるところは誰も見てなかった。トビーはぼくたちが使う生垣の隙間をくぐったんだ。ちょっと狭かったけどなんとか通れた。ぼくはトビーをひとりにできないからついてきたんだよ」

「ほかに見てた人は？」

「いない。あの子たち、トビーがひとりになるのを待ってたんだ。まあ、ぼくはいたけど」

「えらいぞ、ジョージ。クレアとジョナサンを呼んでくる」

ぼくはギルバートにあとを任せてパーティに戻った。むかむかした。アンドレアだけでなく娘たちにも。子どもがそんなに意地悪になれるものだろうか。数年前、アレクセイの学校にいじめをなくすために行ったことがある。いじめっ子も根は悪い子じゃなかったけれど、だからってほかの子にひどいことをしていいはずがない。すごく腹が立つし、クレアとジョナサンも同じ気持ちになるはずだ。

庭に着くと、すぐにクレアが見つかった。ポリーの隣に座って料理をのせたお皿を持っている。

「ミャオ！」ぼくは大声で鳴いて膝に飛び乗った。これまでの経験で、遠まわしな表現では伝わらないのはわかっている。

「アルフィー、危ない」クレアが食べ物を落とした。

「ミャーッ！」胸に前足をあてた。いつもはこれで注意を引ける。

「どうしたの？」

「ミャオ！」クレアが立ちあがってあたりを見渡した。

「あら……トビーはどこ？　ジョナサン、トビーは？」大声を出している。その場にいる全員が静かになった。

「いないよ」ヘンリーが走ってきた。

「どこにいるか知ってる？」ポリーが訊いた。

「ううん。最後に見たときはサバンナとセラフィナといたけど……」ヘンリーはいまにも泣きそうだ。「ジョージもいないから、一緒だと思う」

「よし、ヘンリー、みんなで庭を探してくれ」ジョナサンが指示を出した。

「サバンナ、セラフィナ、トビーの居場所に心当たりはある？」アンドレアが尋ねた。長い髪におそろいのワンピースを着た姉妹は虫も殺さぬ顔をしている。セラフィナが肩をすくめた。

「帰りたいって言ってたわ」サバンナが答えた。

「どうして？　どうして帰りたがったの？」クレアの声が怒っている。

「娘に怒鳴らないでちょうだい」アンドレアがすかさず言った。

「息子の姿が見えないから、ちょっと焦ってるのよ。もしあの子になにか――」

「クレア、別荘に戻ろう。本当に帰ったのかもしれない」ジョナサンが冷静にクレアの肩に腕をまわした。

「そんな、ひとりでお隣にいるかもしれないの?」いまその事実に気づいたように、アンドレアが真っ青になっている。

でもクレアはすでに走りだしていた。

ぼくがやるべきことはわかっていた。

全速力で走り、生垣をくぐって最短距離で別荘に戻った。出迎えたギルバートは無言だったが、目に怯えが浮かんでいた。

「どうしたの?」

「ちょうどおまえを呼びに行くところだった。リーアムが来た」ぼくはギルバートを追って裏口からキッチンに入った。心臓が止まるかと思った。

リーアムがダイニングテーブルの横に立ち、布切れと火のついたマッチを持っていたのだ。変なにおいがする。ぼくはちらりとギルバートを見た。

「トビーはまだいるの?」

「ああ、ジョージと屋根裏にいる」

「たいへんだ」吐き気がする。

「どうする?」ギルバートが訊いた。「ジョージに知らせるか?」

「だめだ、リーアムを止めないと。一緒に飛びかかるしかない」ぼくたちはリーアムに気づかれないうちに飛びかかった。ぼくはどうにか胸までジャンプして爪を食いこませ、ギルバートは肩に飛び乗って思いっきり顔を引っかいた。

「うわあ！」リーアムが悲鳴をあげて火のついた布切れをテーブルに落とし、ぼくたちを払いのけようとした。ギルバートがしがみつき、また引っかいた。

火がまわらないうちに消さないと。テーブルに飛び乗ると燃えている布の熱さを感じたが、幸いまだ火は広がっていない。花瓶のところへ行って布のそばまで押していき、思いっきりひと突きするとうまく倒れた。水がこぼれ、ジューッと音を立てて火が消えた。一気に安堵がこみあげた。ギルバートもようやくリーアムを放して床におりた。リーアムは出血している顔に触れて呆然としている。ぼくはギルバートと目を合わせて成功を祝った。心臓はまだどきどきしていた。

アンドレアの計略を未然に防いだ。別荘を守り、なによりもジョージとトビーを守った。トビーたちのようすを見に屋根裏に行こうとしたとき、玄関が勢いよく開いた。

「ここでなにをしてるの？」クレアが問い詰めた。リーアムには明らかに好感を抱いていない。

「ええと」リーアムが口ごもった。

「どうやって入った？」ジョナサンが尋ねた。

「裏口から」

「裏口にはいつも鍵をかけないから、トビーはきっと屋根裏だわ」クレアが駆けだした。あとを追いかけたジョナサンがリーアムをにらみつけた。どうするか迷っているうちに、リーアムの携帯が鳴った。テーブルの上にあるが、花瓶の水をかぶらずにすんだのだ。リーアムの顔に恐怖が浮かぶのを見たぼくは、前足で携帯をジョナサンのほうへ押した。

「なんでアンドレアがおまえに電話してくるんだ？」鳴りつづける携帯を見てジョナサンが尋ねた。「それになんで花瓶が倒れてるんだ？」

リーアムはこれ以上ないほど真っ青で、血の気を失ったように見える。ジョナサンは携帯を見つめていて、ぼくの期待とは裏腹に出ようとしない。

「息子のようすを見てくる」ジョナサンが言った。「ここにいろ。ちょっとでも動いたら、命はないと思え」

リーアムが椅子に腰かけた。ぼくはギルバートと残って人質を見張ることにした。倒れた花瓶でリーアムが火事を起こそうとした布が隠れている。リーアムはまだ怯えきっていたが、花をかき集めて花瓶に戻し、ふきんで水を拭き取ってから布切れをすばやくポケットに隠した。煙のにおいがかすかに残り、テーブルの焦げ跡をきれいにする必要があったが、このままだとまんまと逃げきられてしまいそうだ。ぼくたちに打つ手があるのかわからないけれど、火事にならずにすんだし、今度こそクレアたちがリーアムとアンドレアに手を引かせてくれるだろう。大事なのはそれだ。

何年もたった気がしたころ、ようやくクレアとジョナサンが戻ってきた。リーアムは両手で頭を抱えている。ギルバートもぼくも黙っていた。

「ミャオ?」ぼくなりに、なにも問題がないか確認した。

「トビーは落ち着いたわ。でもジョージと部屋で遊ぶように言ってきたから、こっちの話を片づけましょう。これ以上あの子を動揺させたくない」クレアが言った。

ジョナサンがリーアムを見た。「で、ここでなにをしてたか話す気はあるのか?」

「それにその顔はどうしたの?」クレアが尋ね、ぼくを見てからギルバートを見た。

「いや、その、ここに工具を忘れたかもしれないと思って……」リーアムが話しだした。

「母さんに頼まれたことがあって、それには、その……ドライバーが必要で、なのに見当たらなかったからここに来たんです。でも誰もいなくて、だから悪いと思ったけど勝手に入りました。猫はきっとぼくが悪いことをたくらんでると思って襲ってきたんだと思う」

声が小さくなっている。ぼくでももっともらしい言い訳には聞こえない。

「えらかったわね、アルフィー、ギルバート」クレアが言った。

「じゃあなんでアンドレアが電話してきたんだ?」ジョナサンが腕を組んだ。

「わかりません、たまに仕事を頼まれることがあるし」

たしかに。

「そうなのか?」ジョナサンが疑っている。

「まあいいわ。お母さんに電話して確認すればすむことだもの。どうせもうすぐここを管理してもらうことになってるし」クレアににらまれたリーアムが、具合が悪そうな顔になった。

「だめです」少し大きすぎる声でリーアムが言った。「やめてください」

裏口が騒がしくなり、ポリーとマットとトーマスがひと塊になって入ってきた。

「よかった、トビーはここにいたのね」ポリーが言った。「電話してくれてありがとう。子どもたちはフランチェスカが見てるから心配しないで」

「トビーは大丈夫か?」マットが訊いた。

「ひどく動揺してるわ。ここが嫌いでロンドンに帰りたいって言ってる。あの子たちが養子のことをからかって悪口を言ったのよ。いずれにしてもこの件はアンドレアとしっかり話すつもりだけど、とりあえずもう大丈夫だと言っておいたわ。隣になんか連れていかなければよかった」落ち着いて見えたクレアが急に泣きだした。ポリーが肩を抱いてやっている。

「こいつはここでなにをしてるんだ?」たったいまリーアムに気づいたようにトーマスが尋ねた。

「ぼくたちもそれを知りたいと思ってるんだ」とジョナサン。「工具を探しに来たと言ってるが、裏付けを取るために母親に電話すると言ったら止められた」

「なるほど」いちばん体格のいいトーマスがリーアムの隣に腰をおろした。「警察に通報して逮捕させる前に、なにをしてたか話したほうが身のためだぞ」リーアムがたじろいでいる。

「待って」いきなりアンドレアが裏口に現れた。

「なにしに来たの？」クレアが声を荒らげた。「全部あなたの責任よ。トビーがあんなふうになったのはあなたの子どもに、養子だからどこにも居場所はないって言われたからなのよ。なんてひどい子たちなの？」

出会ってから初めてアンドレアがやましい顔をした。

「そうね、ごめんなさ――」

「言い訳なんか聞きたくないわ。娘がそんなことするはずないとかいう戯言はもうたくさんよ」

「残念だけど、認めるわ。とぼけるつもりはない」アンドレアが椅子に腰かけた。打ちのめされた顔をしている。「それに、リーアムがここにいるのはわたしのせいなのも認める」

「説明してちょうだい」ポリーも腰をおろした。アンドレアがリーアムの向こう側にある椅子に移動し、トーマスがテーブルの反対側に移動した。ぼくはポリーの膝に乗った。全員と向き合ったアンドレアとリーアムが、ちらりと視線を交わしている。ジョナサンは腕を組み、クレアはまだ涙ぐんでいるし、ポリーは頭から湯気を立て、マットとトーマスは臨戦態勢だ。ギルバートはふたりを逃がさないように裏口のそばを陣取っている。

「ここまでするつもりはなかったの、それだけは信じて」アンドレアが口を開いた。

「きちんと説明してくれ」ジョナサンが言った。

「〈海風荘〉を買いたいと言ったのは本当よ。でも理由は嘘」気まずそうだ。リーアムがアンドレアの手を握りしめた。「夫は出張中だと言ったけど、本当は……本当は出ていってしまったの」

「出ていった？」ジョナサンが訊いた。

「ええ、ほかの女と。とうてい受け入れられなかった、特に娘たちは。父親がどこにいるのか、どうしてもう会えないのか理解できずにいる。夫は一度も帰ってきてないの、愛人とロンドンへ行ってからずっと。まるで娘なんかいないみたいに」アンドレアの目に本物の涙が浮かんでいる。

「ひどい話だな」マットが手で髪を梳《す》いた。

「でもそれが〈海風荘〉とどんな関係があるの？」ポリーが尋ねた。ぼくも知りたい。

「夫は家を売りたがってるのよ。かいつまんで話すと、わたしはどうしてもこのままリンストーにいたい、娘たちのために。ただでさえ辛い思いをしてるのに、この町まで取りあげるなんて耐えられない」

「いいからどんどん話を進めて」ポリーが苛立っている。

「修理が必要なこの家なら、買うとしても払えない金額じゃないと思ったの。そうすれば、とりあえず娘たちはこの町に住める。同じ学校に通って友だちとも別れずにすむわ」

「ちょっと待って、ここに住むつもりだったの？」

「ええ、この家を買って手を入れるつもりだった。少なくとも経済的にできる範囲で。でも、そうこうしてるうちにあなたたちがやってきて修理を始めたのよ」あたかもぼくたちのせいで計画が失敗したみたいに、つかのまむっとした表情を浮かべた。

「つまりこういうこと？　修理が始まる前じゃないと手が届かなかったのに、そのあともあくまでこの家を手に入れようとしてたの？」クレアの顔が真っ青だ。

「ええ。どうせこの町を気に入らないだろうと思ったの。出ていくことになるだろうから、不動産屋の手数料がかからない現金払いのわたしに手っ取り早く売るように説得できると思ったのよ。でもあなたたちは売ろうとしなかった。だから必死だったの」

「それで、リーアムの出番となったんだな」トーマスはまだ怒っている。

「すみません」リーアムがもごもご謝った。ぼくはぴしりとしっぽを振ってみせた。

「こんなことになるとは思ってなかった。わたしはただこの家が欲しかっただけ。いまでもその気持ちは変わらないわ」アンドレアが涙をぬぐった。ぼくは嘘泣きじゃないか確認した。「ここでの暮らしをちょっと悲惨なものにすれば、心変わりして、やっぱりリンストーは理想的な滞在先じゃないと考えてわたしに売ると思ったのよ。かなりいい買値を伝えてあったし」

「お金の問題じゃないわ。じゃあ、リーアム、いろいろ失敗したあれは？」ポリーが訊いた。

「ええ、全部アンドレアに頼まれたんです」リーアムが認めた。「でもあなたはめちゃくちゃ怒ってたし、ぼくはあまり上手に邪魔できなかった。コリンにずっと見張られてたから、あきらめるしかなかった。よくわからないけど、そこにいるいまいましい猫にいつも邪魔されてる気がしました」

「ミャオ」わかるわけない。

アンドレアが首を振った。「あくまで工事を遅らせて、余計にお金をかけさせてあなたたちを困らせて、つまり、出ていかせるのが目的だったの。なのになにひとつうまくいかない気がして、つい破れかぶれになってしまった。お金だけの問題じゃないのは、わたしも同じよ、娘たちが……」

「まさか子どもたちまで巻きこんだんじゃないでしょうね」

「違うわ、そんなことしてない。ひどい人間かもしれないけど、そこまでしないわ。あの子たちはわたしが弁護士に話すのをたまたま聞いただけよ。あなたたちがここに越してきたせいでなにもかも台無しになって、出ていけばいいのにと言ってるのを」アンドレアが両手に顔をうずめた。「ごめんなさい。娘にはあんな意地悪しないでほしかったけれど、意地悪したと知っても、やめなさいと言う気になれなかった。でもトビーのことは、心から悪かったと思ってる」

「なるほど、そういうことか」ジョナサンが片手をあげた。「あなたは厄介なことになっていて、どうしてもこの家を手に入れたかったから、ここにいるドジな若者に工事の邪魔をさせようとした。でもうまくいかなかった。で、今度はなにをさせようとしてたんだ？」

沈黙が落ち、それが延々つづいた。リーアムはいまにも泣きだしそうだ。アンドレアはちらりとリーアムを見て、その手を取った。ギルバートに目をやると、じっとマッチ箱を見ていた。まだ誰もマッチ箱に気づいていない。

「ねえ、いますぐ警察に電話してもいいのよ」ポリーが口を開いた。こういうとき、いちばん苛立ちを見せるのはたいていポリーだ。マットはゆったりかまえるタイプだが、さすがに愕然としている。トーマスは怒りで目が血走り、クレアは泣いているから、実質ポリーとジョナサンしか残っていない。

「お願い、電話しないで。たしかに娘はひどいことをしたけれど、父親だけでなく母親まで失うような目には遭わせられない。それにリーアムはなにも悪くないわ。わたしに夢中なのを利用しただけよ」

リーアムが眉をひそめた。「でも一緒になろうって言ったじゃないか、この家を手に入れたら」

「だから利用されてたのよ」ポリーが言った。

「リーアム、必死だったの、いまもそう。家族で暮らすには、〈海風荘〉を手に入れるしかないと思いこんでた。悪いことだとわかってはいたけれど、あなたはすっかりわたしに夢中だった。それに、はっきり言って、わたしはあなたの母親でもおかしくない年だわ」

「ぜんぜんおかしくないわ」ポリーが言い捨てた。

「でも愛してたのに」しょんぼりうなだれるリーアムを見て、気の毒になってきた。

「架空のラブストーリーとしては、なかなかおもしろかったよ。ただ、さっきはここでなにをしてたんだ?」ジョナサンが問い詰めた。

「リーアムは……」アンドレアがリーアムに目をやり、口だけ動かして謝った。「近くに誰もいないときに建物の構造をいじるつもりだったのよ。月曜日にはなにもかもうまくいかなくなってるだろうから、うんざりしてわたしに売る気になると思ったの」

アンドレアの話が終わり、リーアムがほっとしている。火をつけようとしたことは言わないつもりらしく、みんなに気づかせるべきか迷った。アンドレアとリーアムはつかまってとうぜんだけど、どちらも犯罪の達人とは言えない。それにアンドレアは明らかに必死だったのだ。やったことは許せないが、気持ちは理解できなくはない。家族のためにやっているつもりで、ぼくも家族のためならなんでもやるだろう。屋根からおりられなくなったのが、その証拠だ。

ぼくはテーブルから飛び降り、リーアムが落としたマッチのところへ行って箱の上に前足を置いた。猫にしては大きな決断を迫られていた。マッチにみんなの注意を引けば、アンドレアとリーアムがなにをしようとしていたか明らかになり、確実に警察に通報することになる。さらにトビーがジョージだけとこの家にいることになった経緯を思いだし、その後に起きたかもしれない悪夢に気づくだろう。とはいえ、アンドレアはトビーが帰ったと聞いたとたんリーアムに電話をして止めようとしたみたいだし、リーアムの行動も放火犯には程遠かったから、どっちみちやり遂げたかわからない。それに、ギルバートとぼくでリーアムを阻止した。計画どおりに。

ギルバートに目をやり、どう思っているか窺った。そして一緒に部屋の隅へ行って話し合った。

「さしあたって問題ないんじゃないか？」ギルバートが言った。

「うん。あのふたりがほんとはここに火をつけようとしてたなんてわかったら、みんな苦しむと思うんだ」

「それにあいつを見ろよ。とうていやり遂げたとは思えない。そもそもおれがぴったりそばについてたから、どうせできなかった」どうやら同じ意見のようだったので、ポリーたちがどうするかもめているうちに、ぼくはマッチ箱のところへ戻って前足でレンジの下に押しこみ、当分見つからないようにした。

「さっきは見事だったね、ギルバート」ぼくは言った。

「おまえもな」ギルバートが応えた。

「よくそんな計画がうまくいくと思ったわね」ポリーが話している。

「実際うまくいかなかったわ。ここを手に入れられなかったし、夫も失った」アンドレアがまた泣きだした。

「リーアム、今後ここでは働かないで。あんなことをしたあなたを家に入れるわけにはいかないわ」ポリーが言った。

「とうぜんです」リーアムが応えた。「コリンに連絡するんでしょうね」

「してほしいの？」

リーアムが首を振った。

「お嬢さんたちにもトビーに謝ってほしい」ジョナサンが言い添えた。

「もちろんよ」ついにアンドレアも抵抗をあきらめたらしい。「でももしこの家を売る気になったら……」アンドレアが立ちあがり、傷心のリーアムをうしろに従えて帰っていった。

「信じられない女ね」ポリーが言った。

「必死なんだよ」とトーマス。

「なんだか台無しになったと思わない？」クレアがそんなことを言うなんて意外だ。「別荘も、夏の思い出も。なにもかもめちゃくちゃになった気がするわ」

そしてまたいきなり泣きだした。たぶんそれだけじゃないんだろう。息子のトビーがサバンナたちにひどいことを言われてすごく傷ついたことや、大人が抱えるややこしい問題なんて全然知らずにいられた子ども時代の夏休みと関係があるんだろう。そして〈海風荘〉がすでにかなり変貌を遂げながらまだ未完成なことや、もうひとつのわが家だと思っていた〈海風荘〉が急にそう思えなくなってしまったことと関係があるのだ。すべてに傷がついてしまった。

フランチェスカが子どもたちを連れて帰ってきた。「できるだけ長く庭にいるように引き留めてたけど、パパやママに会いたいって言うのよ」フランチェスカが言った。「なにも問題ない？」

「ええ、でもあとで話すわ」クレアが答えた。

「これだけ言わせて」アレクセイが前に出た。「ぼくたちここがすごく好きだった。でもトビーのことや、隣のひどい女の子とひどいお母さんのせいでみんな辛そうだし、だから、もう帰ろうよ」

大人たちが絶句している。

「でも、新しいお友だちとあんなに楽しそうにしてたじゃない」フランチェスカが口を開いた。

「楽しかったよ。でもママたちが隣の人と言い争ってるのを見たし、さっきはトビーがひどく動揺してたし、サバンナとセラフィナはすごく意地悪だから、そういうことを我慢してまでいることはないと思うんだ」ダイニングテーブルを囲う大人を見渡している。たしかにだれひとり幸せには見えない。

「みんなアレクセイと同じ気持ちだよ」トミーがつけ加えた。

「おうちに帰ろうよ」サマーが来てクレアの膝に乗った。「ママが悲しいの嫌い。トビーが悲しいのも嫌い」

「割に合わないこともあるってことだよ」アレクセイの言葉にみんな驚いている。

「子どもはときどき驚くほど核心をつくことがあるな」マットがマーサを膝に乗せた。

「クレア?」ジョナサンが声をかけた。

「トビーの姿が見えなくて無事なのかわからなかったとき、吐き気がしたわ。ここにいるのがその原因なら、子どもたちの言うとおりなのよ。帰ったほうがいい気がする」

ぼくはギルバートのところへ行き、一緒にサンドルームへ向かって話をした。

「本気だと思うか?」ギルバートが訊いた。

「みんなショックを受けてるんだよ。トビーのことや、工事が妨害されてたってわかったことで、動揺してるんだ」

「でももしこの家をアンドレアに売ったら……」

「わかってる、きみは宿無しになってしまう」

「いや、おれが考えてたのはそんなことじゃない。たしかに宿無しにはなるが、この世の終わりってわけじゃない。宿無しの経験はあるし、またなるだけの話だ。そうじゃなくて、〈海風荘〉は特別で、おまえたちはここにいるべきだってことだよ。おまえの家族はここにいるあいだ、たいてい心から楽しんでたじゃないか。たしかに今日はショックを受けてるし、マッチに気づかせたらあの場で荷物をまとめてただろうから、おれたちの判断は正しかった。でもここにいるのがどれほど楽しかったか思いださせる必要がある」

「そうだね。〈海風荘〉と家族を守らなきゃ。今年の夏を守らなきゃ」アンドレアとその策略と気の毒なリーアムは食い止めたけど、どうやらそれだけじゃだめらしい。みんなに〈海風荘〉に対する愛着を取り戻させる必要がある。

それなのに、例によってどうすればいいのか見当もつかない。

# Chapter 21

夏休みもあと数日になり、あの一件以来、大人は何度も話し合い、子どもたちも陰でこそこそささやき合っていた。大人はまだどうするか決められずにいる。ポリーは〈海風荘〉の工事を断固として終わらせるべきという考えで、ここまで来てすてきな別荘を手放す気にはとうていなれないと言っている。ぼくもどちらかといえば同じ意見だ。クレアは〈海風荘〉が嫌いになったわが子と、幼いころ自分がここで過ごした思い出のあいだで板ばさみになっている。子ども時代の休日を象徴するこの家に他人が住むのは見るに忍びないのだ。ジョナサンたちはいつものように妻の味方だが、フランチェスカはポリーと同じ意見で、〈海風荘〉を別荘にするべきでアンドレア一家に台無しにされたくないと考えている。ほかのみんなも同じ意見になるように頑張ってはいるものの、いまだに毎日作業員がうろついているし（リーアムは交代させられた）、みんな疲れているうえにまだちょっと落ちこんでいるからうまくいっていない。

コリンはすっかり恐縮し、これまで以上に部下たちに精を出させている。いまは最後の仕上げをしている最中で、さすがのジョージも変貌を遂げる別荘でかろうじてトラブルを起こさずにいるけれど、ぼくたちみんなが抱えるジレンマには気づいていない。

「ねえ」ある晩、ビーチで楽しく過ごした子どもたちが疲れてベッドに入ったあと、フランチェスカが切りだした。「今日こそきちんと決めましょう、もう一週間もないわ。〈海風荘〉をどうするの？」

「子どもたちのことが引っかかってるの。ずっと帰りたいと言いつづけてるんだもの」クレアがため息を漏らした。「でも、ここでパーティをしたときはすごく楽しかった。この町の一員になれた気がした。だから迷ってるの」

「アレクセイはトビーを心配してる。隣の姉妹はこれからも子どもたちに意地悪するだろうから、トビーには対処できないと思ってるんだ。でもトビーは元気になってる。子どもたちはビーチに夢中だし、新しい友だちとも仲良くやってるのに、親のぼくたちがいつまでもあの一件を引きずるべきじゃない」トーマスはいつもどおり理性的だ。

「実は、ちょっとした考えが無きにしもあらずなんだ」ジョナサンが口を開いた。「娘に謝らせてほしいとアンドレアに言ったのに、まだ謝ってもらってない。もし姉妹が謝って、もうあのふたりに意地悪されることはないと確信できたら、子どもたちの考えも変わるかな？」

「真っ先にこの家を売ろうとした人からそんな意見を聞けるとは思わなかったわ」ポリー

が茶化した。

「いい考えだ。でも誰がアンドレアに電話する?」マットが訊いた。

全員が――ぼくも含めて――ポリーを見た。

ギルバートとは以前より一緒にいる時間が増えた。もうすっかり歴《れっき》とした家族の一員だ。だからこそやりきれなかった。〈海風荘〉は第二のわが家みたいで、大切な家族がひとつ屋根の下にいられる初めての場所なのに、もうここに来られないかもしれないと思うだけで耐えられないし、ギルバートが宿無しになる可能性もあるのだ。ギルバートも心配しているはずだが、ぼくよりタフだからよく耐えている。

みんなの不安がジョージにも伝染し、子どもたちが帰りたがっていると知ったときはひどくショックを受けていた。

「だって、帰っちゃったらシャネルはどうなるの?」

「ジョージ、かわいそうだけど、もう赤ちゃんじゃないから本当のことを言うぞ。帰ったら、もうシャネルには会えなくなる」

言ったそばから過ちに気づいた。ジョージがものすごく取り乱したのだ。それ以来、シャネルを探して生垣で過ごす時間がさらに増えたが、隣の家族はすっかり鳴りを潜め、シャネルの姿もなかった。

「もちろんぼくだってパドルボードやビーチ遊びができなくなるのは残念だよ」アレクセイが言った。最近はほかの子たちとしょっちゅう子ども部屋で集まっている。サマーとマーサがきちんと理解しているのかわからないが、話を聞かずに人形遊びをしている時間が多くても、話し合いに加えてもらえて嬉しそうだ。

「ぼくもそうだけど、あの子たちに会えなくなるのはぜんぜん残念じゃない」トミーが言った。

「ぼくも」トビーが同意した。

「でも、こっちのほうが人数が多いよ」ヘンリーが意見した。「だからあの子たちにまたひどいことされたら、みんなで立ち向かえばいい」ヘンリーはちょっとポリーに似てきた。

「でも隣のママのせいでぼくたちのママが動揺してる。夏のあいだずっとそうだったし、トビーが逃げたときは――」

「逃げてない。うちに帰りたかっただけだよ」トビーの声が沈んでいる。

「聞いたでしょ?」ヘンリーが言った。「トビーはうちに帰りたいって言った。ここはぼくたちのうちなんだよ、もうひとつのうち。それを忘れちゃいけない気がする」

「ミャオ」ぼくはヘンリーに頭をこすりつけた。賢い子だ。

「そうだね。でもここにいるあいだみんなが幸せでいなくちゃ」とアレクセイ。「そんなことできるのかな」

大人も子どもも堂々巡りをしている感じで、ぼくには隣の姉妹に心から謝ってもらうことで一件落着となるように祈ることしかできなかった。望みをかけるには頼りないが、ほかにどうしようもない。

大人たちは、謝罪の場は庭にしたほうがいいと考えた。もっぱらぼくたちを避けていたアンドレアも、これ以上もめずにすんだことにひたすら胸を撫でおろしてこちらの申し出をすべて受け入れた。リーアムに対しても罪悪感を抱いていてくれたらいいと思う。姉妹が謝りに来ると聞いたジョージは、シャネルもこの機に乗じてつれない態度を取ったことを謝りに来ると決めてかかり——あの子の考え方は理解不可能だ——、毛づくろいに精を出して約束の時間を心待ちにしている。

日中ほとんど出かけているギルバートも、〝もしものときのために〟近くにいると言ってくれた。人間に対する考え方がかなりぼくに似てきたらしい。つまり、猫は自立するのに必ずしも人間が必要じゃないけど、人間は猫がいないと自立できないのだ。

姉妹にとっていささか怖じ気づく状況になるのは明らかだが、クレアたちに気持ちを楽にしてやるつもりはなかったので、全員そろって庭で待ちかまえた。三人は時間ぴったりにやってきた。姉妹はいつもよりカジュアルなショートパンツにTシャツ姿で、アンドレアも隙のない格好ながら普段ほどドレスアップしていない。

「こんにちは」アンドレアが近づいてきた。庭に勢ぞろいしたぼくたちは、大集団に見えなくもない。クレアは姉妹に会うので不安になっているトビーの手をしっかり握り、ジョナサンはサマーを抱いている。ほかのみんなは結婚式の集合写真を撮るみたいに立っていた。

「どうも」ジョナサンが堅苦しく応えた。

「できれば娘たちが話す前に、わたしから少し話したいことが――」

「ミャオ！」アンドレアの足元でジョージが鳴いた。シャネルの姿がないのだ。

「あら、こんにちは、猫ちゃん」アンドレアがジョージの頭をぎこちなく撫でた。「あなたたちにいやな思いをさせたくなかったから、シャネルは連れてこなかったわ」そして顔をあげてみんなを見た。「それはそうと、この子たちはなんていう種類なの？」

ジョージがふてくされて横になり、頭を抱えた。

「あら、話したいことって、うちの猫のことだったの？」ポリーが言い放った。

「ごめんなさい、そうじゃないの。このあいだ大ごとにしないでくださったことへのお礼を言いたかったの。これまでの態度も謝るわ。自分が恥ずかしい。ひどいことをしたりいやな態度を取るだけでなく、隣人らしいこともなにもしなかった。だから、やり直せないかしら」

信じていいのかわからないが、本心に聞こえる。

「率直に話してくれてありがとうとだけ言っておく」マットが言った。

「でもこれっきりにして」フランチェスカがつけ加えた。「もう妙な魂胆はやめて」妻を守るように、トーマスがやさしく肩に腕をまわした。

「ええ、もちろんしないわ。じゃあ、娘たちから話すことがあるの」

初めて姉妹が子どもに見えた。セラフィナはうつむき、サバンナは泣いていたようだ。

「ひどいことしてごめんなさい」サバンナが言った。「そんなつもりはなかったけど、あなたたちがここから出ていかなかったら転校しなきゃいけなくなって、そうなったらわたしたちの居場所がパパにわからなくなっちゃうと思ったの。二度と会えなくなるかもしれない」

サバンナがいきなり泣きじゃくった。駆け寄ったアンドレアに慰められる姿を見るうちに、すごくかわいそうになった。きっとパパに会いたいんだろう、妹も。ふたりがしたことは許せないが、気持ちは少しわかる。

全員がどこか気づまりな思いで立ち尽くしていたとき、びっくりすることが起きた。トビーがサバンナに駆け寄って手を取ったのだ。

「ぼくもパパに会えなかったら寂しいよ。あれがぼくのパパ」指差されたジョナサンが、目を白黒させている。「だから許してあげる。でもお願いだから、もう意地悪しないでね。

ぼくたちはなにも悪くないんだから」

セラフィナがトビーをぎゅっと抱きしめた。「ありがとう。もう意地悪しないって約束する。みんなと友だちになりたい。だっていつもすごく楽しそうなんだもの。そうよね、サバンナ?」

「うん」サバンナはまだ泣いているが、しゃくりあげる回数が少し減った。

クレアがトビーのところへやってきた。「いい子ね、トビー。とってもえらいわ」

「ええ、あなたたちみんないい人よ」アンドレアが恥ずかしそうに言い、娘たちに向き直った。「パパが帰ってこないのはこの人たちのせいじゃないのよ。あのときはつい腹が立ってそう言ってしまったけど、わたしたちもみんなにやさしくしないとね」

「でもママ、いい人はぜったい勝てないっていつも言ってるじゃない」セラフィナがかわいい声で言った。みんなの視線を集めたアンドレアがきまり悪そうにしている。

「あんなこと言うべきじゃなかった。ママが間違ってたわ。だって〈海風荘〉に住んでる人たちは、ほら、勝ってるもの」アンドレアが娘たちを抱きしめた。

「ここで区切りをつけましょう」ポリーが言った。「水に流して忘れるのよ。サバンナとセラフィナは、初めてうちの子に会ったことにしてやり直せばいい。わたしたちもそうするわ」

「ありがとう、本当に」

姉妹が子どもたちに話しかけ、サマーとマーサに頼まれて花輪をつくりだした。花に興味のない男の子たちはサッカーの用意を始め、〈海風荘〉の庭で仲良く遊ぶみんなを見ているうちに、ぼくはまた胸がいっぱいになった。

フランチェスカとポリーが飲み物をつくりに家のなかに戻り、お茶とビスケットと子ども用のジュースを持ってきた。ぼくたちも喉が渇いているんじゃないかと水入れまで持ってきてくれた。たしかに喉が渇いていたので水を飲んだ。今回の仲直りは喉が渇く出来事だった。もうすぐお茶の時間だからおなかも空いている。あまり待たずに食べ物をもらえるといいんだけど。

アンドレアがシャネルを連れてすぐ戻ってくると言って去っていった。それで思いだした。かなり気温が高いからジョージも水を飲んだか確認しないと。てっきり生垣でシャネル観察をしていると思ったのに、姿がない。ふたたびパニックに襲われて庭じゅうを巡り、ジョージがいそうな場所を片っ端からチェックしたが、あとかたもなく消えてしまったみたいだった。また行方不明にした自分が信じられなかった。いったいどういう親なんだ？

ぼくは急いでギルバートを探した。

「どうした？」

「ジョージが、ジョージの姿が見当たらないんだ」

「家を探そうか？」

「うん、でも家のなかにはいないと思う」

「そうか、行きそうな場所は？」やきもきしてきたころ、絹を裂くような悲鳴が聞こえた。

ギルバートと前庭に駆けつけると、アンドレアが戻っていた。顔が真っ青だ。

「どうしたの？」クレアが訊いた。

「シャネルが、シャネルがどこにもいないの。わたしと一緒でなきゃ外に出たことがないのに」

ぼくはちらりとギルバートを見た。そういうことか。ぼくが二度とシャネルに会えなくなるような話をしたせいだ。どうやらジョージはシャネルと逃げたようだが、一緒に逃げる姿がどうしても想像できない。シャネルがジョージから逃げたと考えるほうが自然だ。たいへんだ、ジョージはなにをやらかしたんだ？

人間が問題を解決しようとするといつもそうだが、大混乱になった。アンドレアは理性を失い、姉妹は怯えているし、みんなが一斉にしゃべっている。

ジョナサンが静かにするように言った。「よし、話を整理しよう。まずアンドレア、シャネルが家のなかにも庭にもいないのはたしかなんですね？」理にかなった質問だ。

「間違いないわ。隅々まで確認したもの。シャネルはわたしと一緒でなければ庭から出ない。ああ、さらわれていたらどうしよう」恐ろしさで目を見開いている。

あの猫をさらうにはかなり勇気がいると思うけど、もちろん口には出さなかった。

「ミャオ」そんなことよりジョージがいないことに誰も気づかないの？

「たいへん、アルフィー。ジョージはどこ？」クレアが言った。

「ミャオ」わからない。でもシャネルを見つければジョージも見つかる気がする。

「アレクセイ、トミー、家のなかを見てくれるか？　なかにいなければ、その線ははずせる」トーマスに言われ、ふたりが走り去った。

「よし、クレアとフランチェスカとアンドレアは一緒に探してくれ」ジョナサンがてきぱきと指示を出しはじめた。「ぼくはマットと探す。トーマスはアレクセイとトミーと一緒に三組めの捜索隊になってくれ」

「わたしは子どもたちと残りましょうか？」ポリーが訊いた。

「いいの？」とクレア。

「ええ、どちらかが帰ってきたら電話するわ」

「アンドレア、探す場所に心当たりは？」

「ほんとにわからないの。わたしと一緒でなきゃ外に出ないんだもの」心痛のあまり、はっきりわかるほど震えている。シャネルをかわいがっているのは明らかで、少しだけアンドレアを見る目がやわらいだ。

「わたしたちが町のはずれまで行って、そこから始めたらどうかしら。ジョナサンとマットは反対側のはずれから始めるの。トーマスは子どもたちとビーチを探すのは?」フランチェスカが知恵を働かせた。

「そうだな、そうしよう」

「ミャオ?」

「アルフィー、ついてきたら、あなたまで迷子になるかもしれないわ」クレアが言った。

「できればここにいてちょうだい」それはできない。

アレクセイとトミーが戻ってきて、家のなかにはいないと報告したので、みんながいつでも出発できるようにそれぞれのグループに分かれた。ギルバートといたぼくは、みんながいなくなったらすぐ出かけるつもりでいた。ぼくたちも捜索隊になるのだ。人間だけに任せてはおけない。

みんなに気づかれないほうがいいと思ったので、少し時間を置いてから出発した。夕暮れ時の町は人通りも少なく、息を切らして早々にビーチの入口に着いたぼくは気が気じゃない思いを抱えたまま足を止めた。

「こんにちは」トラ猫が近づいてきた。

「やあ」息を整えながらぼくは挨拶した。

「わたし、リリー」トラ猫が言った。「引っ越してきたばかりなの」

「そうか、よろしく。でもいまは緊急事態なんだ」ギルバートがぶっきらぼうに応えた。

「あらたいへん。なにがあったの？　魚に関係ある？」

「ないよ、息子がいなくなったんだ」ぼくは答えた。「薄茶と黒の縞で小さくて、ひょっとしたら一緒かもしれない。少なくとも追いかけてる、ペルシャ猫を」言葉がとりとめなく口からあふれだした。

「ああ、それなら見かけたわよ。引き留めておしゃべりしようとしたのに、走っていっちゃったの。ちょっと失礼よね」首を傾げている。「仲良くしようとしただけなのに。新顔って楽じゃないわ、ほんとに」

「どこ？　どこに行ったの？」ぼくは必死でもどかしさをこらえた。

「ビーチに行ったわ。ペルシャ猫が前を走ってて、仔猫が追いかけてた。あの子、かわいくない？　ま、それはともかく、仔猫は一生懸命追いかけてたけど、かなり引き離されてた。きっと脚が短いせいね」

ぼくはギルバートを見た。「きみはビーチに行ってよ。ぼくはみんなを呼んでくる」

「一緒に行ってもいい？」リリーが尋ねた。ギルバートはひげを立てたが、なにも言わずに走りだし、リリーもかまわずあとを追った。

みんなは庭にいた。通りを走りまわっても収穫がなかったのだろう。

「ミャオ！」ぼくは大声で声をかけ、その場でぐるぐるまわった。

「アルフィーがついてこいって言ってる」アレクセイが言った。

「まさか、ただの猫よ」アンドレアが応えた。

「違うよ、アルフィーはただの猫なんかじゃない」トミーが言い返した。「さあ、アルフィーについていこう。ぜったいなにか知ってるんだ」

真っ先にビーチに着いたぼくの目にジョージの姿が飛びこんできた。ギルバートとリリーもいて、ひと目でわかることがふたつあった。近くにはひとりも人間がいなくて、かなり波が高い。水が苦手なぼくは、恐る恐るジョージに近づいた。

「ジョージ?」

「シャネルだよ、あそこ」ジョージがあいまいに前足で示した。

「どこ?」よくわからない。

「海よ」リリーが答えた。「猫が海に入るなんてびっくりよね。まあ厳密に言えばボートに乗ってるけど、それでも——」

「黙ってろ」ギルバートがたしなめた。「ジョージ、説明しろ」

シャネルがボートに乗ってるんだよ、ほら」ジョージの視線を追うと、それが見えた。シャネルが海に浮かぶボートの縁から外をのぞいている。怯えきっていて、しかもボートはどんどん沖に流されている。

「たいへんだ、海にいる」ぼくは言った。「どうする? どうやってみんなにわからせる?」

「落ち着け。もうすぐみんなが来る」ギルバートは冷静だ。「きっと見つけてくれる。それに声が聞こえる気がする」耳を澄ますと、たしかに聞こえた。猫の悲しい鳴き声が風で運ばれてくる。

「なにがあった?」ぼくはジョージに訊いた。

「あのね、もう二度と会えないかもしれないってパパに言われたから話しに行ったのに、シャネルはずっと隠れてて、だからかくれんぼがしたいんだって思ったんだ。で、たぶんだけど、ぼくが探してるあいだシャネルはあのボートに隠れたみたいで、気づいたときはボートが流されてた。隠れるのがすごくうまいよね」

いますぐ叱り飛ばしてやりたい気分だったけれど、頑張ってこらえた。

「かくれんぼしてたとは思えないけど」リリーが言った。

「きみは誰?」ジョージはいま気づいたらしい。

「リリーよ、よろしくね」

「おい、脱線してる場合じゃない」ギルバートが言った。「シャネルをどうする?」

「ぼくが助けに行く」とジョージ。

「とんでもない、溺れるのがおちだ。それどころかもっと悲惨なことになるかもしれない」ぼくは言った。「だめだ、ジョージ、ぜったいに。きっとみんなが助けてくれる」

ようやくみんなが駆けつけてきた。アンドレアは血相を変えて走りながら靴を脱ごうとしている。全員がぼくたちの横に並び、海をまぶしい夕日に手をかざした。

「どうして海を見てるの？」アンドレアがまぶしい夕日に手をかざした。

「あ、見て。あそこにいる。ボートに乗ってるよ」アレクセイが叫び、目を凝らしたみんながようやく見てほしいものに気づいた。

「そんな、まさか、まさか！」アンドレアの呼吸がおかしくなった。「どうすればいいの、あの子が流されてる」

「満ち潮の時間は？」トーマスが尋ねた。

「まだ何時間も先よ。それまであんなところに放っておけないわ」すっかり取り乱している。いまにも気絶しそうなアンドレアをフランチェスカが支えた。

「ボートを持ってますか？」マットが訊いた。

「いいえ、持ってるわけないでしょう」

「見て、あそこにパドルボードがある。あれで助けに行けるかもしれない」アレクセイの言うとおり、波打ち際にひとつある。

「インストラクターがいないのにだめだ。ライフジャケットもないんだぞ」トーマスがたしなめた。

「でも誰かが助けに行かなくちゃ、お願い、お願いよ」アンドレアが泣きついた。自分で行く気はないらしい。

「しょうがないな、ぼくが行くよ」ジョナサンの声が聞こえ、みんなそちらを見た。「それほど難しくなさそうだ」クレアは言葉を失っている。「ただ立ってればいいんだろう?」

「逆だよ、すごく難しいよ」トミーが言った。でもジョナサンは聞いていない。すでにパドルボードへ歩きだしている。

「本当に大丈夫なの?」クレアは心配そうだ。

「ああ」どう見ても嘘だ。「ぼくが行くしかない、それにほかに誰も名乗りでてない」靴を脱いでボードとパドルをつかみ、海に入っていく。ぼくは見ていられなかった。いやな予感がする。

「助けに行かなくちゃ」ふいにジョージがつぶやき、止める間もなくジョナサンのところへ走ってボードに飛び乗った。

「あら、あなたの息子がボードに乗っちゃったわよ!」リリーが叫んだ。

「たいへんだ」ぼくはパニックになりながらギルバートに言った。「追いかけないと!」

「だめだ、アルフィー、ここにいろ。あの子なら大丈夫だ。ジョナサンがついてる」ギルバートが顔をこすりつけて励ましてくれた。

でもジョナサンは誰が守ってくれるんだ? 誰か教えてくれ。

「うわっ！　ジョージ、余計に難しくするなよ」ボードに乗ろうとしていたジョナサンが叫んだ。ジョージはかまわずシャネルが乗ったボートに目を凝らしている。ぼくたちは波打ち際でそれを見つめていた。海までの距離は不安になるほど近いが、できるだけ息子のそばに行かずにはいられなかった。でもジョージはべつにボードに乗る邪魔になってはいない。ぼくはジョージがトミーのボードで海に出たとき上手に乗りこなしていたのを思いだし、落ち着こうとした。それに、あの子はよりによって海が好きらしい。

「あの人、パドルボードができるの？」アンドレアが訊いた。誰も答えなかった。答えるまでもない。ジョナサンがなにもわかっていないのは早くも明らかで、ボードに乗ろうとしては落っこちている。そのうちなんとか乗ったと思ったら、そのまま反対側に落ちてしまい、危うくジョージを道連れにしかけた。幸いジョージのバランス感覚は抜群だった。ふたりが心配で毛が震えているのがわかったが、ぼくの出番があるかもしれないので必死で平静を保った。とはいえ、自分になにができるのか見当もつかない。

「パパ。手伝いに行ってもいい？」しばらくして、アレクセイが尋ねた。

「ああ。乗せてやったほうがよさそうだ」トーマスが息子の肩をたたいた。「でも、あまり深いところには行くなよ」トーマスがそう言ってくれてよかった。なにしろアンドレアは波打ち際で泣きじゃくっているし、フランチェスカはアンドレアを慰めているし、つまり、アレクセイが助けに行ってくれないと朝までここにいることになりかねない。

アレクセイが海に入ってジョナサンのほうへ向かった。幸い深さは腰ぐらいしかない。アレクセイがボードとパドルを押さえているあいだにジョナサンがボードをまたいで座った。アレクセイがジョージをおろそうとしたのに、ジョージにおりる気はないらしい。

「ジョージ、おいで」アレクセイが腕を伸ばしてジョージをつかもうとした。

「ミャッ！」ジョージが引っかいた。あんなこと一度もやったことないのに。

「痛っ！　引っかいたな」アレクセイが手を引っこめた。

「やれやれ」ジョナサンがつぶやいている。「座ってるだけでもけっこうたいへんだ」

「オーケー、ジョナサン。座ったまま両側でパドルを漕いで進むんだ。立とうとしちゃだめだよ」アレクセイが手をさすりながらアドバイスした。

「できる気がしないな」ジョナサンがこわごわ漕ぎはじめた。ボードは左右に大きく揺れ、どう見てもまっすぐ進んでいない。目をつぶりたかったが、ジョージが乗っているので目をそらせなかった。そもそも前に進むだけでもかなり時間がかかりそうなのに、ジョナサンはあきらめずにいる。アレクセイがびしょ濡れで戻ってきたので、みんなで手を調べた。少し引っかかれただけだ。

「どうしてもジョナサンと行きたかったみたいだ」アレクセイが言った。でも理由はそれだけじゃない。

シャネルが乗るボートを目指してのろのろ進むボードの上で、ジョナサンもジョージもびしょ濡れなのがいやでもわかる。何時間もたった気がしたころ、ボードがボートに並んだ。ジョナサンが片手でパドルを持ち、反対の手を伸ばしてボートをつかんだ。ジョージを見たシャネルがちょっとあとずさっている。ジョナサンの話し声は聞こえないが、たぶんクレアに「子どもの前ではだめ」と注意されていることを言っているんだろう。

「シャネル、ボードに乗りなさい！」アンドレアが叫んだ。ぼくも叫びたかった。ジョージに無事に帰ってきてほしいのに、いますぐシャネルがボードに乗らないと、どちらもひっくり返ってしまう。ジョナサンは泳げるから心配ないが、ジョージが泳げるのかはわからない。アンドレアの叫び声がかすれたころ、ようやくシャネルがボートから這いだし、それをジョナサンがどうにか落とさずにつかまえた。波打ち際にいる全員が歓声をあげた。

「頑張って、ジョナサン！」トミーの叫び声で、ジョナサンが漕ぎはじめた。

いくら漕いでも進まないことが何度かあったが、猫を乗せたボードがなんとか波打ち際に近づき、アレクセイたちが助けに行った。

「やったね！」アレクセイと駆けつけたトミーが叫んだ。アレクセイがしっかりボードを持っているあいだにトミーがジョージをつかまえ、怯えたシャネルを抱いたジョナサンがボードからおりた。

「ああ、なんてお礼を言ったらいいか！」アンドレアがジョナサンからシャネルをひったくり、泣きながら抱きしめた。これまで傲慢なシャネルしか見たことがなかったが、いまは怯えきって震えている。もう少しで同情しそうになった。毛が垂れ下がるほどびしょ濡れなのに、アンドレアは放そうとしない。「本当にありがとう。でも急いで帰らないと。このままあなたたちを残していくのは心苦しいけど、この子がショックを受けてるし、シャネルみたいな種類の猫の場合は危険を冒せないの。獣医さんに電話するわ」

「ジョージも診てもらったほうがいいかしら」クレアが言った。

「いや、この子はちょっと濡れてるだけだから大丈夫だ」ジョナサンが応えた。「それにひきかえ、ぼくはびしょ濡れで、さっきの遠出でちょっと動揺してる。タオルとビールが欲しいよ」

「あの猫は、ボートでいったいなにをしてたのかしら？」フランチェスカがつぶやいた。

まったくそうだ。ぼくはジョージをにらんだ。かくれんぼだって？

「あんなの簡単だって言ってたよな」トーマスがびしょ濡れのジョナサンをからかった。

「ああ、言ってた」マットがジョナサンの肩をたたいた。

「まあね。要するに、見た目ほど簡単じゃないってことさ」ジョナサンが言った。「でもいまは、とりあえず帰って体を拭いてもいいかな？」

「さて」ぼくは口を開いた。いまはサンドルームでタオルで体を拭いてもらったジョージとギルバートとぼくだけだ。いや、そうじゃない。なぜかついてきたリリーもいる。「ジヨージ、命を危険にさらしてもいいと思った理由を話してもらおうか」

「いいよ、じゃあ話すね」ジョージがにっこりした。愛想を振りまいている。「シャネルがボートに乗ったのはぼくのせいなんだから、助けに行くのはとうぜんだと思ったんだよ。もともとパドルボードは得意だしね。それにジョナサンを見たでしょ？　ぼくがいなきゃどうしようもなかった」

文句を言う元気が残っているのか自信がない。ジョージの理屈は、なんというか、あくまでジョージの理屈だ。

「すごく上手だったわ」リリーが言った。「感心しちゃった」

「すまない、失礼なことを言うつもりはないんだが、あんたは誰なんだ？　そもそもなんでここにいるんだ？」ギルバートが訊いた。

「すぐ近くの家に住んでるの。引っ越してきたばかりで、ううん、ほんとはちょっと前だけど、最近まで外に出してもらえなかったのよ。ずっと閉じこめられてて最悪だった。でも外に出られるようになったらすぐ友だちをつくりたかったの。おかげでできたわ！」にこにこしている。

愛嬌《あいきょう》のある猫で、ぼくたちがいないあいだギルバートの話し相手になってくれそうだ。

リリーはすでにそのつもりでいるようだし、さすがのギルバートも逃れられそうにない。

「リンストーにようこそ」ぼくはそっけなく聞こえないように努めた。まだジョージと話すことがある。「でも、なんでアレクセイを引っかいたんだ？　友だちだろ？」

「ああ、あれ。アレクセイに謝っとくよ。でもシャネルを助けなきゃいけないのにつかまえようとしたんだもん。シャネルはもうぜったいぼくに夢中だよ」

「やれやれ」ギルバートがつぶやいた。「かなり重症だな」

「なんの話？」とリリー。

「話せば長いんだ。それにきみが心配するようなことじゃない」どうやってこの問題を解決すればいいんだろう。でももうすぐお茶の時間だから、考えるのはあとにしよう。

みんなで庭に集まって夕日をながめた。ポリーとマットが町へ行ってフィッシュアンドチップスを買ってきたので、敷物に座って食事を楽しんでいる。

リリーはギルバートにまた来てもいいからとさんざん言い聞かされ、しぶしぶ帰っていった。いらつく猫だとギルバートは思っているようだが、初対面のころはぼくたちにも同じ印象を持っていた。ロンドンに帰ったあともギルバートに猫の友だちがいると思うとちょっと嬉しい。どう考えてもシャネルが友だちになるはずがないんだから。

アンドレアからはお礼の電話があり、シャネルは大丈夫だが休ませる必要があるらしい。今日はたいへんな一日だったから、それはぼくたちも同じだ――そう思いながらこっそりジョージを窺った。ジョージはなんとも思っていないらしい。幸せそうに魚をかじっている。とはいえ、いろいろあったわりには今日という日が平和に終わってよかった。シャネルが海に流されたことでまたみんながひとつになり、そもそものきっかけをつくった息子も勇敢でいい子なのがよくわかった。それにトビーは驚くほど寛大になれるすばらしい子だと明らかになった。

「ジョージまでついていったなんて信じられないわ」クレアがつぶやいた。

「ぼくを引っかいて悪いと思ってるみたい。さんざんすり寄ってきたもの、たいした怪我じゃないのに」

「ヘンテコな猫だな。でも誰かさんに似てる」マットが言った。

「ジョナサン？」ポリーが訊いた。

「いいや、アルフィーだよ。突拍子もない行動だったけど、アルフィーがやってきてもおかしくなかった。二匹は瓜《うり》二つだ」

「たしかにそうだわ。うちにはときどき人間みたいになる猫が二匹いるのね。いえ、三匹かもしれない。ギルバートがリーアムにしたことを考えると」フランチェスカが言った。

「じゃあ、わたしたちはとても恵まれてるってことね」クレアが話を締めくくった。

ぼくはジョージを見た。ジョージもこっちを見たので、ひげを立ててまばたきした。ジョージもまばたきを返してくる。たしかに瓜二つだ。もしぼくが思っているとおりの意味なら。父親そっくりな息子。いくら心配させられようと、その事実は変わらない。

「で」トーマスが言った。ビール瓶を片手にもぐもぐ口を動かしながら空を見ている。オレンジ色に燃える太陽が徐々に姿を消し、海に沈んでいくようだ。まさに息をのむ光景。

「みんなまだここに見切りをつけて帰りたいのか?」

「やだよ!」トビーが言った。「お願い、お休みのたびに〈海風荘〉に来てもいいでしょ?」

「そうだよ、ぼくもアレクセイよりパドルボードがうまくなりたい」トミーが賛成した。

「少なくともあなたたちのほうがジョナサンより上手だわ」クレアが笑い、ジョナサンの頬に愛情をこめてキスした。

「まあね、今度来たときレッスンを受けてみようかな。簡単そうに見えたのに、あんなに難しいとは思わなかった」頭を掻いている。「だって、立つだけだろ?」

「ぼくは簡単だったよ」ジョージがささやきかけてきた。ぼくは顔をこすりつけてやった。腹立たしいけど、すばらしい息子に。

「あたしは世界でいちばんここが好き」サマーが言った。

「あたしも」とマーサ。「ほかの好きな場所よりずっとずっと好き」

「それに、友だちもいっぱいできたでしょ?」ヘンリーが訊いた。「隣の女の子たちだって友だちになったんだよ」

「たしかにそうね」ポリーが応えた。

「乾杯しましょう」クレアがグラスを掲げた。みんなもグラスを掲げた。子どもたちはコップだ。「クレア大おばさんと〈海風荘〉に。わたしたち、これからずっとここで楽しい時間を過ごすのよ」

「ミャオ！」そのとおり。ぜったいそうなるに決まっている。

# Chapter 22

アンドレアがお別れのお茶会に招待してくれた。断ってきたギルバート以外の全員が行くつもりでいる。ギルバートはうちの家族は受け入れたものの隣の住人には関心がないから、無理強いはしなかった。それに、リリーに会いに行くんじゃないかと密かに疑っている。友だちなんかいらないふりをしているけど、本心なのかわからない。実際、リリーにはちょっぴり好感を持っている気がする。

ジョージは帰るのを残念がりながらも、今夜を楽しみにしている。シャネルに会う最後のチャンスだから、自分を印象づけようと意気込んでいるのだ。なにをするつもりなのか空恐ろしいかぎりだが、ぼくも行ってジョージから目を離さずにいるつもりだから、このあいだのようなことにはならないはずだ。

みんなで隣へ向かった。子どもたちは大はしゃぎで、大人は以前よりはるかにリラックスしているからぼくも嬉しくてたまらない。〈海風荘〉は喜びの源になり、アンドレアを許したようにリーアムも許すのが筋だとクレアたちは結論を出した。また工事に参加するようになったリーアムは見事な仕事ぶりを見せ、もう家を燃やそうとはしていない。

子どもの階も大人の階も、主寝室を始めとしてすべて完成した。いまは狭いほうのリビングに取り掛かっていて、大人がくつろぐ部屋になるらしい。薪《まき》の暖炉と柔らかそうなソファがふたつあるテレビ室みたいな部屋で、どうやら子どもから解放される場所にするつもりのようだが、猫の出入りは自由なはずだ。広いリビングはぼくたちが帰ったあと工事することになっていて、芝生の庭に出られる家族団らんの部屋になる。戸棚に上手に隠された大画面テレビとDVDプレイヤーに加え、そこにも暖炉が設置される予定だ。ぼくは当初、アンドレアがもくろんだことが思いだされて暖炉にあまり乗り気じゃなかったけれど、いまはぬくぬくと気持ちのいい部屋になりそうだと思っている。キッチンもぼくたちが帰ったあと一新される。表側にある使っていない狭いダイニングルームと繋げて広いダイニングキッチンになるから、家族が勢ぞろいしてもゆったりできそうだ。〈海風荘〉はもうすぐ二軒めのわが家に変貌する。家族みんなにとってじゅうぶんな広さがある家に。

「よく来てくださったわね」アンドレアが出迎えた。トレードマークの高そうなワンピースにハイヒールだが、娘たちはショートパンツにTシャツだ。サマーとマーサが姉妹に駆け寄って美容院ごっこをしようとねだった。もじもじしている男の子たちにはアンドレアがスウィングボールとかいうものをするように勧め、アレクセイにあとを任せた。

きれいに花が飾られた長いテーブルにお皿とグラスが用意され、大人たちが席に着いた。

アンドレアも今度ばかりはシャネルを床におろした。部屋の隅の日陰に腰をおろしたシャネルにジョージが近づいていく。ぼくはあとを追った。まずいことにならないようにしないと。

「いつ帰るの？」シャネルが尋ねた。不機嫌そうにしっぽを振っている。

「ぼくがいなくなったら、寂しがってくれる？」ジョージがひげを立てた。

「まさか。あなたのせいで、危うく海で一生を送りそうになったのよ」

「ちょっと、それはあんまりじゃないか？」ぼくは割って入った。「ジョージのおかげで命拾いしたのに」

「しつこくつけまわしてくるからほっといてって言ったのに、耳を貸そうとしないから逃げたんじゃない。ボートに隠れてるあいだに眠っちゃって、目が覚めたら海の上だったのよ。たしかに助けてくれたかもしれないけど、そもそもあそこにいたのはこの子のせいだわ」

「一緒に遊ぼうとしただけだよ」ジョージは無邪気そのもので、かわいらしい。

「シャネル、ジョージはまだ子どもで、きみよりかなり年下だけど、きみが好きなだけだってわからないの？」

「ほんとだよ」ジョージがつけ加えた。

「悪いけど、わたしはどこまでも飼い猫なの。すてきな家とすてきな飼い主とすてきな子どもたちが好き。それ以外は好きじゃないわ」ととことん意地悪な猫だ。

「寂しくないの？　ぼくたちと遊びたくないの？」ジョージが訊いた。

「寂しくなんかないし、誰とも遊びたいと思わないし――」シャネルがまくしたてた。

「もういい、わかったよ、ぼくたちと友だちになりたくないんだね」ぼくはさえぎった。

「でも、もうちょっと礼儀正しくしたほうがいいかもしれないよ。人間たちが仲良くなれるなら、ぼくたちもせめて仲良くする努力ぐらいできるはずだ。それにぼくたちはこれからしょっちゅうここに来るから、うまくやっていくほうがいい」

「わかったわ。でもいまは失礼してアンドレアの膝に乗るわ。ああ、それから助けてくれてありがとう。でも今後はつけまわさないでくれるとありがたいわ」シャネルがジョージをにらみつけた。

「きれいな目だって言われたことある？」

シャネルがアンドレアの膝という安全地帯に飛び乗ってしまったので、ぼくはジョージを連れてテーブルに戻った。ジョージが子どもたちだけが座るテーブルへ行ったので、ぼくはクレアの足元で丸まった。ここならみんなの会話を聞きながらジョージからも目を離さずにいられる。

「それで、今度はいつ来るの？」アンドレアが尋ねた。

「二、三週間したら仕上げの最終段階に立ち会うために来るつもりだけど、やることがたくさんあるから、わたしひとりで来ると思うわ」ポリーが答えた。

「じゃあ、ぼくは子どもたちと留守番か」とマット。

「みんなで手を貸すわよ」フランチェスカが慰めた。

「そうよ、それにポリーのおかげですばらしい別荘になったわ。せっかくのお休みなのに、ずっと仕事をしてたようなものなんじゃない？」クレアが言った。

「楽しかったし、わたしたちみんなのためだもの。アンドレア、あの家があなたのものにならなかったのは残念じゃないけど、住むところでまだ問題を抱えてるのは残念だわ」

「ありがとう。実は、本当にどうすればいいかわからないのよ。夫はここを売りに出すって言ってるし、弁護士はなんとか話をうまくまとめようとしてくれてるけど、なにか打つ手があるのかちょっと途方に暮れてるの。夫の和解条件を受け入れるのはぜったいいや。ただ、ずっとごたごたしていてまともに考えられないの」

「でもこの家はかなり大きい」マットが言った。

「ええ、それで思ったんだけど」ポリーがワインに口をつけた。「あなたがこのままの状態で住みつづけられないのはわかってるけど、ここをアパートにして売るか貸すかすることは考えたことある？　つまり、時間はかかるかもしれないけど、やるのは簡単だし、お金が入るからご主人も興味を持つんじゃないかしら」

アンドレアが初めて会ったようにポリーを見た。「どうかしら」口ではそう言っているが、考えている。

「そうすればあなたは一階に住める。子どもたちと住むにはじゅうぶんな広さがあるうえに、部屋をふたつ貸せる。生活レベルを下げた感じにはなるだろうけど、この町に住みつづけられるし、経済的にも大きな損失にはならないわ。ビジネスとして提示すれば、ご主人も文句は言わないはずよ。少なくとも経済的な意味を弁護士に強調させればそうなるわ」

「改造は簡単にできるの?」

「どれほど簡単かわかったら、きっと驚くわよ。まあ、一度家の中をよく見せて、あとでいいから。でも考えておいて」

「名案じゃないか」ジョナサンが言った。

「うまくいくかもしれないわ。ポリー、ぜひ見てちょうだい。どうやるのかわからないけど、いまはどんな話にも喜んで耳を傾けるわ。切羽詰まってる状況に変わりはないんだもの」アンドレアはすっかり乗り気だ。

「ええ、なんとか解決できると思うわ」

「本当にありがとう。友だちにしてもらえる立場じゃないのに」

「それでもあなたには、わたしたちみたいな友だちが必要なのよ」クレアが言った。

アンドレアの家を出たときは暗くなっていたが、ぼくとジョージはギルバートに会うためにまっすぐサンドルームへ向かった。夏の終わりが急速に近づいていた。夜が来るのも気温が下がるのも早くなり、早朝は肌寒い。まだ陽気はいいが九月が近づくにつれて夏が最後のお別れを言っているのがわかる。それはぼくたちも同じだ。ロンドンに帰るときが迫っていた。

「用意はいいか？」ギルバートが訊いた。

「うん、いいよ」ギルバートにつづいて家を出た。

砂丘のてっぺんに座り、みんなで月をながめた。

「おまえたちや人間がいなくなると寂しくなるな」ギルバートが言った。

「またすぐ来るよ。でも今年の夏はすごく楽しかった」

「これまでで最高の夏だったよ」ジョージが言った。言いたくないが、この子にとっては今年の夏が初めての夏だ。

「ほんとにひとりで大丈夫なの？　ぼくたちがいなくても？」

「もちろん。これからも作業員はいるし、シェリーというやさしい女の人がようすを見に来てくれるからな。それに例のトラ猫のリリーもいる。雌猫にしては悪くない」

ぼくは疑いの目を向けた。「友だちも家族もいらないって言ってたくせに、どちらもずいぶん増えたね」からかってみた。

「おまえのせいだ、アルフィー。おまえのせいで慣れたんだ。それにどうやらおまえの家族はしょっちゅうここに来るみたいだから、おれたちもしょっちゅう会えるさ」

「じゃあ、ロンドンに行きたいとは思わないんだね？」とりとめもない夢だとわかっていても、ギルバートがエドガー・ロードの仲間に加わってくれたらどんなにいいだろう。

「思わないね。おれは田舎暮らしが性に合ってる。ここが好きだ」みんなで月をながめながら、ギルバートの言うとおりだと思った。この町を嫌いになる理由がない。「それに、おっかない羊の世話とリーアムの監視は誰がやるんだ？」声に情感がこもっている。自分の名前も言おうとしなかったぶっきらぼうな猫からずいぶん変わったものだ。

ぼくもここが好きだ。潮風を吸いながら思った。日中、海できらめく日差しも、夜に海全体を輝かせる月の光も大好きだ。光の芸術みたいですごく美しい。今年の夏はいろいろあったけど、じゃあ、なにを期待していたんだ？　もともとぼくの日常は波乱万丈なのだ。それでも今度もみんなで乗り越えた。これまでにないほどたくましく。ジョージと家族とぼくとで。そのうえギルバートという家族まで増えた。

「またすぐ来るよ」ぼくはくり返した。エドガー・ロードが恋しいし、仲間やタイガーも恋しいが、またここに来るのが楽しみになるだろう。すごく楽しみになるはずだ。

「また来るのが待ちきれないよ」ジョージがつぶやいた。うっとり月を見つめている。

「それまで、おまえたちのために〈海風荘〉の番をしてるよ。いや、正確にはおれたちのためだな」

「ぼくたちのために」ぼくはこれ以上ないほど誇らしい気分で応えた。

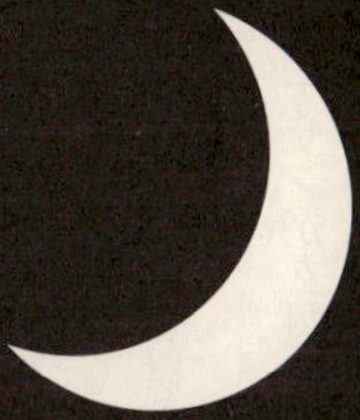

# Epilogue

早くキャリーを出たくてじりじりした。それはジョージも同じらしく、さっきから何度も足を踏まれている。

「じっとして」ぼくはたしなめた。

「だって、早く家に入りたいんだもん」その気持ちはわかる。キャリーが地面におろされ、扉が開いた。ジョージがぼくを踏みつけんばかりの勢いで飛びだし、ぼくもあとを追った。

「うわあ、雪だよ、パパ！」芝生をうっすら雪が覆っている。すごくきれいで、しかも沈んでしまうほど深くもない。ぼくたちは建物を見た。〈海風荘〉はほんのり白に染まり、玄関にはドア全体を覆うほど大きなリースがかかっている。走りだしたみんなにぼくたちもつづいた。

ジョナサンが玄関の鍵を開け、クレアがトビーとサマーと手を繋いで中に入った。クレアが明かりをつけた室内にジョナサンも入っていく。ぼくは脇に寄ってジョージを先に入れてやった。早く見たいのはやまやまだが、親だからしかたない。廊下はキラキラ光る飾りで彩られ、戸口の上に大きなヤドリギがつけてある。その下でジョナサンがクレアをつかまえてキスした。ちょっと大げさだと思う。

　みんなで向かったキッチンは広くなって一変していた。木のカウンターにフローリング。家族団らんにもってこいだ。いっとき見とれてから奥のサンドルームに行くと、真新しい猫ベッドにギルバートが納まっていた。ぼくたちが来るのを知っていたらしい。

「アルフィー、ジョージ、よく来たな」ギルバートが言った。「今日来るとシェリーが話してるのを聞いて、待ちわびてた」

「ギルバート！」ジョージが顔をこすりつけ、ぼくもそうした。

　そこらじゅうが雪まみれの足跡と小さな雪の塊だらけで、早くもジョナサンがここをスノールームに改名している。

「元気だった？」ぼくは尋ねた。「最後に会ってからずいぶんたった気がする」

「ああ。ずっとかなり寒いが、冬だからな。とはいえ、昼間ビーチに行きたいとも思わない。寒いだけでなく犬がいっぱいいる、もちろん雪も。ほかの場所でぶらぶらするしかなかった」

「リリーとはまだ会ってるの？」

「ああ」猫も赤面できるとしたら、いまのギルバートがそうだ。「明日会うことになってる。おまえたちに会うのを楽しみにしてた」ちょっと口ごもっている。まさかこんなことになるなんて！

「じゃあ、いまも雌猫にしては悪くないってこと？」ジョージがひげを立てた。この子は本当になにひとつ見逃さない。記憶力がいいのはたしかだ。

「まあな」さらりと返している。

「友だちがいるのはいいものでしょ？」ぼくはもうひと押ししてみた。

「アルフィー、おまえのせいだぞ。おまえたちに会う前はひとりでも楽しくやってたのに、いまじゃ人間や猫がそばにいるのが好きになったらしい」

ぼくはギルバートに顔をこすりつけた。ぼくの教育の賜物《たまもの》だ。

これからみんなで〈海風荘〉でクリスマスを過ごすのだ。夏のあと一度だけ、学期の中頃に一週間ほど学校が休みになったとき――中間休みというらしい――ここに来た。先にクレアとポリーとフランチェスカが子どもたちとぼくたちを連れて到着し、週末にジョナサンたちが来た。すごく楽しい一週間で、〈海風荘〉があんまりすてきだったので、そのときクリスマスを過ごすことに決めたのだ。みんなで過ごす初めてのクリスマス。

「クレア」キッチンでジョナサンが呼んでいる。ぼくたちはそちらへ向かった。

「なあに？」

「リビングにばかでかいクリスマスツリーがあるぞ。どういうことか知ってるか？」

「ええ、コリンに手配を頼んだら、アンドレアが飾りつけをしてくれたの。さあ、みんな、見に行きましょう」ツリーは見たこともないほど大きくて、きれいに飾りつけられていた。クレアがかがんでライトをつけると、キラキラ光りだしたツリーはうっとりするほど美しかった。リビングはヒイラギの枝や花綱であふれ、そこらじゅうに豆電球がつるしてある。アンドレアがぼくたちのためにすてきな部屋にしようと思ってくれたのは明らかで、彼女に対してやさしい気持ちになった。暖炉にまで火がついている。ほれぼれするような光景に、ぼくはこれ以上ないほどの幸福感に包まれた。

中間休みに会ったアンドレアはとても感じがよくて楽しく、娘たちも同じだった。まるで人格が入れ替わったみたいだった。アンドレアは夫がいないほうが幸せだと気づき、自分も娘も元気にしていると言った。また誰かとつき合うかもしれないとも話していたが、リーアムでないことを祈るばかりだ。ただ、みんなの話は本当だった。離婚する前はアンドレアも娘たちも感じがよかったのに、あのときは不幸せだったからひどいことをしただけだったのだ。よくわかる、以前もそんな人に会ったことがある。

「うわあ」トビーが言った。「こんなすてきなツリー、見たことないや」

「登ってもいい？」ジョージがこっそり訊いてきた。

「ぜったいだめ」

「でも、あたしたちがここにいるってサンタさんわかるかな？」サマーが心配している。

「大丈夫だよ、ママとパパがサンタさんにきちんと説明しておいたから、みんながそろったときにはツリーの下がプレゼントでいっぱいになってるさ」ジョナサンが娘を抱きあげた。

「でも、今年はぼくとヘンリーが同じロボットをお願いしたんだ。サンタさんが一個しか持ってこなかったらどうしよう」トビーが唇を噛んだ。長い時間をかけてかなり落ち着いて自信もついてきたが、この子にはぼくもジョージも守ってやりたくなるなにかがずっとつきまとっている。どれほど愛情を注いでも、傷つきやすい雰囲気が完全に消え去ることはないだろうけれど、これからもあきらめるつもりはない。

「あら、サンタさんはいつもふたつ以上持ってるのよ」クレアが言った。「だから心配ないわ」

クレアがジョナサンと目を合わせてうなずいた。ジョナサンが微笑んでいる。サンタが実はクレアとジョナサンだってことはぼくももう知っているけど、言わないでおいた。ジョージも子どもたちもまだサンタを信じていて、それがいちばん大事だ。

クリスマス気分にあふれた〈海風荘〉との再会を楽しんでいるうちに、ポリー一家が到着し、間もなくフランチェスカたちも到着した。

これでみんなそろった。こうでなくちゃ。

「さあ、フィッシュアンドチップスだぞ」ジョナサンと大きな袋を抱えて店から戻ってきたマットが宣言した。みんなの夕食だ。

子どもも大人も一気にかぶりついた。女性陣はワイン、男性陣はビール。なんだかお祝いをしているみたいだけど、考えてみればお祝いなのだ。別荘に戻ってきた最初の夜なんだから。

「みんなに話があるんだ」いきなりトーマスが切りだした。

「いやよ、悪い話ならやめて」クレアが心配している。

「違う違う、いい話だ」トーマスがテーブルを見渡し、フランチェスカの手を取った。

「週末ここに来たとき、商店街でレストランを見つけたんだ」

「レストラン？　ここで？」とポリー。

「それで、ロンドンにある三軒はどれもうまくいってるし、こっちでも一軒やってみたらどうだろうと思ってね。家族全員ここがすっかり気に入ってしょっちゅう来てるから、店を持てばぼくがここに来る言い訳にもなるってわけさ。来年にはオープンするつもりだ。どう思う？」

「すごいや、パパ。最高だよ」アレクセイが言った。

「ずっとここに住んでいいの？」とトミー。

「ずっとは無理だ。でもこっちで過ごせる。それからポリー、よかったら内装を頼めないか？」

「ぜひやらせて」

「あのね、店が水浸しになったうえにアンドレアといろいろあって、この家を失うかもしれないと思ったとき、ここがどれだけ大事な存在か気づいたの。いまならわかるわ、クレア、あなたがどれほどここを大切に思っているか。わたしたちも同じ気持ちだもの」フランチェスカの言葉に、全員が乾杯した。

「ビーチに行かないか？」大人が子どもたちを寝かせつけに行ったあと、ギルバートに誘われた。ジョージもまだいる。いまもトビーと寝ているが、ベッドに行くのが少し遅くなった。成長しているのだ。それにぼくもジョージもクリスマスにタイガーに会えないのを残念に思っているが、ロンドンを発つ前にこぢんまりした家族団らんの場を持った。寒い日だったけれど公園へ行き、冷えきった葉っぱで遊んで充実した時間を過ごした。これはジョナサンの口癖で、大切な誰かと過ごす楽しい時間という意味だと思う。タイガーは、自分が家族のそばにいたいように、ぼくたちも家族といる必要があることを理解してくれたから大丈夫だ。ジョージもぼくもタイガーを愛していることに変わりはないし、それはタイガーもわかっている。それがいちばん大事なことだ。

「凍えちゃうよ」ぼくは言った。ジョナサンが狭いほうのリビングで火をつけている暖炉が思い浮かび、その前に行きたくてたまらない。

「いいでしょ、パパ、ちょっとだけ。いつもそうしてるじゃない」ジョージはまだシャネルに夢中だが、中間休みに来たときにシャネルより少しだけビーチが好きになった。ぼくがそう仕向けた。もちろん犬がいないときだが。

「わかったよ。でもちょっとだけだよ。いまごろみんなリビングの暖炉のそばでくつろいでいるんだろう。ここはみんなにとって二軒めのわが家だ。

裏口から外に出て前庭へまわった。

ぼくたちはそろって塀に飛び乗った。寒いと足が少しこわばるぼくはちょっとじたばたしてしまったが、ギルバートが助けてくれたおかげでジョージに気づかれずにすんだ。砂は冷たくて、うっすら雪をかぶった氷のような砂を踏みしめて砂丘の頂上へ向かった。とがった草が月の光を浴びて銀色にきらめき、腰をおろすとあっという間にお尻が冷たくなった。

「ぼくが好きな月だ！」正面にあがる三日月に向かってジョージが歓声をあげた。ぼくも好きだ。サマーの絵本に出てくる三日月に座る男の絵を思いだす。男を猫に替えれば完璧な絵になるだろう。

「おまえたちに会えて嬉しいよ。今年はクリスマスが待ち遠しかった」ギルバートが口を開いた。「いや、つまり」ちょっと恥ずかしそうだ。いまだに感情を表に出すとどぎまぎすることがある。「おまえから食べ物なんかのことを聞いてたからな」かわいそうに、ギルバートはクリスマスディナーを一度も食べたことがないから、みんなそのときを楽しみにしている。七面鳥を食べたら大喜びするにちがいない。ぜったいそうなる。

「きっとこれまでで最高のクリスマスになるね！」ジョージが言った。

ぼくはひげでジョージをくすぐった。「去年も同じことを言ってたぞ」つい頬がほころんでしまう。

「うん、パパ。去年も最高だったよ。でもそういうものでしょ？」あんまりまじめな口調なので、ぼくもギルバートもジョージに振り向いた。「そう思うようになったのはパパのおかげだよ。運がよければ毎年最高のクリスマスになるんだ。だって、大切な人間や猫と生きていれば、そうなるに決まってるもん。毎日が、前の日よりどんどんいい日になるんだよ」

嬉しくて胸が張り裂けそうなのに、大丈夫だった。どうやら日々の暮らしのように、ぼくの胸にもどんどんよくなる力があるらしい。

## 日本——猫好きの天国

二〇一七年の七月に日本へ行く幸運に恵まれました。ずっと行きたいと思っていた国で、文化にも歴史にも食べ物にも大いに興味があったので、夢がかないました。そして、言うまでもなく猫づくしの旅になりました。

日本は猫好きの楽園です。一冊本が書けそうですが、とりあえず山場になった出来事だけご報告します。わたしは猫をテーマにした部屋に泊まり、猫の寺を訪れ、駅長を務める猫に会い、猫がテーマの列車で移動し、日本で初めてできた猫カフェへ行き、猫グッズ専門店で買い物し、ハローキティのレストランで食事をし、日本にいくつかある猫島のひとつを訪ねました。

東京で滞在した〈パークホテル〉には、日本人アーティストが装飾した部屋が並ぶフロアがあります。もちろんわたしは『招き猫』の部屋に泊まりました。毎朝目覚めると壁にも天井にも猫がいるのは、ほんとうに楽しかった！

招き猫発祥の地とされる仏教のお寺にも行きました。手招きする猫——幸運の手を振る猫としても知られるこの猫は、まさに日本のアイドル的存在です。豪徳寺は東京の中心のはずれにあり、立派なだけでなく幸運を祈るために大勢の人が集まる場所です。そこでは招き猫を買ってそれに願をかけたり、お礼に奉納所に返したりできます。招き猫の言い伝えは江戸時代までさかのぼり、江戸（いまの東京）

に着いた領主がさびれた寺の前を通りかかったとき、手招きする猫を見たと言われています。領主が寺に入った直後、激しい雷雨が襲ってきました。寺の住職も忠実な猫もしがない暮らしをしていましたが、なけなしの食べ物を分け与えて雨宿りをさせたため、嵐が去ったあと領主は寺を再建する寄進をしてみずからの菩提寺《ぼだいじ》と決め、寺はとても栄えるようになりました。現在、人々は猫がこの寺にもたらした繁栄を願って集まってきます。

豪徳寺は美しい静かな寺で、わたしは招き猫が幸運のシンボルになっているのが嬉しくてたまりません。日本ではさまざまな姿をした招き猫がいたるところにありますが、なかでもレストランや店舗の外でお客を手招きしているのをよく見かけます。

大阪は東京から新幹線で行ける日本の食の中心地として知られる街で、そこでは日本初の猫カフェ〈猫の時間〉を訪れました。猫好きでブリーダーでもあるオーナーが始めた店です。猫カフェはいまやどこにでもあり、最近できたフクロウカフェも日本では人気が出はじめているそうです。滞在した〈リッツカールトン大阪〉は華麗なホテルで、西洋の壮麗さと日本文化の融合は見ごたえがありました。猫スポットを巡るハードな一日を過ごしたあとに、甘やかされてリラックスするには最適の場所です。

歴史的に重要な荘厳な建物である大阪城は、このうえなく美しい公園のなかにあります。公園には猫がたくさんいて、地元のグループが交代で餌をやって丸々太った健康体でいられるようにしていました。どこを見ても猫がうろついていましたが、ボランティアのひとりが現れると、どの猫も餌をもらいに駆け寄っていました。

日本には神道の神社や仏教のお寺がたくさんあり、そこでは猫がうろうろしたり眠ったりしているのをよく見かけます。野良猫なので心配しましたが、日本人はそこなら世話をしてもらえるのを知っているので、世話ができない猫を——わたしたちがキャットシェルターに連れていくように——神社やお寺に連れていくのだと聞きました。それを知って、複雑な気持ちになりました。たしかに世話はしてもらえますが、野良猫であることに変わりはないからです。とはいえ、野良猫がそこらじゅうにいても、猫好きな日本人によるきちんと組織化されたグループも存在し、彼らが猫たちを見守ってきちんと世話をしています。それにアルフィー・シリーズに出てくる猫のように、仲良しグループみたいに一緒にいる猫もいるようでした。

大阪から列車で一時間の京都では、伏見稲荷《いなり》大社がそんな猫たちの住まいになっています。観光客であふれているときは姿を見せませんが、静かになるとさまざまな猫が現れます。それは江の島でも同じで、たくさん猫がいるここも猫島として有名です。東京から一時間ちょっとで行ける江島神社にも江の島同様たくさんの猫が暮らしていて、ビーチをぶらつく猫もいます。

最後に行ってすっかり気に入ってしまったのは貴志駅です。和歌山経由で大阪からさほど離れていないこの駅では、駅長のニタマに会いました。ニタマは二代目の駅長で、制服を持っているだけでなく、交代で勤務につく見習い駅長までいます。ニタマに会うために乗った猫をテーマにした列車は、今回の旅でいちばん魅力的だったもののひとつでした。

猫を別にしても、日本は死ぬまでに一度は行きたい国です。歴史、文化、人々、食べ物が生涯忘れられない旅にしてくれます。帰国するときは、ぜひまた来たいと思わずにいられませんでした。そしてそのときのわたしのスーツケースは、どうにか持って帰れるぐらいに猫グッズのおみやげでいっぱいでした。詳しいことは今回の旅を取り仕切ってくれた〈ザ・ウルティメイト・トラベル・カンパニー〉へどうぞ。www.theultimatetravelcompany.co.uk

# 訳者あとがき

大好評をいただいている灰色猫アルフィーの物語の第四弾をお届けします。

二〇一五年に出版された一作めの『通い猫アルフィーの奇跡』で野良猫から複数の家でかわいがられる通い猫になったアルフィーは、二作めの『通い猫アルフィーのはつ恋』ですてきなガールフレンドができ、三作めの『通い猫アルフィーとジョージ』では悲しい別れを経験したものの、新たに仔猫のジョージという家族が増えてにぎやかな日々を送っていました。


それから数カ月、相変わらずやんちゃなジョージに振りまわされながらも父親代わりが板につき、穏やかに暮らしていたアルフィーのもとに、嬉しいニュースが飛びこんできます。家族そろって海辺の別荘でひと夏を過ごすことになったのです。

新しい冒険への期待に胸を躍らせるアルフィーでしたが、いざ到着してみると、何年も空き家だったその家は大掛かりなリフォームの真っ最中で、予想とはかけ離れた状態でした。子どもたちが夏休みのあいだ、滞在しながらリフォームを監督するのが人間たちの目的だったのです。部屋は家具が運びだされてがらんとしているし、壁は壁紙をはがされてむき出しだし、連日の工事で騒がしいし、思っていたのとはかなり違う……アルフィーはちょっぴりがっかりしましたが、ロンドンとは風のにおいも光の印象もまったく違う環境で生き生きと過ごす人間たちを見るうちに彼らの旅行気分が伝染し、次第に海辺で暮らす楽しさがわかってきます。

それなのに、はしゃぎ声や笑い声があふれていた別荘に徐々に不穏な空気が漂い始めます。どうやら地元でアルフィーたち家族は歓迎されていないようなのです。よそよそしい住民たち、あからさまに敵意を向けてくる隣人、においはすれど姿を見せない謎の猫の気配、リフォーム工事で多発するトラブル——。楽しいはずの夏休みに暗い影が落ちるなか、追い打ちをかけるように起きた事件によって、ついには別荘の存続自体まで危機に陥ってしまいます。

とかく事態をややこしくしがちな人間たちに代わり、アルフィーはまたしても問題解決に向けてひと肌脱ごうと決意します。いつも協力してくれるエドガー・ロードの仲間の猫たちはいませんが、今回はいつのまにかアルフィーに多くを学んでいたジョージが思わぬ援軍になります。しかも本書でデビューを飾る猫の新メンバーも大活躍しますので、ハラハラドキドキの展開をどうぞお楽しみください。

本書にはもうひとつ、嬉しいおまけがあります。

昨年二〇一七年の夏、著者のウェルズ氏が来日され、その時の滞在記が添えられているのです。

猫を愛してやまない著者らしく猫づくしの旅を満喫されたようで、短い滞在期間中に招き猫発祥の地とされる豪徳寺や日本初の猫カフェ、猫がたくさんいる江の島などを訪れたうえニタマ駅長にも会いに行かれ、とても楽しまれたようすが文面から伝わってきます。直接お会いした担当者の話によると、アルフィーが日本でも多くの読者に愛されていることをとても喜んでいらしたそうです。

実際、シリーズ一作めの『通い猫アルフィーの奇跡』は今年二〇一八年一月にNHK-FMのラジオドラマにもなり、ストーリーに命を吹きこんでくださったすばらしい声優さんたちのお力で新たなファンが増えるきっかけにもなりました。

こうして新作をお届けできるのも、アルフィーを愛してくださる皆さんのおかげにほかなりません。改めて心からお礼を申しあげます。

二〇一八年五月

中西和美

訳者紹介　中西和美

横浜市生まれ。英米文学翻訳家。おもな訳書にウェルズ〈通い猫アルフィーシリーズ〉やプーリー『フィリグリー街の時計師』(以上、ハーパーBOOKS)などがある。

ハーパーBOOKS

# 通い猫アルフィーと海辺の町

2018年6月20日発行　第1刷

著　者　レイチェル・ウェルズ

訳　者　中西和美《なかにしかずみ》

発行人　フランク・フォーリー

発行所　株式会社ハーパーコリンズ・ジャパン
東京都千代田区外神田3-16-8
03-5295-8091 (営業)
0570-008091 (読者サービス係)

印刷・製本　株式会社廣済堂

定価はカバーに表示してあります。
造本には十分注意しておりますが、乱丁(ページ順序の間違い)・落丁(本文の一部抜け落ち)がありました場合は、お取り替えいたします。ご面倒ですが、購入された書店名を明記の上、小社読者サービス係宛ご送付ください。送料小社負担にてお取り替えいたします。ただし、古書店で購入されたものはお取り替えできません。


この書籍の本文は環境対応型の植物油インクを使用して印刷しています。


ISBN978-4-596-55089-7

ISBN978-4-596-55004-0